U0132218

职业情景再现系列

现代办公·Word 2007 情景案例教学

杨仁毅 编著

电子工业出版社

Publishing House of Electronics Industry

北京·BEIJING

本书属于《职场情景再现系列》中的一本，主要针对公司日常工作需要的基本 Word 办公技能而编写，通过将最新版本 Word 2007 在公司日常文本文件处理、商务公文撰写、产品说明书编制、组织结构图绘制、销售图表分析、工作总结撰写等方面的应用置于一个日常工作情景之中，使读者在清晰的使用环境中轻松学习如何高效使用 Word 处理自己经常面临的种种办公任务。这一模式不仅解决 Word 软件如何使用的问题，更重要的是告诉读者某一项功能最适合在什么时候用。

本书特别为刚刚走出校门，具有一定的 Word 操作基础，但缺乏实际工作经验、职场变通技巧和就业竞争力的职场新人而作。同时对那些经常需要进行文本处理、撰写商务文件的在职人员（尤其是公司文秘）提高自身工作能力和效率也有实践性指导意义，也是以实用性教育为宗旨，提倡"行动领域教学模式"的高职高专类学校和电脑培训班理想的实训教材。

图书在版编目（CIP）数据

现代办公·Word 2007 情景案例教学/杨仁毅编著.北京：电子工业出版社，2009.4

（职场情景再现系列）

ISBN 978-7-121-08429-4

Ⅰ. 现…　Ⅱ.杨…　Ⅲ.文字处理系统，Word 2007　Ⅳ.TP391.12

中国版本图书馆 CIP 数据核字（2009）第 028549 号

责任编辑：姜　影

印　　刷：北京天竺颖华印刷厂

装　　订：三河市鑫金马印装有限公司

出版发行：电子工业出版社

　　　　　北京市海淀区万寿路 173 信箱　　邮编：100036

　　　　　北京市海淀区翠微东里甲 2 号　　邮编：100036

开　　本：787×1092　1/16　印张：17.5　字数：440 千字

印　　次：2009 年 4 月第 1 次印刷

定　　价：33.00 元

前言

金融危机已成定局，就业压力陡增，失业威胁暗涌，职场瞬间变得风声鹤唳！在这种情势下，我们如何应对？

不错，学习。

身处现代职场，我们任何时候都应该审时度势，通过快速充电的方式提高自己的实践力、就业力、竞争力。这更是金融风暴袭来时的"过冬"良策。

因此，为了能够选择适合自己的充电方式，你应该首先来审视一下自己：

你是否即将毕业，或是职场新人？或者是一个已在职多年，但感觉自身能力确实越来越不能适应目前的职位要求？

在目前频频传来企业裁员消息的形势下，你却幸运地获得了面试机会。但是否被一些与实际工作经验相关的问题问得哑口无言？

当你怀着充电的决心购买了一些职业 IT 技能书籍，是否发现在学完之后，在面对工作任务时却仍旧不知如何运用？

如果，你对这几个问题持肯定的回答，那么，你可能真的需要本书！

《职场情景再现系列》在编写模式上的革新

强调计算机应用技能的合理性，创新的内容组织模式令人耳目一新。力求模拟实践力，营造就业力，提高竞争力。

旧有的计算机书籍在编写方式上习惯于单纯讲解软件操作方法，没有站在实际工作岗位的角度去探究哪种技术、哪个功能更适合我们所面对的典型的工作任务。从而导致不能学以致用或难以致用的问题。

针对这一问题，本丛书采用创新编写模式，兼顾"职场素质、IT 技能、情景设定"三个层面，形成了非常鲜明的特色：

（1）提供一个职场空间，将 IT 应用案例置于现实的工作情景当中，教给读者如何利用掌握的计算机技能应对瞬息万变的工作任务。

（2）选例精良，再现了常见的典型工作情景。虽然丛书的每个案例均是实际工作中经常需要面对的典型问题，但处理这些问题所涉及到的具体技术细节和职业性变通技能等却是大多数没有工作经验的读者根本想象不到的。

（3）创新地解决了讲解软件新版本时不能兼顾仍然使用旧版本用户的通病：置于情景当中的案例使用新版本实现，然后以"拓展训练"的方式，提供使用旧版本完成类似任务的操作对比，实现了在一本书中对新旧版本软件进行有效的比较，帮助读者更加深入地认识新版本。

关于本书

本书通过将最新版本 Word 2007 在公司日常文本文件处理、产品说明书编制、组织结构图绘制、销售图表分析、工作总结撰写等方面的工作任务置于一个日常工作情景之中，使得读者仿佛身临其境，在一个清晰的使用环境中轻松学习如何高效使用 Word 处理自己经常面对的各种办公任务。这一模式不仅解决 Word 软件如何使用的问题，更重要的是告诉读者某一项功能最适合在什么时候使用。

从结构上看，本书采用全新的编写模式，

通过不同的环节突出职业情景和案例分析，弥补了单纯的软件操作讲解方式在就业和工作指导性上的不足。

"情景再现"：在每个案例的开始之前先将读者置身于一个真实的、极具空间感和时间感的企业日常工作情景当中，使后面的软件操作讲解完全服务于该情景所描述的目标。这样，将读者学习目标转化为亲身参与的动力，避免学习过程中不假思索地盲从于操作步骤。

"任务分析"：从上一环节的情景描述中提炼出所接受任务的类型、目标以及上司或者工作本身的需求，使案例目标更加清晰。

"流程设计"：对上一环节中分析结论的细化，整理出要完成各项文件处理任务的大体思路，即先完成什么，再完成什么，最后达到什么效果。

"任务实现"：具体讲解使用 Word 2007 进行操作的步骤，其中的技巧都是作者多年工作经验的高度结晶。

"知识点总结"：总结任务实现过程中所用到的 Word 2007 的重要（主要）知识点以及操作中容易出现的问题。这是任何学习过程中都必需的回顾环节，以让读者在回顾的过程中更加清晰地理出 Word 2007 在实际工作中最常用的功能及技巧。

"拓展训练"：这是一个写法上的创新性设计——为了兼顾仍旧使用 Word 2007 之前版本的用户，特意给出使用 Word 2003 来完成类似任务的关键步骤，以对比新旧版本在功能和易用性、工作效率上的不同，从而进一步加深对新版本知识点的掌握。

"职业快餐"：讲解一些与案例任务相关的软件操作技能之外的职业知识，如说明书、结构图、工作总结等的标准格式以及一些职场交流、沟通技能等，从而提高职业素养。

本书特别为刚刚走出校门，具有一定的 Word 操作基础，但缺乏实际工作经验、职场变通技巧和就业竞争力的职场新人而作。同时对那些经常需要进行文本处理、撰写商务文件的在职人员（尤其是公司文秘）提高自身工作能力和效率也有实践性指导意义，也是以实用性教育为宗旨，提倡"行动领域教学模式"的高职高专类学校和电脑培训班理想的实训教材。

致谢

本书由卢国俊全程策划，并得到资深 IT 出版策划人莫亚柏的很多建设性意见，最后由杨仁毅主笔，张磊、周小船、游刚、汪仕、罗韬、荣青、石云、窦鸿、张洁、段丁友、任飞、王阳、黄成勇、张昭、胡乔等也为本书的出版付出了大量的劳动，对此表示深深的谢意。另外，在本书的策划和编写过程中，得到了北京美迪亚电子信息有限公司各位老师以及成都意聚扬帆科技有限公司的大力支持，在此一并表示感谢。

为了方便读者阅读，本书配套资料请登录"华信教育资源网"（http://www.hxedu.com.cn），在"资源下载"频道的"图书资源"栏目下载。

目录

现代办公·Word 2007 情景案例教学　　The

Next Chapter　>>　>

案例 1

新时空胶囊

产品使用说明书

素材路径：源文件与素材\第 1 章\素材\说明书内容.docx

源文件路径：源文件与素材\第 1 章\源文件\新时空胶囊产品说明书.docx

情景再现

今天早上刚到办公室，就发现办公室里气氛热烈。我把手上的包放到办公桌上便去问前台小刘，小刘兴奋地说公司花一年多时间研制的新时空胶囊终于成功了，有了这种既美白又祛斑的产品，她的皮肤会变得更好了。我听了也非常高兴，是啊，公司新产品研制成功了能不高兴么？

上午 11 点左右，我正欣赏从研发部门拿过来的新产品样品的外包装，研发部的李经理走过来，对

我说："小郭，我们研发部把新时空胶囊研制成功了，现在还差一份产品使用方法与功效的说明，这就要你来做了，这不，我把资料都拿过来了。"我说："遵命，李经理你可是公司的大功臣啊，你把资料放在我这里，明天我就能把你交代的任务完成。"李经理笑笑，拍拍我的肩膀，又赶回研发部门去了。

任务分析

● 制作产品使用方法与功效的说明，也就是产品使用说明书。

● 产品使用说明书是放在包装盒中的，该说明书使用的纸张不能过大， 32 开的纸张即可。

● 要注明出产的日期、保质期、贮藏方法等必须注明的信息。

● 由于是化妆品，必须注明卫生许可证号。

● 在制作过程中必须叙述清楚，让客户看懂，看明白。页面设置要简洁，避免过于花哨。

流程设计

首先进行页面设置，再输入文本，设置文本的格式，然后设置段落格式，接着添加文本框，设置文本编号，最后保存产品使用说明书并进行打印预览。

任务实现

页面设置

（1）启动 Word 2007，切换到"页面布局"选项卡[①]，单击"页面设置"选项组中的"纸张大小"按钮，如图 1-1 所示。

（2）在弹出的下拉菜单中选择"32 开（13×18.4 厘米）命令，如图 1-2 所示。

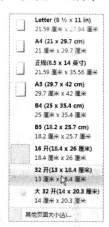

图 1-1　"页面布局"选项卡　　　　　　图 1-2　选择纸张大小

（3）单击"页面设置"选项组中的"页边距"按钮，在弹出的下拉菜单中选择"自定义边距"[②]命令，如图 1-3 所示。

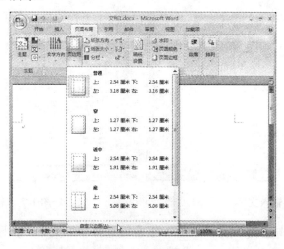

图 1-3　自定义边距

---

① 这是 Word 2007 与 Word 2003 的重要变化：用选项卡取代了菜单。

② 产品说明书要与产品一起放到包装盒里，就需要设置纸张大小，而纸张大小变化了，相应的页边距也要进行变化。

（4）弹出"页面设置"对话框，在"页边距"选项卡的"上"、"下"文本框中分别输入"1．2厘米"。在"左"、"右"文本框中分别输入"1厘米"，如图1-4所示。完成后单击"确定"按钮，纸张更改后的效果如图1-5所示。

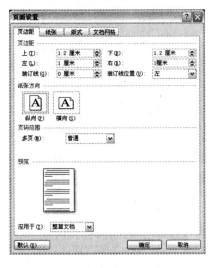

图1-4　自定义页边距　　　　　　　图1-5　纸张更改效果

输入产品说明文字

（1）在文档开始处单击左键，输入"Ceramide Advanced Time Complex Capsules 新生代时空胶囊"，[1]如图1-6所示。

（2）按下 Enter 键换行，输入说明书的相关内容，效果如图1-7所示。

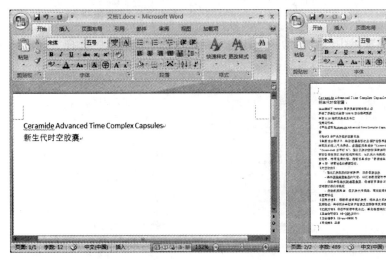

图1-6　输入文字　　　　　　　图1-7　输入文本

（3）在页面中单击左键，按下 Ctrl+A 组合键选择全部文本，如图1-8所示。

---

① 移动光标到需要输入文字的位置，即可在光标位置输入文本。

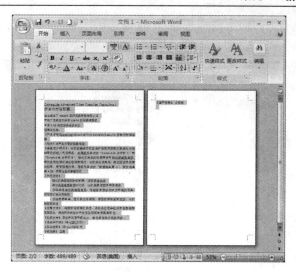

图 1-8　选择全部文本

设置文本格式

（1）选择"开始"选项卡，单击"字体"选项组中"字体颜色"按钮右侧的向下箭头按钮，在弹出的下拉菜单中选择"其他颜色"命令，如图 1-9 所示。

（2）打开"颜色"对话框，在"标准"选项卡中选择需要的颜色，完成后单击"确定"按钮，如图 1-10 所示。

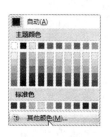

图 1-9　选择其他颜色

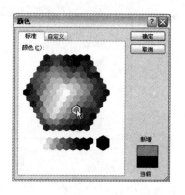

图 1-10　选择文本颜色

（3）在文本外的任意地方单击左键取消文本的选择状态[①]，然后选择"Ceramide Advanced Time Complex Capsules"这几个英文单词，此时在光标处会出现浮动格式工具栏[②]，移近鼠标即可完全显示，如图 1-11 所示。

图 1-11　浮动格式工具栏

---

① 如果不取消文本的选择状态，那么接下来设置的文本格式将用于全部文本。
② 这是 Word 2007 的新功能之一，是 Word 2007 为增强易用性做的改变。

（4）单击"字体"右侧的向下箭头按钮，在弹出的下拉列表中选择"Harlow Solid Italic"字体，如图 1-12 所示。

图 1-12　选择字体

（5）单击"字号"右侧的向下箭头按钮，在弹出的下拉列表中选择"四号"选项，如图 1-13 所示。

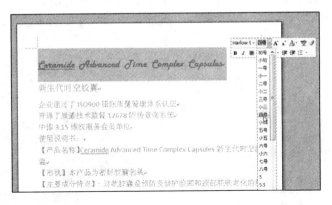

图 1-13　选择字号

（6）选择"新生代时空胶囊"，在浮动格式工具栏上设置其字体为"方正舒体"，字号为"小四"，并单击"加粗"按钮，如图 1-14 所示。

设置段落格式

（1）选择"企业通过了……3.15 维权服务会员单位"这段文字，在浮动格式工具栏上设置其字体为"黑体"，字号为"五号"，如图 1-15 所示。

图 1-14　文字格式设置

图 1-15　设置字体与字号

（2）重新将鼠标移动到文档最前面，选择"企业通过了……3.15 维权服务会员单位"这段文字，单击"字体"选项组右下角的按钮，打开"字体"对话框，切换到"字符间距"

选项卡，在"缩放"下拉列表中选择"90%"选项，如图 1-16 所示。

图 1-16　缩放字符

（3）选择"使用说明书"文本，将其字体设置为"黑体"，字号设置为"四号"，然后选择 "使用说明书"下面所有的文本，将其字体设置为"华文仿宋"，字号为"小五"，如图 1-17 所示。

（4）保持文本的选中状态，单击"段落"选项组中的"行距"按钮，在弹出的下拉菜单中选择"1.15"命令，如图 1-18 所示。

图 1-17　设置文本格式

图 1-18　设置行距

添加文本框

（1）选择"企业通过了……3.15 维权服务会员单位"这段文字，切换到"插入"选项卡中，单击"文本"选项组中的"文本框"按钮，在弹出下拉菜单中选择"绘制文本框"命令，如图 1-19 所示。在选择的文本周围添加一个文本框。

（2）按键盘的方向箭头键，移动文本框，调整它的位置，如图 1-20 所示。

图 1-19　选择"绘制文本框"命令

图 1-20　调整文本框位置

（3）保持文本框的选中状态[①]，选择"格式"选项卡，在"文本框样式"选项组中单击"其他"按钮，如图 1-21 所示。

（4）在弹出的下拉列表中选择一种文本框格式，这里选择"虚线轮廓-强调文字颜色 4"格式，如图 1-22 所示。

图 1-21　"格式"选项卡

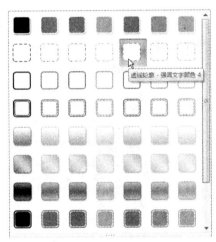

图 1-22　选择文本框格式

设置文本编号

（1）选择 "对应功效"条目下的文本[②]，如图 1-23 所示，选择"开始"选项卡，单击"段落"选项组中"编号"按钮右侧的箭头，在弹出的下拉菜单中选择需要的编号样式[③]，如图 1-24 所示。

（2）应用编号样式后的文本，如图 1-25 所示。

---

① 如果不选中文本框，Word 2007 不会出现"格式"选项卡。

② 因为这段文字是讲述该产品对使用者具备什么功效，所以在设置文字格式时应与其他内容有所区别，这里为其设置编号样式。

③ 可以单击"定义新编号格式"命令，打开"定义新编号格式"对话框，设置需要的编号列表样式。

图 1-23　选择文本

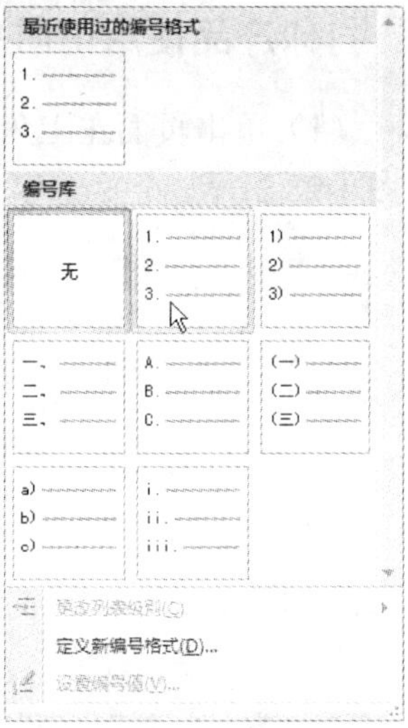

图 1-24　选择编号

图 1-25　应用编号样式后的文本

保存产品使用说明书

（1）文档制作完成后，要对其进行保存[①]。单击快速访问工具栏中的"保存"按钮，如图 1-26 所示。

（2）打开"另存为"对话框，在"保存位置"下拉列表中选择文档保存路径，在"文件名"文本框中输入文档的名称，在"保存类型"下拉列表中选择要保存的文档类型[②]，如图 1-27 所示。完成后单击"保存"按钮。

图 1-26　快速访问工具栏

图 1-27　"另存为"对话框

---

① 对文档进行保存时，可按 Ctrl + S 组合键对文档进行快速保存。如果文档初次保存，按 Ctrl + S 组合键可以快速打开"另存为"对话框。

② Word 2007 的文档保存的默认格式是.docx，也可以设置为 Word 97—2003 格式，以便文档能在低版本 Word 中打开。

打印产品使用说明书

（1）单击页面左上角的按钮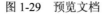①，在弹出的下拉菜单中选择"打印→打印预览"命令，如图 1-28 所示。

图 1-28　选择"打印→打印预览"命令

（2）即可在打印预览视图②中预览制作好的文档，如图 1-29 所示。

（3）选择"打印预览"选项卡，在"打印"选项组中单击"打印"按钮③，如图 1-30 所示，即可打印说明书文档。

图 1-29　预览文档

图 1-30　打印文档

---

① 这是 Word 2007 新增的功能。

② 在打印说明书之间进行打印预览可以查看文档整体版式是否得当。

③ 按下 Ctrl+p 组合键能直接打印文档。

知识点总结

新时空胶囊产品使用说明书的制作主要使用了页面设置、输入文本、设置文本格式与段落格式、添加文本框、设置文本编号等功能。

在制作过程中需要注意以下几个方面。

1．设置页边距

页边距不能设置得太小，一般不要小于1 厘米。如果太小，内容超出打印版心，导致文档内容在打印时打印不全。

2．输入内容

启动 Word 2007，出现空白文档即可输入文字等内容。在空白文档中有一个闪烁的竖条，这是插入点，表示文本输入时的位置。用户可直接选择需要的汉字输入法，在文档中输入相关的内容。在 Windows 中可以通过 Ctrl+Shift 组合键切换各种已经安装好的输入法。

3．内容换行

在 Word 中录入内容时，是自动换行的。一般情况下，当输入内容超过页面宽度时，光标插入点会自动跳转到下一行。

若需要在一行内容没有输入满时强制另起一行，并且需要该行的内容与上一行的内容保持一个段落属性，可以按下 Shift + Enter 组合功能键来完成。

4．内容换段

在录入文档内容的过程中，当一段文本内容输入完后，按 Ente 键即可对文档内容进行强制换段。

每按一次 Enter 键，表示另起一个新的段落。在系统默认情况下，文档中会自动产生一个"段落标记符"↵。此标记符在文档打印时，默认状态下同样不会打印出来，只是为了方便文档内容的编辑与处理。

5．文本的选择

选取文本内容是编辑文本的操作前提。选取文本内容有以下几种操作方法。

（1）用鼠标选择文本

用鼠标选择文本有 4 种方法。

①拖动选择

● 将光标移到起始位置并单击，将插入点定位到该处。当光标呈 I 形状时按住鼠标左键不放，向目标位置移动光标，将选择任意的连续文本。

● 将光标移到文档编辑区左侧，当光标呈 形状时按住鼠标左键不放，向上或向下拖动，可选择连续的多行文本。

②单击选择

将光标移到某行文本左端的空白区域处，当光标呈 形状时，单击鼠标，可选择光标所对应的该行文本。

③双击选择

● 将光标移到文档编辑区内，当光标呈 I 形状时，双击鼠标可选择该词语或单词。

● 将光标移到文档编辑区左侧，当光标呈 形状时，双击鼠标可选择该段的所有文本内容。

④三击选择

● 将光标移到文档某段文本中间，当光标呈 I 形状时，三击鼠标可选择该段的所有文本内容。

● 将光标移到文档编辑区左侧，当光标呈 形状时，三击鼠标左键选择该文档的所有文本内容。

（2）用键盘选择文本

用键盘选择文本的方法适用于键盘操作非常熟练的用户，可以通过键盘上各键的组合来选择文本。下面介绍常用的键盘快捷键及其功能。

● Shift+←：选中光标左侧的一个字符。

● Shift+→：选中光标右侧的一个字符。

● Shift+↑：选中光标位置至上一行相同位置之间的文本。

● Shift+↓：选中光标位置至下一行相

同位置之间的文本。

● Shift+Home：选中光标位置至行首之间的文本。

● Shift+End：选中光标位置至行尾之间的文本。

● Shift+PageDown：选中光标位置至下一屏之间的文本。

● Shift+PageUp：选中光标位置至上一屏之间的文本。

● Ctrl+A：选中整篇文档。

（3）用鼠标与键盘结合的方式选择文本

鼠标与键盘结合能够快速选择长文本、连续或不连续的文本以及矩形区域内的文本等，从而大大地提高了工作效率。

①鼠标与 Shift 键结合使用

该方法适用于选择较长的连续文本内容，尤其是跨页选择文本的情况。

将光标插入点定位到文本起始位置，按住 Shift 键不放，在目标内容的结尾处单击鼠标并释放 Shift 键，可选择该区域内的所有文本内容。

②鼠标与 Ctrl 键结合使用

该方法主要用于选择不同位置的几段不连续的文本内容。

使用任一种方法选择一段文本，按住 Ctrl 键不放，再使用鼠标在文档中选择其他文本，即可同时选择多段不连续的文本内容。

③鼠标与 Alt 键结合使用

该方法用于选择矩形区域内的文本内容，适用于快速删除多行文字前面的序号等情况。

将光标插入点定位到起始位置，按住 Alt 键不放，再拖动鼠标或使用键盘上的方向键，即可选择矩形文本块。

6．复制、移动与删除文本

复制、移动和删除文本是编辑工作中最常用的编辑操作。例如，对重复出现的文本，不必一次次地重复输入，对放置不当的文本，可快速移动到满意的位置。

（1）复制文本

复制文本就是把选定的文本复制到文档的其他位置，也可以把一个文档中的文本复制到其他文档中。在文本的编辑过程中，熟练地运用复制与粘贴功能，可以节省编辑文档的时间。

选择要复制的文本，在"开始"选项卡的"剪贴板"功能组中单击"复制"按钮[1]，如图 1-31 所示。然后将光标定位在需要文本的目标位置，单击"剪贴板"功能组中的"粘贴"按钮[2]即可，如图 1-32 所示。

图 1-31　单击"复制"按钮

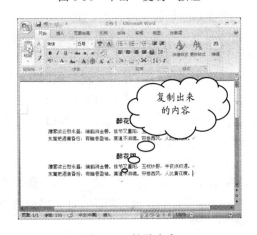

图 1-32　粘贴内容

在复制文本时，也可以选择文本后，将指针指向选择的内容上，当指针变成"⇖"样式时，按住 Ctrl 键将文本拖动复制到目标位置。

---

① 选择内容后按 Ctrl + C 组合键也能进行复制。

② 光标定位后按 Ctrl + V 组合键，能快速粘贴文本。

（2）移动文本

移动文本就是将文档中选择的内容移动到其他目标位置。移动文本的操作方法与复制文本的操作方法几乎一样。

选择要移动的文本，单击"开始"选项卡，单击"剪贴板"功能组中的"剪切"按钮 ，或者选择文本后按 Ctrl + X 组合键。将光标定位在需要内容的目标位置，然后单击"剪贴板"功能组中的"粘贴"按钮 即可，或者光标定位后按 Ctrl + V 组合键。

（3）删除文本

在 Word 文档编辑中，如果要删除文档中的某些文本，可按以下方法进行操作。

方法一：选择需要删除的文本，按键盘上的删除键 Delete。

方法二：选择需要删除的文本，单击选择"开始"选项卡，在"剪贴板"功能组中

单击"剪切"按钮 [1]。

7. 设置文本框格式

设置文本框格式时必须先选中文本框，才能在出现的"格式"选项卡中设置文本框的格式。

8. "保存"和"另存为"

单击页面上方的"Office"按钮，通过弹出的菜单来保存文档，在菜单中有"保存"和"另存为"两个命令。若初次保存文档，这两个命令作用是一样的效果，单击它们都会弹出"另存为"对话框。一般情况下，对已有文档进行编辑修改后，若需要让原文件保存现有文件内容就使用"保存"命令。对已有文档进行修改编辑后，若希望保持原有文件内容不变，又需要保存现有文档内容时，则必须使用"另存为"命令。在弹出的"另存为"对话框中设置新的位置和文件名。

拓展训练

为了与旧版本在操作上进行比较，下面专门使用 Word 2003 制作一份公司招聘启示，并给出一些在操作上差别比较大的关键步骤，制作完成后的效果如图 1-33 所示。

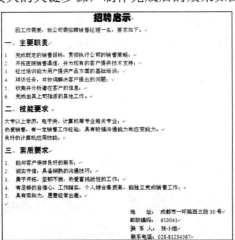

图 1-33　招聘启示

---

① 选择 Word 文档中的文本后，单击"剪切"按钮只是将内容移动到 Windows 的"剪贴板"中。

关键步骤提示：

（1）启动 Word 2003，在文档中单击左键，输入招聘启示的内容，如图 1-34 所示。然后选中"招聘启示"文本，将其字体设置为"华文琥珀"，字号为"小二"，并设置为居中对齐。

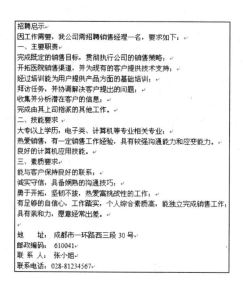

图 1-34　输入文本

（2）将光标放置于"因工作需要，我公司需招聘销售经理一名，要求如下："文本之前，按下键盘上的空格键四次。

（3）选择"一、主要职责"文本，将其字体设置为"黑体"，字号为"四号"。然后按照同样的方法将"二、技能要求"文本与"三、素质要求"文本都设置为四号的黑体。

（4）选择"一、主要职责"条目与"二、技能要求"条目之间的文本，执行"格式→项目符号和编号"命令，在"项目符号和编号"对话框中选择"编号"选项卡，从中选择需要的编号样式，如图 1-35 所示。完成后单击"确定"按钮。

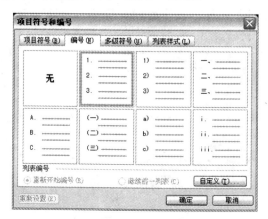

图 1-35　设置编号

（5）按照同样的方法为"二、技能要求"条目下的文本与"三、素质要求"条目下的文本设置编号样式。

（6）将"地址"与"邮政编码"等内容设置为右对齐，然后将这些文本的左侧第一个文字进行对齐，如图1-36所示。完成后保存文档即可。

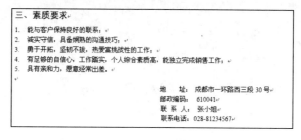

图1-36　对齐文本

职业快餐

无论什么产品，制作产品使用说明书时的描述必须与实物相符，不能夸大其词。没有合格说明书的产品是禁止进行上市销售的。制作说明书时一定要从生产人员那里获得详细的资料。

通常一份完善的产品说明书要包括以下内容：

（1）产品用途和简介；

（2）产品的成分；

（3）产品使用时的环境条件和技术参数；

（4）产品的使用方法；

（5）产品原理和结构简介；

（6）储存、运送、维护和保养等方法；

（7）告戒或注意事项。

如果是一些大产品（如液晶电视、大型益智玩具）的说明书，通常是制作成一本小册子，说明书上应详细地记录使用方法，甚至每一个功能如何使用。

案例 2

市场调查

分析报告

素材路径：源文件与素材\第 2 章\素材\市场调查分析报告正文内容.docx

源文件路径：源文件与素材\第 2 章\源文件\市场调查分析报告.docx

情景再现

一转眼进入公司已经快 1 年了，这期间完成了很多领导交代的任务，完成的效果也还算不错，为此得到了领导不少好评。前段时间部门主管离职，经理曾暗示我好好努力，争取这个机会。

这天我正在整理手上的资料，突然桌上的电话响了，经理叫让我马上去他办公室一趟。

我敲门进去后发现里面还有同事大李，心里不禁一惊：怎么大李也在呢？要说主管这个位子，最强劲的竞争对手无疑是大李，现在经理把我们两个都叫来，不知道是什么事情。正在猜想之际，经理说："你们两个知道公司最近对新生产的一种饮料做了专门的市场调查吧。"我和大李点了点头，经理接着说："现在这些调查表都收集回来了，公司想让你们两人

各做一份调查分析报告，看看这款饮料怎样才能快速的在市场中站稳脚，有自己的消费人群等。"我明白了经理的用意，他想通过这份调查报告把主管的人选定下来，所以才会让我和大李一人做一份，于是就说："估计这个周末我会给您一份完整的调查分析报告。"

"好，我知道你们以前就很注重一些市场数据分析。希望这次你们能利用这些调查表给我们明确的指引。这也是公司管理层对你们的期待。"

"我会尽力的，周末就会把报告发到您的邮箱。"

任务分析

● 为了使市场调查分析报告层次更清晰，需要在报告中设置各级标题。

● 制作时把文中一些不好理解的内容加上注释文字。

● 由于调查分析报告内容比较多，需要制作一个目录。

● 为了方便领导阅读，在正文中需要添加页码。

● 为了减少报告中的文字错误，使报告更严谨，制作完成以后要进行拼写与语法错误检查。

流程设计

首先输入报告内容并套用内建样式，再自定义新样式，设置添加脚注，然后添加目录，接着设置目录，更新目录，最后插入页码并进行拼写和语法检查。

任务实现

输入报告内容并套用内建样式

（1）启动 Word 2007，切换到"页面布局"选项卡，单击"页面设置"选项组中的"纸张大小"按钮，在弹出的下拉菜单中选择"A4（21 厘米×29.7 厘米）命令，如图 2-1 所示。

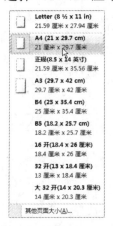

图 2-1 选择纸张大小

（2）在文档开始处单击鼠标左键，输入市场调查分析报告正文内容，如图 2-2 所示。

图 2-2 输入文字

（3）选择标题"2008 年大学生饮料消费市场调研报告"，选择"开始"选项卡，单击"样式”组中的“其他”按钮，在弹出的菜单中选择“标题 1”选项①，如图 2-3 所示。

（4）保持标题“2008 年大学生饮料消费市场调研报告”的选择状态，单击“段落”组中的“居中对齐”按钮，使标题居中对齐，如图 2-4 所示。

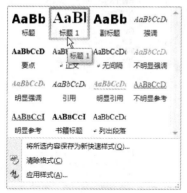

图 2-3 选择“标题 1”

2008 年大学生饮料消费市场调研报告

一、前言

近几年，我国软饮料年产量以超过 20%的年均增长率递增，达到 1300 多万吨。软饮料市场已成为中国食品行业中发展最快的市场之一，进入 2006 年软饮料依然保持产销两旺的态势，产成品销售收入和利润都比同期有了较大幅度的增长。人民收入水平提高，使饮料生产量和消费量的持续增长成为可能；消费者对天然、低糖、健康型饮料的需求，促进了新品种的崛起。但增长点将会转移，碳酸饮料的传统主流地位虽然会受到挑战，而且瓶装饮用水、茶饮料、果汁饮料、功能型饮料等将受到更多消费者的青睐。

大学生作为饮料消费的主要群体，他们的消费习惯和消费行为一直受到关注。目前的饮料消费市场竞争日趋激烈，品牌不断涌现，饮料消费市场成为典型的买方市场，人们的选择范围越来越大。大学生要做如何的选择呢？在消费日益冷静的今天，厂家又将如何面对呢？带着这些问题，我们日前对大学生的饮料市场进行了调查研究。

二、调研概述

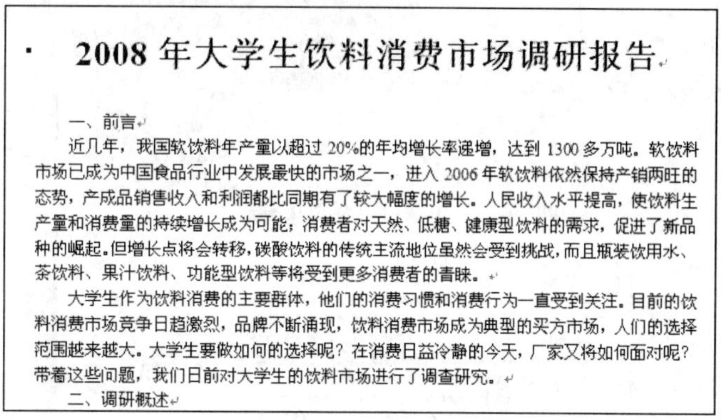

图 2-4 单击“居中对齐”按钮后的效果

（5）拖动鼠标选择除标题外的所有文本，单击“段落”组中的按钮，打开“段落”对话框，在“行距”下拉列表中选择“固定值”选项，在“设置值”文本框中输入“18 磅”，如图 2-5 所示。完成后单击“确定”按钮。

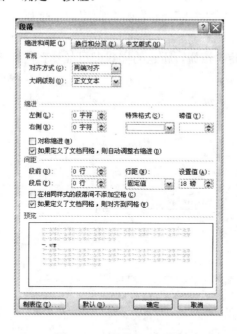

图 2-5 “段落”对话框

自定义新样式

（1）选择“开始”选项卡，单击“样式”组中的按钮，打开“样式”窗口②，如图 2-6 所示。

① 将鼠标指针放置于样式选项上，可以实时预览该样式的效果。

② 按下 Alt+Ctrl+Shift+S 组合键能快速打开“样式”窗口。

（2）在"样式"窗口中单击"新建样式按钮" ，如图 2-7 所示。

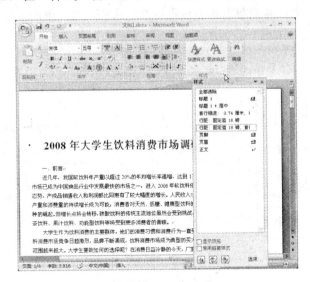

图 2-6 打开"样式"窗口   图 2-7 单击"新建样式"按钮

（3）打开"根据格式设置创建新样式"对话框，在"样式基准"下拉列表中选择"标题 2"选项，在"格式"组中将"字体"设置为"黑体"，"字号"设置为"小四"，如图 2-8 所示。

（4）完成后单击"确定"按钮，新建的样式即可显示在"样式"窗口中，如图 2-9 所示。

图 2-8 "根据格式设置创建新样式"对话框   图 2-9 新建样式

（5）在文档中选择"一、前言"，在"任务"窗口中选择新建的"样式 1"，如图 2-10 所示，新建的"样式 1"便应用于所选的文字。

（6）按照同样的方法将新建的"样式 1"应用于"二、……""三、……""四、……"段落，如图 2-11 所示。

（7）在"样式"窗口中单击"新建样式"按钮 ，打开"根据格式设置创建新样式"

对话框，在"样式基准"下拉列表中选择"标题 3"选项，在"格式"组中将"字体"设置为"方正大黑简体"，"字号"设置为"五号"，如图 2-12 所示。

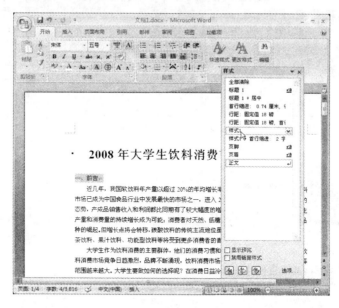

图 2-10　应用样式

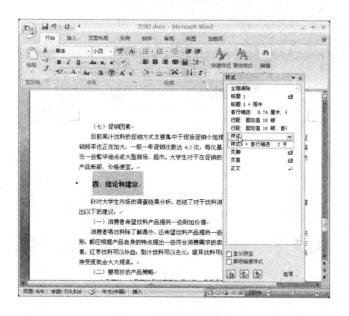

图 2-11　继续应用样式

（8）完成后单击"确定"按钮，新建的样式即可显示在"样式"窗口中，如图 2-13 所示。

（9）在文档中分别选择段落"（一）……"、段落"（二）……"、段落"（三）……"、段落"（四）……"……，在"任务"窗口中选择新建的"样式 2"，如图 2-14 所示，新建的"样式 2"便应用于所选的文字。

图 2-12 "根据格式设置创建新样式"对话框

图 2-13 新建样式

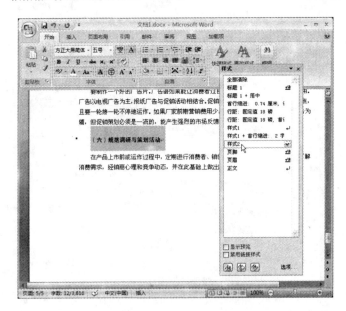

图 2-14 继续应用样式

添加脚注

（1）将光标移至"而且瓶装饮用水、茶饮料、果汁饮料、功能型饮料"中的"茶饮料"后，切换到"引用"选项卡，单击"脚注"组中"插入脚注"按钮，如图 2-15 所示。

图 2-15 单击"插入脚注"按钮

（2）即可在文档最下方显示脚注编辑区[①]，在编辑区中输入注释文字，如图 2-16 所示。

（3）将光标移至"而且瓶装饮用水、茶饮料、果汁饮料、功能型饮料"中的"功能型饮料"后，单击"脚注"组中"插入脚注"按钮，在文档最下方的脚注编辑区中输入注释文字，如图 2-17 所示。

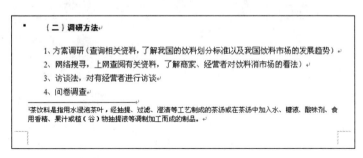

图 2-16　输入注释文字

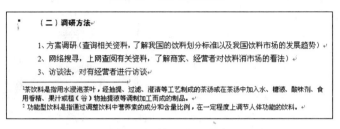

图 2-17　输入注释文字

添加目录

（1）切换到"视图"选项卡，在"显示/隐藏"组中勾选"文档结构图"复选框，如图 2-18 所示。

（2）打开"文档结构图"任务窗格，在窗格中可以查看文档的结构，如图 2-19 所示。

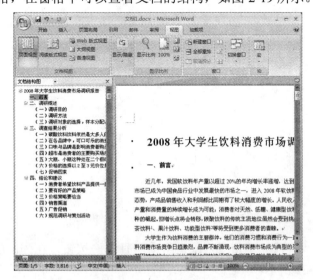

图 2-18　勾选"文档结构图"复选框　　　　　图 2-19　文档结构图

[①] Word 2007 中脚注的位置默认在页面底端。

（3）若文档的结构无误，将光标放置于文档首页页首，切换到"引用"选项卡，单击"目录"组中"目录"按钮，在弹出的菜单中选择"自动目录 1"选项，如图 2-20 所示。

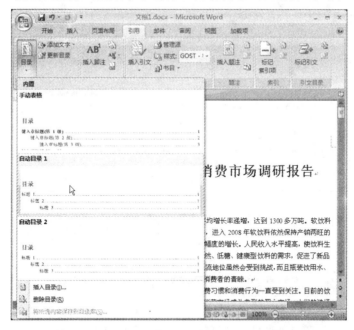

图 2-20 选择"自动目录 1"选项

（4）经过上述操作即可在文档中插入目录，如图 2-21 所示。

图 2-21 插入目录

设置目录

（1）单击"目录"组中"目录"按钮，在弹出的菜单中选择"插入目录"选项，如图 2-22 所示。

（2）打开"目录"对话框，在"制表符前导符"下拉列表中选择"·······"选项，在"格式"下拉列表中选择"正式"选项，如图 12-23 所示。完成后单击"确定"按钮。

（3）弹出"Microsoft Office Word"对话框，如图 2-24 所示。

图 2-22　选择"插入目录"选项

图 2-23　"目录"对话框

图 2-24　"Microsoft Office Word"对话框

（4）单击"确定"按钮，此时文档中的目录根据设置进行了相应的调整，设置目录样式后的效果如图 2-25 所示。

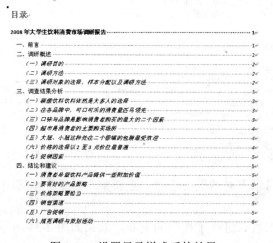

图 2-25　设置目录样式后的效果

（5）选中目录，切换到"开始"选项卡，单击"段落"组中的按钮，打开"段落"对话框，在"行距"下拉列表中选择"固定值"选项，在"设置值"文本框中输入"28 磅"，如图 2-26 所示。完成后单击"确定"按钮。

（6）将光标放置到"目录"两字中间，四次按下空格键，然后选中"目录"两字，在"段落"组中单击"居中对齐"按钮，并在"字体"组中将"字体"设置为"黑体"，如图 2-27 所示。

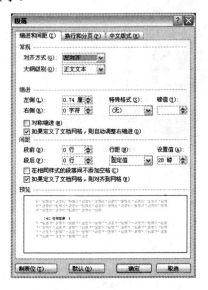

图 2-26　"段落"对话框

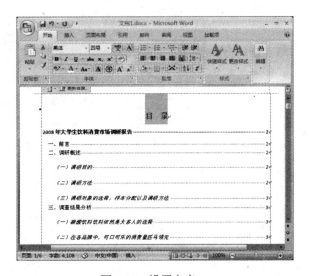

图 2-27　设置文字

更新目录

（1）在文档中将"（三）口味与品牌是影响消费者购买的最大的二个因素"更改为"（三）口味与品牌是影响消费者购买的最大的两个因素"，如图 2-28 所示。

（2）对标题进行修改后，对目录也应进行相应的修改，切换到"引用"选项卡，单击"目录"组中"更新目录"按钮，如图 12-29 所示。

图 2-28　更改文字

图 2-29　单击"更新目录"按钮

（3）打开"更新目录"对话框，选择"更新整个目录"单选项，如图 2-30 所示。完成后单击"确定"按钮。

（4）此时文档中的目录进行了相应的更新，效果如图 2-31 所示。

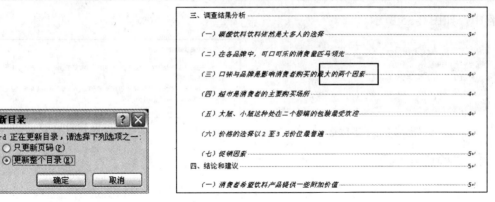

图 2-30　"更新目录"对话框　　　　　　　　　　图 2-31　更新目录

插入页码

（1）将光标放置于市场调查分析报告正文处，切换到"插入"选项卡，单击"页眉和页脚"组中的"页码"按钮，在弹出的菜单中选择"页面底端→普通数字 1"命令，如图 2-32 所示。

图 2-32　选择"页面底端→普通数字 1"命令

（2）即可在文档底部插入页码，如图 2-33 所示。然后在正文中双击鼠标左键退出页码编辑状态。

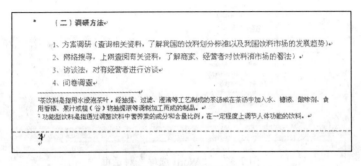

图 2-33　插入页码

（3）在目录中按住 Ctrl 键单击任何一个标题，如图 2-34 所示，即可跳转到标题所在的内容中，如图 2-35 所示。

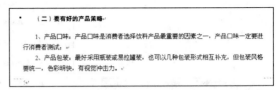

图 2-34 单击标题　　　　　　　　　　图 2-35 跳转页面

拼写和语法检查

（1）单击 Office 按钮，在弹出的菜单中选择底部的"Word 选项"选项，如图 2-36 所示。

图 2-36 选择"Word 选项"选项

（2）打开"Word 选项"对话框[①]，选择左侧的"校对"选项，在其右侧的"在 Word 中更正拼写和语法时"组中勾选"键入时检查"复选框、"键入时标记语法错误"复选框与"随拼写检查语法"复选框，如图 2-37 所示。完成后单击"确定"按钮。

图 2-37 "Word 选项"对话框

① 这是 Word 2007 的新功能之一。

（3）文档中以红色与绿色波浪线显示有拼写与语法错误的词句，如图2-38所示。

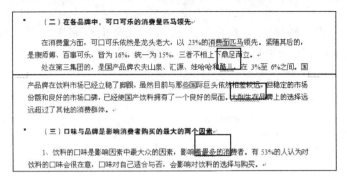

图2-38　出现波浪线

（4）如果觉得显示了错误的词句是正确的，就在该词句上单击右键，在弹出的菜单中选择"语法"命令，如图2-39所示。

（5）打开"语法：中文（中国）"对话框，单击"全部忽略"按钮，如图2-40所示，全部忽略该错误。

图2-39　选择"语法"命令　　　　图2-40　"语法：中文（中国）"对话框

（6）单击"下一句"按钮，如图2-41所示。出现下一句有拼写与语法错误的词句，如果觉得词句是正确的，继续单击"全部忽略"按钮，然后单击"下一句"按钮。

（7）出现确实是错误的词句，如图2-42所示。

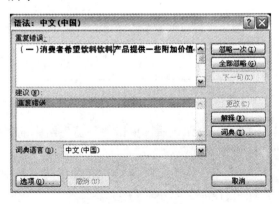

图2-41　单击"下一句"按钮　　　　　图2-42　错误词句

（8）将其修改为正确的，并单击"更改"按钮，则文档中的错误被修改，如图 2-43 所示。

（9）按照同样的方法继续检查并修改词句，直至检查完毕，弹出如图 2-44 所示的"Microsoft Office Word"对话框，单击"确定"按钮即可。

（一）消费者希望饮料产品提供一些附加价值

消费者喝饮料除了解渴外，还希望饮料产品提供一些附加价值。所以不管是哪个饮料类别，都应根据产品自身的特点提出一些符合消费需求的卖点来，如萝卜汁饮料可以补充维生素；红枣饮料可以补血；梨汁饮料可以去火；银耳饮料可以养身等等。这样你的产品的市场接受度就会大大提高。

（二）要有好的产品策略

1、产品口味：产品口味是消费者选择饮料产品最重要的因素之一，产品口味一定要进行消费者测试；

图 2-43　修改错误词句　　　　　　　图 2-44　"Microsoft Office Word"对话框

打印文档

（1）单击 Office 按钮，在弹出的菜单中选择"打印→打印预览"命令，在"打印预览"视图中预览打印效果，如图 2-45 所示。

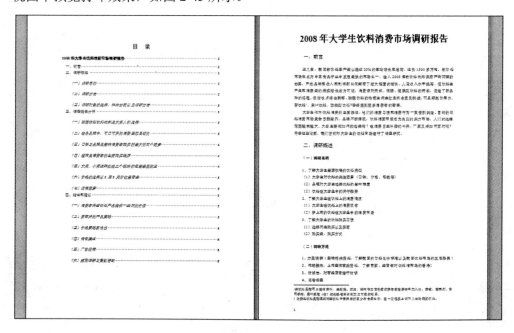

图 2-45　预览打印效果

（2）检查无误后，单击"预览"组中的"关闭打印预览"按钮，如图 2-46 所示，关闭"打印预览"视图。

（3）单击 Office 按钮，在弹出的菜单中选择"打印→快速打印"命令，如图 2-47 所示，即可打印文档。

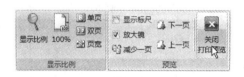

图 2-46　单击"关闭打印预览"按钮　　　　　　图 2-47　执行"快速打印"命令

知识点总结

　　本章制作的市场调查分析报告主要使用了输入报告内容并套用内建样式、自定义新样式、添加脚注、显示文档结构图、添加目录、设置目录、插入页码、拼写和语法检查等功能来制作的。在制作过程中需要注意以下方面。

1．样式

　　Word 2007 的样式提供很强的文档格式化功能和灵活性。样式是一些格式化指定的集合，它有一个名称并保存起来。在定义一个样式后，可以很快地把它应用于文档中的任何正文。

（1）修改样式

　　为文档创建样式后，用户也可以对样式进行修改。选择"开始"选项卡，单击"样式"组中的按钮，打开"样式"窗口。在需要修改的样式上单击右键，在弹出的菜单中选择"修改"命令，如图 2-48 所示。

　　打开"修改样式"对话框，单击"格式"按钮，在弹出的菜单中可以选择需要修改的格式，如字体、段落等，这里选择"字体"

命令，如图 2-49 所示。

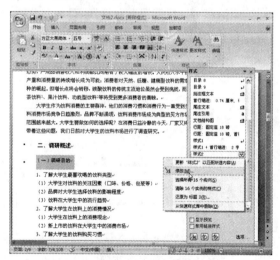

图 2-48　选择"修改"命令

　　打开"字体"对话框，在对话框中可以设置字体格式，并在"预览"区域进行预览，如图 2-50 所示。

　　完成后单击"确定"按钮，返回"修改样式"对话框，再次单击"确定"按钮，文档中的样式已经被修改了，如图 2-51 所示。

图 2-49 "修改样式"对话框

图 2-50 "字体"对话框

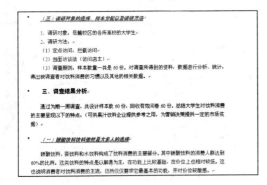

图 2-51 修改样式

（2）查找与替换样式

在使用了很多的样式后，要找某一个样式的变得很困难，Word 2007 中提供了查找样式的方法。选择"开始"选项卡，单击"样式"组中的按钮，打开"样式"窗口。在

需要查找的样式上单击右键，在弹出的菜单中选择"选择所有的实例"命令，如图 2-52 所示。

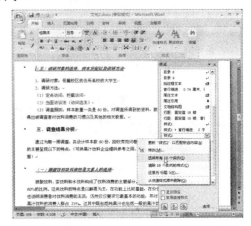

图 2-52 选择"选择所有的实例"命令

经过上述操作即可选中该文档中所有的同类样式，如图 2-53 所示。

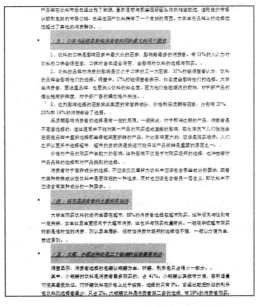

图 2-53 选择所有的同类样式

在使用了很多的样式后，如果需要将一个样式替换为另一个样式时，可以使用以下方法来完成。选中所有要替换的样式文本，在"样式"窗口中选择需要替换的样式，如图 2-54 所示。

选择的样式即可被替换为新选择的样式，如图 2-55 所示。

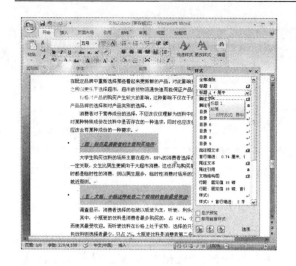

图 2-54 选择需要替换的样式

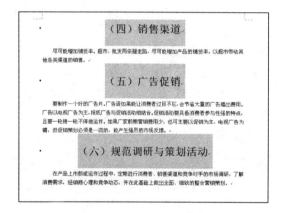

图 2-55 替换为新样式

（3）删除样式

若不需要相关的样式，用户可将自己定义的相关样式进行删除。选择"开始"选项卡，单击"样式"组中的按钮，打开"样式"窗口。在需要删除的样式上单击右键，在弹出的菜单中选择"删除"命令，如图 2-56 所示。

弹出"Microsoft Office Word"对话框，如图 2-57 所示，单击"是"按钮。

文档中应用了该样式的文本全部还原为正文样式，如图 2-58 所示。

（4）共享样式

样式建立后，只供当前文档应用，一旦关闭此文档，新建的样式作废。如果要保存新建样式，必须把样式保存到模板。选择"开

始"选项卡，单击"样式"组中的按钮，打开"样式"窗口，单击"删除"按钮，如图 2-59 所示。

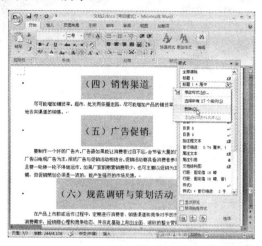

图 2-56 选择"删除"命令

图 2-57 "Microsoft Office Word"对话框

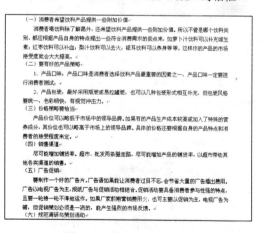

图 2-58 还原为正文样式

弹出"管理样式"对话框，选择"设置默认值"选项卡，选择"基于该模板的新文档"单选项，然后单击"导入/导出"按钮，如图 2-60 所示。

打开"管理器"对话框，在"样式"选项卡中选择要保存的自定义样式，单击"复制"按扭，将此样式复制到共用模板文件

Normal.dot 文件中, 如图 2-61 所示。完成后单击"关闭"按扭, 则在其他新建的文件中就可以应用保存过的自定义样式了。

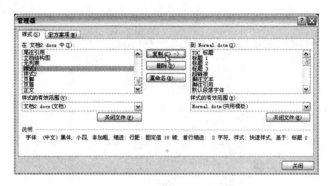

图 2-61 "管理器"对话框

项卡, 在"显示/隐藏"组中勾选"文档结构图"复选框, Word 将在左边显示文本标题, 可以快速地定位到需要检查的页面。

通过"文档结构图"视图方式, 可以很方便地查看文档中的各级标题, 并迅速定位到需要的地方, 如图 2-62 所示。但如果想让标题在"文档结构图"窗格中显示, 还需要对标题进行格式设置, 即将需要作为标题的文字, 设置为相应的几级标题, 否则就不会显示出来。

图 2-59 选择"删除"命令

图 2-60 "管理样式"对话框

2. Word 的视图

Word 在文档窗口中显示文档的方式称为视图方式。在 Word 2007 的视图方式分为文档结构图、页面视图、阅读版式视图、Web 版式视图、大纲视图和普通视图 6 种。

(1) 文档结构视图

文档结构图是一种能方便地对文档进行查看和修改的视图方式, 切换到"视图"选

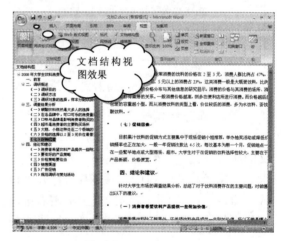

图 2-62 文档结构视图

(2) 页面视图

页面视图的所有文字和图形都显示在要打印的位置上, 页眉、页脚都显示在打印位置上。可以方便地设置页边距、编辑页眉和页脚、设置版式等相关的编辑工作。

页面视图是在撰写文档时采用的最常用的视图方式, 通过此视图, 用户可很方便地

在文本中添加标注，添加文本框，插入图片等对象，而不用担心其打印效果会有偏差，因为该视图完全是所见即所得的，当前显示的效果即是最终的打开效果，大大方便了用户。页面视图如图 2-63 所示。

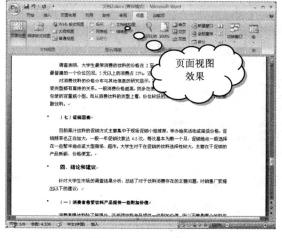

图 2-63　页面视图

（3）阅读版式视图

在"视图"选项卡上单击"文档视图"组中的"阅读版式视图"按钮，切换到阅读版式视图，如图 2-64 所示。阅读版式视图是阅读时经常使用的视图，进入阅读版式状态即可以进行批注、有色笔标记文本、查找参考文本。这种 Word 文档的阅读方法比较新颖，阅读起来比较贴近于自然习惯，可以使

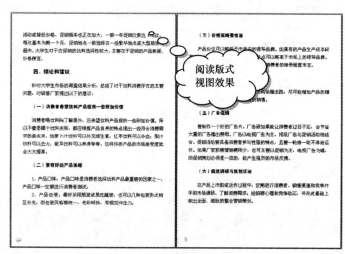

图 2-64　阅读版式视图

人从疲劳的阅读习惯中解放出来。

（4）Web 版式视图

在"视图"选项卡上单击"文档视图"组中的"Web 版式视图"按钮，切换到 Web 版式视图，如图 2-65 所示。Web 版式视图是编辑 Web 网页时经常会用到的视图形式，它是优化了的网络联机阅读版式，不管正文显示多大，文字显示比例多少，都会自动折行以适应窗口而不显示为实际打印的形式。

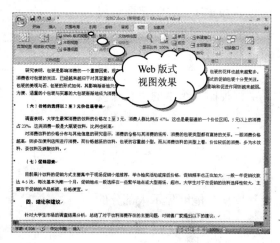

图 2-65　Web 版式视图

Web 版式视图是一种较为特殊的视图类型，在日常应用中较少使用该类型，它主要用于撰写 Web 文档，实时展现页面效果，以便于发布到网上，在制作和发布大段文字的网页时，常会使用这种视图。

（5）大纲视图

在"视图"选项卡上单击"文档视图"组中的"大纲视图"按钮，切换到大纲视图，如图 2-66 所示。大纲视图用于显示文档大纲结构。即使不从文档大纲出发编写文档，大纲视图也很有作用。在大纲视图中，易于移动和复制文本，易于在文档中移动插入点位置，易于重组大纲文档的内容，易

于对层次性文档进行分级操作。

大纲视图方式是按照文档中的标题层次来显示文档内容。用户可以折叠文档，只查看主标题，或者扩展文档查看整个文档内容，从而使得用户查看文档的结构变得十分容易，大纲视图中有"+"号，只需双击"+"号的标题，就可以在文档内容的折叠与展开之间进行切换。

（6）普通视图

在"视图"选项卡上单击"文档视图"组中的"普通视图"按钮，切换到普通视图，如图 2-67 所示。普通视图是 Word 中常用的显示方式，它对输入、输出及滚动条命令的响应速度快，能够显示大部分的字符、段落格式，适合一般的输入和编辑工作。

普通视图便于跨越分页符（横向虚线）和分节符（双横向虚线）编辑文本。但是，在普通视图中是看不到正文以外的内容的，文档中的页边标记、页眉、页脚、页码、脚注、尾注、背景以及文档的包装都是无法显示出来的。

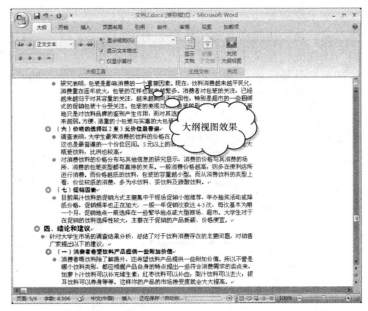

图 2-66　大纲视图

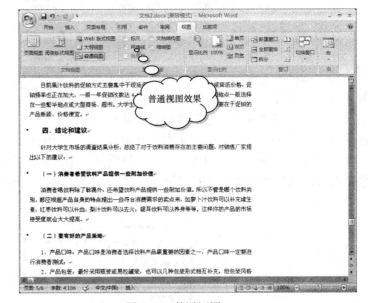

图 2-67　普通视图

拓展训练

为了与旧版本在操作上进行比较，下面专门使用 Word 2003 制作一份《中国中央空调市

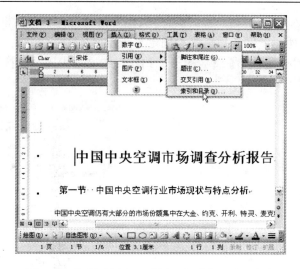

图 2-72　执行"插入→引用→索引和目录"命令

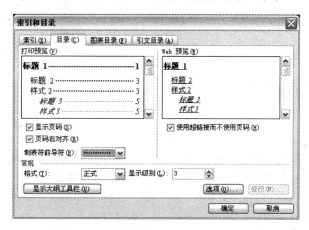

图 2-73　"索引和目录"对话框

（9）调整目录的段落格式，然后将光标放置到正文中需要添加脚注的地方，执行"插入→引用→脚注和尾注"命令，打开"脚注和尾注"对话框，在对话框中设置脚注的格式，如图 2-75 所示，完成后单击"确定"按钮。然后在"脚注"编辑区中输入注释文字即可。

图 2-74　"Microsoft Office Word"对话框

图 2-75　"脚注和尾注"对话框

（10）执行"插入→页码"命令，打开"页码"对话框，在对话框中设置页码的位置与对齐方式，如图 2-76 所示，完成后单击"确定"按钮。

（11）执行"工具→语法"命令，打开"语法：中文（中国）"对话框，如图 2-77 所示。在对话框中进行拼写检查。

图 2-76 "页码"对话框

图 2-77 "语法：中文（中国）"对话框

职业快餐

市场调查报告是根据市场调查研究活动及调查成果而写出的情况分析报告，以书面形式向组织和领导汇报调查情况。

1．调查报告的特点

调查报告有以下几个特点。

（1）写实性。调查报告是在占有大量现实和历史资料的基础上，用叙述性的语言实事求是地反映某一客观事物。充分了解实情和全面掌握真实可靠的素材是写好调查报告的基础。

（2）针对性。调查报告一般有比较明确的意向，相关的调查取证都是针对和围绕某一综合性或专题性问题展开的。所以，调查报告反映的问题要集中且有深度。

（3）逻辑性。调查报告离不开确凿的事实，但又不是材料的机械堆砌，而是对核实无误的数据和事实进行严密的逻辑论证，探明事物发展变化的原因，预测事物发展变化的趋势，提示本质性和规律性的东西，得出科学的结论。

2．调查报告的编写要点

（1）标题

标题即报告的题目。有直接在标题中写明调查的单位、内容和调查范围的，如《天津自行车在国内外市场地位的调查》；有的标题直接揭示调查结论，如《首都自行车市场进入饱和期》、《出口商品包装不容忽视》等；还有的标题除正题之外，再加副题，如《"泥巴换外汇"——陶瓷品出口情况调查》。

（2）前言

前言部分用简明扼要的文字写出调查报告撰写的依据，报告的研究目的或主旨，调查的范围、时间、地点及所采用的调查方式、方法。

除此之外，有的调查报告为了使读者迅速、明确地了解调查报告的全貌，还在前言中简要地列出一个报告的内容摘要。

（3）主体

主体部分是报告的正文。它主要包括三部分内容。

● 情况部分：该部分是对调查结果的描述与解释说明。可以用文字、图表、数字加以说明。对情况的介绍要详尽而完备，为结论和对策提供依据。

● 结论或预测部分：该部分通过对资料的分析研究，得出针对调查目的的结论，或者预测市场未来的发展、变化趋势。该部分为了条理清楚，往往分为若干条叙述，或列出小标题。

● 建议和决策部分：经过对调查资料的分析研究，发现了市场的问题和预测了市场未来的变化趋势后，应为准备采取的市场对策提出建议或看法。

● 结尾：这是全文的结束部分。一般写有前言的市场调查报告，要有结尾，以与前言互相照应，综述全文重申观点或是加深认识。

案例3

房地产企业最新楼盘
宣传海报

素材路径：源文件与素材\第3章\素材\图片

源文件路径：源文件与素材\第3章\源文件\房地产企业最新楼盘宣传海报.docx

情景再现

离公司新楼盘开始正式发售还有不到 3 个礼拜的时间了，公司上下每个人都很忙碌。这天一早我刚到公司，前台小李告诉我，销售部的刘经理让我来了就到他办公室去一躺。

我连包都没放下，就朝刘经理办公室走去，边走边纳闷销售部的刘经理找我这个行政部的员工会有什么事情呢？还在猜测之中已经到了刘经理办公室，因为不知道什么事情所以我有点不知所措，刘经理看我有点紧张，叫我放松坐下。给我倒了杯水后刘经理说："小王啊，你看我们楼盘都快开始发售了，可是

楼盘的宣传海报还没做出来，设计部的小张临时有急事回老家去了，现在让你临时顶工，不管怎样先做一份小样出来，以解燃眉之急啊！"

"在海报中一定要突出我们楼盘的优势，下周一给我怎么样"？我一听原来是叫我做宣传海报，悬着的心这才放回肚子，立即对刘经理说："没问题，您就放心吧，这个任务我会完成得漂漂亮亮的，下周一就发送到您邮箱中。"

任务分析

● 制作楼盘宣传海报，必须将楼盘发售时间与价格标注在醒目的位置。

● 楼盘宣传海报需要将该楼盘的优势体现出来，也就是户型特点，周边环境等。

● 在宣传海报中要将楼盘位置以路线方式标明，方便客户到现场咨询、购买。

● 在宣传海报中要将售楼热线、售楼地址标示出来。

● 由于 Word 中不能彩印，所以要输出为 PDF 格式。

流程设计

首先设置页边距与背景，再插入艺术字，绘制自选图形，接着插入文本框并在文本框中输入宣传文字，然后插入宣传图片，最后制作路线图并输入售楼热线与售楼地址，完成后保存，并输出为 PDF。

任务实现

设置页边距与背景

（1）启动 Word 2007，切换到"页面布局"选项卡，单击"页面设置"选项组中的"纸张大小"按钮，如图 3-1 所示。

（2）在弹出的下拉菜单中选择"A4（21×29.7cm）"命令，如图 3-2 所示。

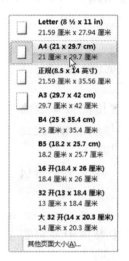

图 3-1　"页面布局"选项卡　　　　图 3-2　选择纸张大小

（3）单击"页面设置"选项组中的"页边距"按钮，在弹出的下拉菜单中选择"自定义边距"命令，如图 3-3 所示。

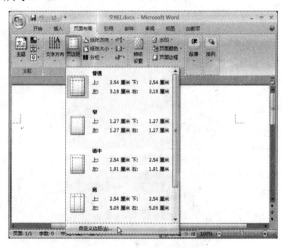

图 3-3　自定义边距

（4）弹出"页面设置"对话框，在"页边距"选项卡中的"上"、"下"、"左"、"右"文本框中分别输入"1.5 厘米"，如图 3-4 所示，完成后单击"确定"按钮。纸张更改后的效果如图 3-5 所示。

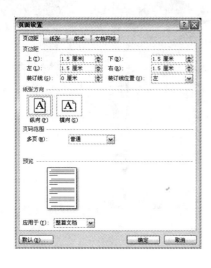

　　　　图 3-4　自定义页边距　　　　　　　　　　　图 3-5　纸张更改效果

（5）单击"页面背景"组中的"页面颜色"按钮右侧的向下箭头按钮，在弹出的下拉菜单中选择"其他颜色"命令，如图 3-6 所示。

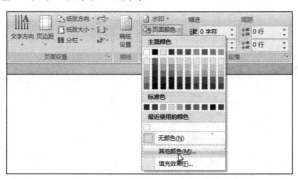

图 3-6　选择其他颜色

（6）打开"颜色"对话框，在"标准"选项卡中选择需要的颜色，如图 3-7 所示。

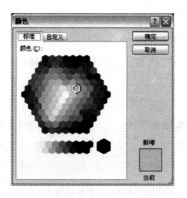

图 3-7　选择页面颜色

（7）完成后单击"确定"按钮，设置了页面颜色的文档如图 3-8 所示。

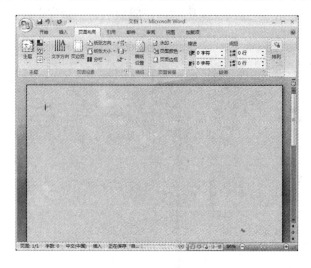

图 3-8　设置了页面颜色的文档

插入艺术字

（1）在文档开始处单击左键，输入"长龙 牧羊诗苑"，如图 3-9 所示。

（2）选中输入的"长龙"两个字，切换到"插入"选项卡，单击"文本"组中的"艺术字"按钮，在弹出的菜单中选择"艺术字样式 8"，如图 3-10 所示。

图 3-9　输入文字

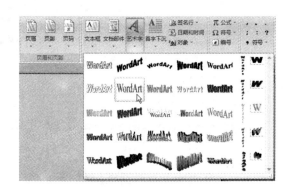

图 3-10　选择艺术字样式

（3）弹出"编辑艺术字文字"对话框[①]，在"字体"下拉列表中选择"隶书繁体"选项，在"字号"下拉列表中选择"32"选项，并且单击"加粗"按钮 **B**，如图 3-11 所示。设置完成后单击"确定"按钮。

（4）双击文档中的艺术字，在"艺术字工具"的"格式"选项卡中单击"形状填充"按钮，在弹出的菜单中选择"其他填充颜色"选项，如图 3-12 所示。弹出"颜色"对话框，在"标准"选项卡中选择需要的颜色，如图 3-13 所示，完成后单击"确定"按钮。

---

① 如果对设置的艺术字不满意，可以双击文档中的艺术字，然后切换到"艺术字工具"的"格式"选项卡，单击"编辑艺术字"按钮，在弹出的"编辑艺术字文字"对话框中进行更改即可。

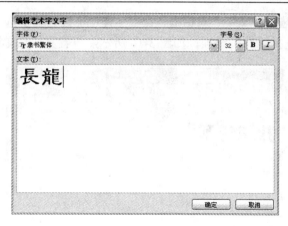

图 3-11　"编辑艺术字文字"对话框

（5）在"艺术字工具"的"格式"选项卡中单击"更改形状"按钮，在弹出的菜单中选择"八边形"选项，如图 3-14 所示。

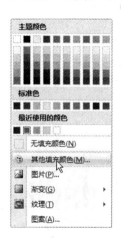

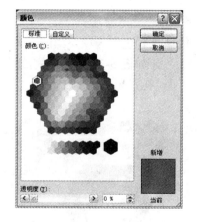

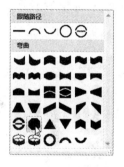

图 3-12　弹出菜单　　　　　　　图 3-13　选择颜色　　　　　　图 3-14　设置艺术字的形状

（6）选中文档中的"牧羊诗苑"四个字，切换到"插入"选项卡，单击"文本"组中的"艺术字"按钮，在弹出的菜单中选择"艺术字样式 1"，如图 3-15 所示。

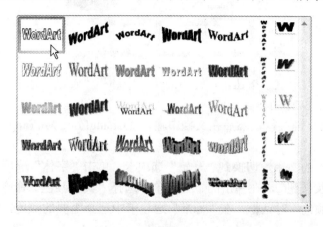

图 3-15　选择艺术字样式

（7）弹出"编辑艺术字文字"对话框，在"字体"下拉列表中选择"综艺体"选项，在"字号"下拉列表中选择"28"选项，如图3-16所示，设置完成后单击"确定"按钮。

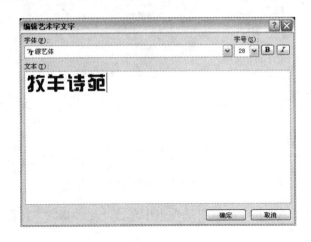

图3-16　"编辑艺术字文字"对话框

（8）双击文档中的艺术字，在"艺术字工具"的"格式"选项卡中单击"形状填充"按钮，在弹出的菜单中选择"其他填充颜色"选项，如图3-17所示。弹出"颜色"对话框，在"标准"选项卡中选择需要的颜色，如图3-18所示，完成后单击"确定"按钮。

（9）单击"形状轮廓"按钮，在弹出的菜单中选择"无轮廓"选项，如图3-19所示。

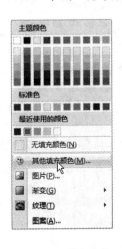
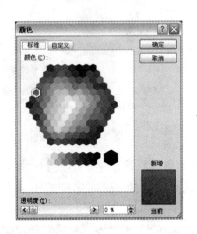
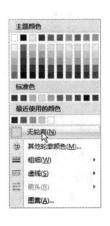

图3-17　弹出菜单　　　　　图3-18　选择颜色　　　　　图3-19　设置轮廓

（10）单击"更改形状"按钮，在弹出的菜单中选择"腰鼓"选项，如图3-20所示。文档中的文本样式如图3-21所示。

（11）按下Enter键换行，然后在文档中输入"ChangLong MuYangShiYuan"，如图3-22所示。

（12）选择输入的文字，切换到"开始"选项卡，单击"字体"选项组中的"字体颜色"按钮右侧的向下箭头按钮，在弹出的下拉菜单中选择"其他颜色"命令，如图3-23所示。

（13）打开"颜色"对话框，在"标准"选项卡中选择需要的颜色，完成后单击"确定"按钮，如图3-24所示。

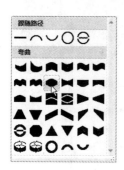

图 3-20　设置艺术字的形状

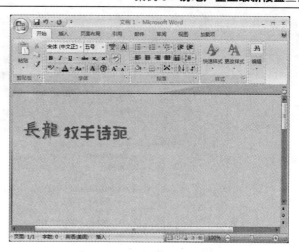

图 3-21　文档中的文本样式

图 3-22　输入文字

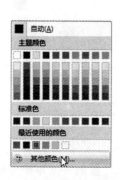

图 3-23　选择其他颜色

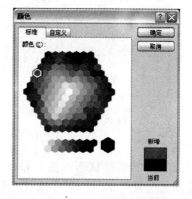

图 3-24　选择文本颜色

（14）再次选中文本，此时在光标处会出现浮动格式工具栏，移近鼠标即可完全显示，单击"字体"右侧的箭头，在弹出的下拉列表中选择"Bauhaus 93"字体，如图 3-25 所示。

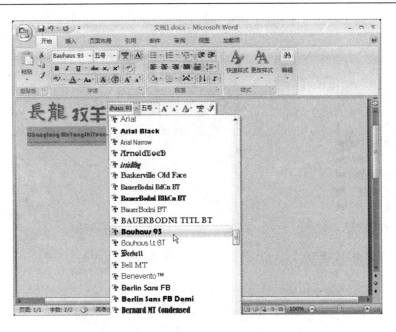

图 3-25　选择字体

（15）单击"字号"右侧的箭头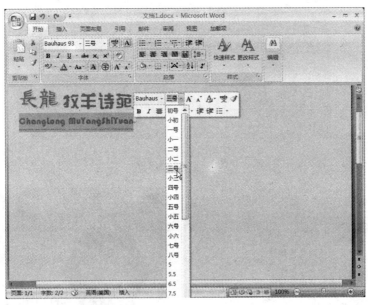，在弹出的下拉列表中选择"三号"选项，如图 3-26 所示。

图 3-26　选择字号

（16）保持文本的选择状态，按下 Ctrl+d 组合键，打开"字体"对话框，选择"字符间距"选项卡，在"位置"下拉列表中选择"提升"选项，在"磅值"文本框中输入"10"磅，如图 3-27 所示。

（17）设置完成后单击"确定"按钮，文档中的文本样式如图 3-28 所示。

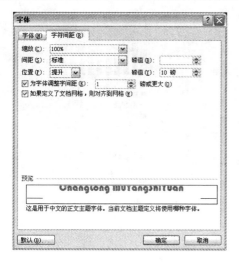

图 3-27　"字体"对话框　　　　　　　　　　　图 3-28　文本样式

绘制自选图形

（1）切换到"插入"选项卡，单击"插图"组中的"形状"按钮，在弹出的菜单中选择"星与旗帜"组中的"爆炸形 1"选项，如图 3-29 所示。

（2）在页面右上方拖动鼠标绘制一个爆炸图形，并将爆炸图形向右旋转 15 度左右，如图 3-30 所示。

图 3-29　选择自选图形

图 3-30　绘制图形

（3）在"绘图工具"的"格式"选项卡中单击"形状样式"组中的"彩色填充，白色轮廓-强调文字颜色 2"图标，如图 3-31 所示。

（4）单击"形状样式"组中的"形状轮廓"按钮，在弹出的菜单中选择"无轮廓"选项，如图 3-32 所示。

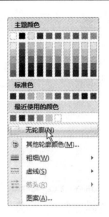

图 3-31　选择填充样式　　　　　　　　　图 3-32　设置轮廓

插入文本框

（1）切换到"插入"选项卡中，单击"文本"选项组中的"文本框"按钮，在弹出下拉菜单中选择"简单文本框"选项，如图 3-33 所示。在文档中插入一个文本框，如图 3-34 所示。

图 3-33　选择"简单文本框"选项　　　　　　　图 3-34　插入文本框

（2）删除文本框中的文字，然后在文本框中输入"11 月 15 日盛大开盘"，如图 3-35 所示。

（3）选中文本框，使用鼠标将其拖动到爆炸图形中，如图 3-36 所示。

（4）保持文本框的选中状态，选择"文本框工具"的"格式"选项卡，在"文本框样式"组中单击"形状填充"按钮，在弹出的菜单中选择"无填充颜色"选项，如图 3-37 所示。

（5）单击"形状轮廓"按钮，在弹出的菜单中选择"无轮廓"选项，如图 3-38 所示。经过设置后的文本框就无边框颜色和填充颜色了。

（6）分别选中文本框中的"11 与 15"[①]，将其字体设置为"Arial Black"，字号为"三

---

① 按住 Ctrl 键再使用鼠标选择，可以选中不连续的文本。

号"，字体颜色设置为"白色"，然后将文本框中其余的文本字体设置为"方正综艺简体"，字号为"三号"，字体颜色为"白色"，如图 3-39 所示。

图 3-35　输入文本　　　　　　　　　　　　　图 3-36　拖动文本框

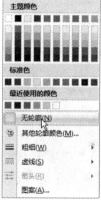

图 3-37　设置形状填充　　　　　　图 3-38　设置形状轮廓

图 3-39　设置文字

（7）将光标放置到"盘"后，按下 Enter 键换行，然后输入"惊爆价：5588～5888 元/m^2"，如图 3-40 所示。

（8）将输入文字中的汉字字体设置为"方正粗倩简体"，将数字、字母与标点符号的字体都设置为"Arial Black"，字号都为"三号"，字体颜色都设置为"白色"，如图 3-41 所示。

图 3-40　输入文字

图 3-41　设置文字

（9）选中"惊爆价：5588～5888 元/m^2"，按下 Ctrl+d 组合键，打开"字体"对话框，选择"字符间距"选项卡，在"位置"下拉列表中选择"提升"选项，在"磅值"文本框中输入"12 磅"，如图 3-42 所示，完成后单击"确定"按钮。

插入图片

（1）切换到"插入"选项卡，单击"插图"组中的"形状"按钮，在弹出的菜单中选择"基本形状"组中的"矩形"选项，如图 3-43 所示。

图 3-42　"字体"对话框

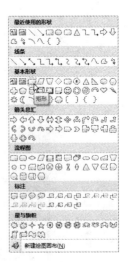

图 3-43　选择"矩形"选项

（2）在文档中拖动鼠标绘制一个矩形，然后在绘图工具的"格式"选项卡[①]中将矩形的

---

① 双击矩形，能直接出现绘图工具的"格式"选项卡。

形状填充设置为"红色",形状轮廓设置为"无轮廓",如图 3-44 所示。

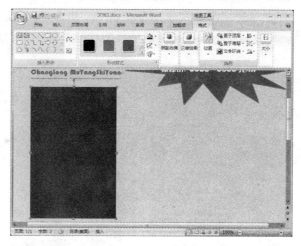

图 3-44 绘制矩形并填充颜色

（3）切换到"插入"选项卡,单击"插图"组中的"图片"按钮,如图 3-45 所示。在弹出的"插入图片"对话框中选择一幅需要插入到文档中的图片,如图 3-46 所示。

图 3-45 单击"图片"按钮

图 3-46 "插入图片"对话框

（4）完成后单击"插入"按钮,图片即被插入到文档中。可以看到,插入的图片被矩形所遮挡,如图 3-47 所示。

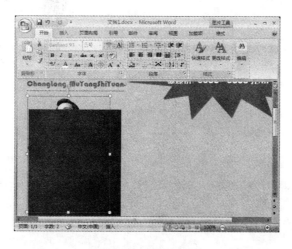

图 3-47 插入图片

（5）双击选中插入的图片，在图片工具的"格式"选项卡的"排列"组中单击"文字环绕"按钮，在弹出的菜单中选择"浮于文字上方"选项，如图 3-48 所示。

（6）图片显示于矩形的上方，然后使用鼠标将图片拖动到矩形的右下角，如图 3-49 所示。

图 3-48　选择"浮于文字上方"选项

图 3-49　拖动图片

（7）在图片工具的"格式"选项卡的"图片样式"组中的列表框中单击按钮，在弹出的菜单中选择"居中矩形阴影"选项[①]，如图 3-50 所示。

（8）切换到"插入"选项卡中，单击"文本"组中的"文本框"按钮，在弹出的菜单中选择"绘制文本框"命令，如图 3-51 所示，在图片的右侧插入一个文本框。

图 3-50　选择"居中矩形阴影"选项

图 3-51　选择"绘制文本框"命令

（9）选中文本框，选择"文本框工具"的"格式"选项卡，在"文本框样式"组中单击"形状填充"按钮，在弹出的菜单中选择"无填充颜色"选项，如图 3-52 所示。单击"形状轮廓"按钮，在弹出的菜单中选择"无轮廓"选项，如图 3-53 所示。

---

① 这是 Word 2007 的增强功能，从预定义的样式中进行选择，能直观地预览文档中的图片样式。

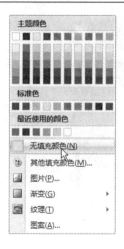

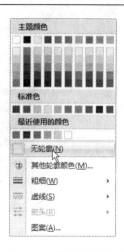

图 3-52　设置形状填充　　　　　　　　图 3-53　设置形状轮廓

（10）在文本框中输入"新一代"，然后将输入文字的字体设置为"方正综艺简体"，字号设置为"一号"，字体颜色设置为"红色"，如图 3-54 所示。

（11）切换到"插入"选项卡，单击"插图"组中的"形状"按钮，在弹出的菜单中选择"线条"组中的"直线"选项，如图 3-55 所示。

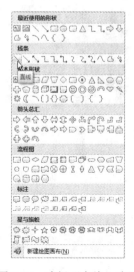

图 3-54　输入文字　　　　　　　　　图 3-55　选择"直线"选项

（12）在刚输入文字的右侧拖动鼠标绘制一条竖线，如图 3-56 所示。

（13）双击绘制的竖线，在"绘图工具"的"格式"选项卡中单击"形状样式"组中的"形状轮廓"按钮，在弹出的菜单中选择灰色，如图 3-57 所示。

（14）在绘制的竖线右侧插入一个无填充颜色与轮廓的文本框，然后在文本框中输入"JING"，最后将输入文字的字体设置为"Arial Black"，字号设置为"二号"，字体颜色设置为"黄色"，如图 3-58 所示。

（15）在文本框中按下 Enter 键换行，输入"PINXIAOHUXING"，然后将输入文字的字体设置为"Calibri (西文正文)"，字号设置为"五号"，字体颜色设置为"黄色"，如图 3-59 所示。

图 3-56　绘制竖线

图 3-57　选择颜色

图 3-58　输入文字

（16）保持文字的选中状态，切换到"开始"选项卡，单击"段落"组中的"分散对齐"按钮▤，弹出"调整宽度"对话框，将"新文字宽度"设置为"11 字符"，如图 3-60 所示。完成后单击"确定"按钮。

图 3-59　输入文字

图 3-60　"调整宽度"对话框

（17）插入一个无填充颜色与轮廓的文本框，然后在文本框中输入"精品小户型电梯房"，最后将输入文字的字体设置为"方正大黑简体"，字号设置为"小三"，字体颜色设置为"红色",如图 3-61 所示。

（18）保持文字的选中状态，切换到"开始"选项卡，单击"段落"组中的"分散对齐"按钮，弹出"调整宽度"对话框，将"新文字宽度"设置为"9 字符"，如图 3-62 所示，完成后单击"确定"按钮。

图 3-61 输入文字 　　　　　　　　　图 3-62 "调整宽度"对话框

（19）切换到"插入"选项卡，单击"插图"组中的"图片"按钮，在文档中插入一幅图片，如图 3-63 所示。

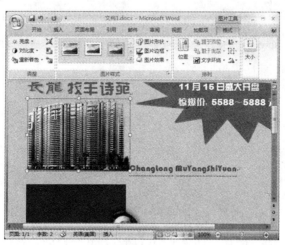

图 3-63 插入图片

（20）双击选中插入的图片，在图片工具的"格式"选项卡的"排列"组中单击"文字环绕"按钮，在弹出的菜单中选择"浮于文字上方"选项，然后使用鼠标将图片拖动到如图 3-64 所示的位置。

（21）在图片工具的"格式"选项卡的"图片样式"组的列表框中单击按钮，在弹出的菜单中选择"棱台矩形"选项，如图 3-65 所示。

（22）切换到"插入"选项卡，单击"插图"组中的"图片"按钮，在文档中插入一幅图片，双击选中插入的图片，在图片工具的"格式"选项卡的"排列"组中单击"文字环绕"

按钮，在弹出的菜单中选择"浮于文字上方"选项，然后使用鼠标将图片拖动到如图 3-66 所示的位置。

图 3-64　拖动图片

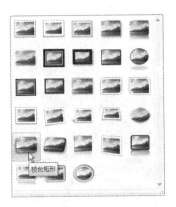

图 3-65　选择"棱台矩形"选项

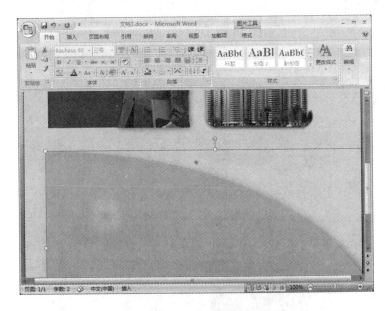

图 3-66　拖动图片

（23）在图片工具的"格式"选项卡的"图片样式"组的列表框中单击按钮 ，在弹出的菜单中选择"柔化椭圆边缘"选项，如图 3-67 所示。此时，插入的图片形状如图 3-68 所示。

（24）插入一个无填充颜色与轮廓的文本框，然后在文本框中输入"舒适两房"，最后将输入文字的字体设置为"方正综艺简体"，字号设置为"一号"，字体颜色设置为"红色"，如图 3-69 所示。

（25）切换到"插入"选项卡，单击"插图"组中的"形状"按钮，在弹出的菜单中选择"线条"组中的"直线"选项，在刚输入文字的右侧拖动鼠标绘制一条竖线，然后将竖线设置为灰色，如图 3-70 所示。

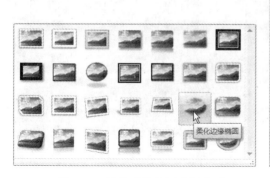

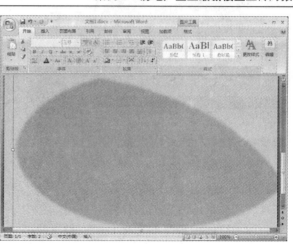

图 3-67 选择"棱台矩形"选项　　　　　　　图 3-68 图片形状

图 3-69 输入文字　　　　　　　　　　图 3-70 绘制竖线

（26）在绘制的竖线右侧插入一个无填充颜色与轮廓的文本框，然后在文本框中输入
"YONG"，最后将输入文字的字体设置为"Arial Black"，字号设置为"二号"，字体颜色设
置为"深灰色"，如图 3-71 所示。

（27）在文本框中按下 Enter 键换行，输入"YOUSANSHIKONGJIAN"，然后将输入文
字的字体设置为"Calibri (西文正文)"，字号设置为"五号"，字体颜色设置为"深灰色"，并
且加粗显示，如图 3-72 所示。

（28）保持文字的选中状态，切换到"开始"选项卡，单击"段落"组中的"分散对齐"
按钮▤，弹出"调整宽度"对话框，将"新文字宽度"设置为"12 字符"，如图 3-73 所示，
完成后单击"确定"按钮。

（29）插入一个无填充颜色与轮廓的文本框，然后在文本框中输入"轻松拥有三室空间"，
最后将输入文字的字体设置为"方正大黑简体"，字号设置为"小三"，字体颜色设置为"红
色"，如图 3-74 所示。

（30）保持文字的选中状态，切换到"开始"选项卡，单击"段落"组中的"分散对齐"
按钮▤，弹出"调整宽度"对话框，将"新文字宽度"设置为"9.5 字符"，如图 3-75 所示，
完成后单击"确定"按钮。

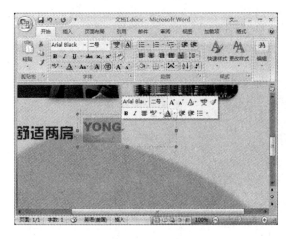

图 3-71　输入文字　　　　　　　　　　图 3-72　输入文字

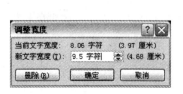

图 3-73　"调整宽度"对话框　　　　　　图 3-74　输入文字

（31）切换到"插入"选项卡，单击"插图"组中的"图片"按钮，在文档中插入一幅图片，双击选中插入的图片，在图片工具的"格式"选项卡的"排列"组中单击"文字环绕"按钮，在弹出的菜单中选择"浮于文字上方"选项，然后使用鼠标将图片拖动到如图 3-76 所示的位置。

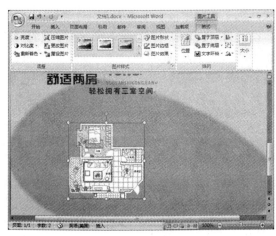

图 3-75　"调整宽度"对话框　　　　　　图 3-76　拖动图片

　　（32）在图片工具的"格式"选项卡的"图片样式"组的列表框中单击按钮■，在弹出的菜单中选择"居中矩形阴影"选项，如图 3-77 所示。

　　（33）切换到"插入"选项卡，单击"插图"组中的"图片"按钮，在文档中插入一幅图片，双击选中插入的图片，在图片工具的"格式"选项卡的"排列"组中单击"文字环绕"按钮，在弹出的菜单中选择"浮于文字上方"选项，然后使用鼠标将图片拖动到如图 3-78 所示的位置。

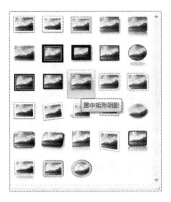

图 3-77　选择"居中矩形阴影"选项

图 3-78　拖动图片

　　（34）在图片工具的"格式"选项卡的"图片样式"组中的列表框中单击按钮■，在弹出的菜单中选择"矩形投影"选项，如图 3-79 所示。

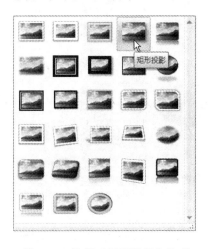

图 3-79　选择"矩形投影"选项

制作下一页

　　（1）将光标放置在最上面的文字"长龙 牧羊诗苑"之后，切换到"页面布局"选项卡，单击"页面设置"组中"分隔符"按钮，在弹出的菜单中选择"下一页"命令，如图 3-80 所示。

图 3-80 选择"下一页"命令

（2）将第 2 页文档中的全部内容剪切并粘贴到第 1 页中，然后将光标放置于第 2 页中，切换到"插入"选项卡，单击"插图"组中的"图片"按钮，在文档中插入一幅图片，如图 3-81 所示。

（3）双击图片，在图片工具的"格式"选项卡的"图片样式"组中的列表框中单击按钮，在弹出的菜单中选择"矩形投影"选项，如图 3-82 所示。

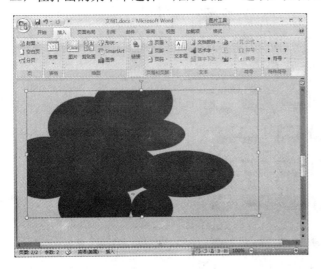

图 3-81 插入图片

图 3-82 选择"矩形投影"选项

（4）切换到"插入"选项卡，单击"插图"组的"图片"按钮，在文档中插入一幅图片，双击选中插入的图片，在图片工具的"格式"选项卡的"排列"组中单击"文字环绕"按钮，在弹出的菜单中选择"浮于文字上方"选项，然后使用鼠标将图片拖动到如图 3-83 所示的位置。

（5）在图片工具的"格式"选项卡的"图片样式"组的列表框中单击按钮，在弹出的菜单中选择"居中矩形阴影"选项，如图 3-84 所示。

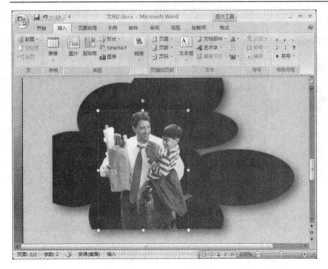

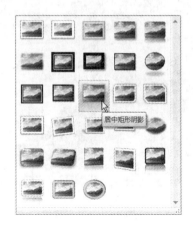

图 3-83　拖动图片　　　　　　　　　　　图 3-84　选择"居中矩形阴影"选项

（6）插入一个无填充颜色与轮廓的文本框，然后在文本框中输入"大超市"，最后将输入文字的字体设置为"方正综艺简体"，字号设置为"一号"，字体颜色设置为"白色"，如图 3-85 所示。

（7）切换到"插入"选项卡，单击"插图"组中的"形状"按钮，在弹出的菜单中选择"线条"组中的"直线"选项，在刚输入文字的右侧拖动鼠标绘制一条竖线，然后将竖线设置为灰色，如图 3-86 所示。

（8）在绘制的竖线右侧插入一个无填充颜色与轮廓的文本框，然后在文本框中输入"JIUZAI"，最后将输入文字的字体设置为"Arial Black"，字号设置为"二号"，字体颜色设置为"黄色"，如图 3-87 所示。

图 3-85　输入文字　　　　　　　　　　　图 3-86　绘制竖线

（9）在文本框中按下 Enter 键换行，输入"JIAMENKOU"，然后将输入文字的字体设置为"Calibri (西文正文)"，字号设置为"五号"，字体颜色设置为"黄色"，并且加粗显示，如图 3-88 所示。

图 3-87　输入文字

图 3-88　输入文字

（10）保持文字的选中状态，切换到"开始"选项卡，单击"段落"组中的"分散对齐"按钮▓，弹出"调整宽度"对话框，将"新文字宽度"设置为"12 字符"，如图 3-89 所示，完成后单击"确定"按钮。

图 3-89　"调整宽度"对话框

（11）插入一个无填充颜色与轮廓的文本框，然后在文本框中输入"就在家门口"，最后将输入文字的字体设置为"方正大黑简体"，字号设置为"小三"，字体颜色设置为"红色"，如图 3-90 所示。

（12）选中文字，切换到"开始"选项卡，单击"段落"组中的"分散对齐"按钮▓，弹出"调整宽度"对话框，将"新文字宽度"设置为"9 字符"，如图 3-91 所示，完成后单击"确定"按钮。

图 3-90　输入文字

图 3-91　"调整宽度"对话框

（13）切换到"插入"选项卡，单击"插图"组中的"图片"按钮，在文档中插入一幅图片，双击选中插入的图片，在图片工具的"格式"选项卡的"排列"组中单击"文字环绕"按钮，在弹出的菜单中选择"浮于文字上方"选项，然后使用鼠标将图片拖动到如图 3-92 所示的位置。

图 3-92　拖动图片

　　（14）在图片工具的"格式"选项卡的"图片样式"组的列表框中单击按钮 ，在弹出的菜单中选择"旋转，白色"选项，如图 3-93 所示，此时图片的样式如图 3-94 所示。

图 3-93　选择"旋转，白色"选项　　　　　　　图 3-94　图片样式

　　（15）切换到"插入"选项卡，单击"插图"组中的"形状"按钮，在弹出的菜单中选择"基本形状"组中的"矩形"选项，在文档中拖动鼠标绘制一个矩形，然后在绘图工具的"格式"选项卡中将矩形的形状填充设置为"黑色"，形状轮廓设置为"无轮廓"，如图 3-95 所示。

　　（16）切换到"插入"选项卡，单击"插图"组中的"图片"按钮，在文档中插入一幅图片，双击选中插入的图片，在图片工具的"格式"选项卡的"排列"组中单击"文字环绕"

按钮，在弹出的菜单中选择"浮于文字上方"选项，然后使用鼠标将图片拖动到如图 3-96 所示的位置。

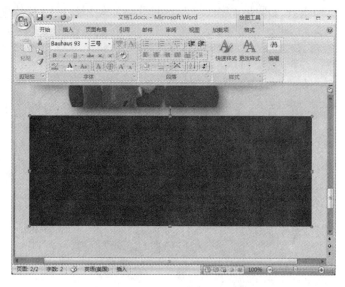

图 3-95　绘制矩形并填充颜色

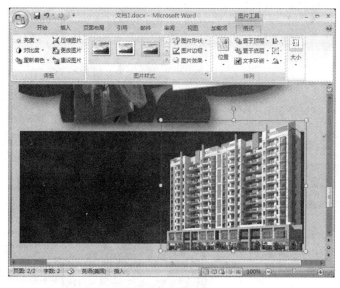

图 3-96　拖动图片

（17）在图片工具的"格式"选项卡的"图片样式"组的列表框中单击按钮，在弹出的菜单中选择"柔化边缘椭圆"选项，如图 3-97 所示。此时，插入的图片形状如图 3-98 所示。

（18）切换到"插入"选项卡，单击"插图"组中的"图片"按钮，在文档中插入一幅图片，双击选中插入的图片，在图片工具的"格式"选项卡的"排列"组中单击"文字环绕"按钮，在弹出的菜单中选择"浮于文字上方"选项，然后使用鼠标将图片拖动到如图 3-99 所示的位置。

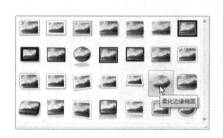

图 3-97　选择"柔化边缘椭圆"选项

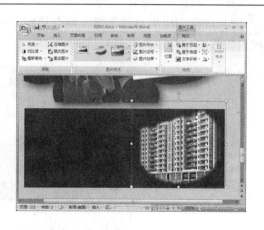

图 3-98　图片形状

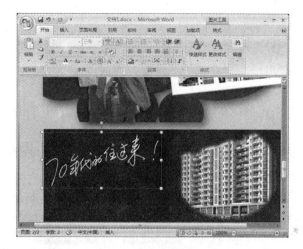

图 3-99　拖动图片

制作路线

（1）切换到"插入"选项卡，单击"插图"组中的"形状"按钮，在弹出的菜单中选择"基本形状"组中的"矩形"选项，在文档中拖动鼠标绘制一个矩形，然后切换到绘图工具的"格式"选项卡，在"形状样式"组的列表框中单击按钮 ，在弹出的菜单中选择"水平渐变-强调文字颜色 2"选项，如图 3-100 所示。

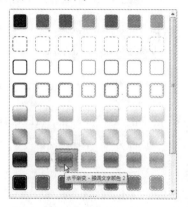

图 3-100　选择"水平渐变-强调文字颜色 2"选项

（2）按照同样的方法再插入两个矩形，并为其应用"水平渐变-强调文字颜色 2"形状样式，如图 3-101 所示。

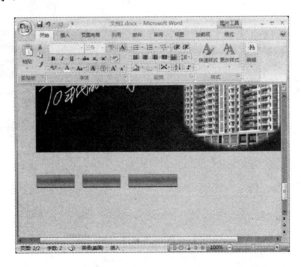

图 3-101　插入矩形

（3）选中插入的 3 个矩形，在绘图工具的"格式"选项卡中单击"排列"组中的"对齐"按钮，在弹出的菜单中选择"上下居中"命令，如图 3-102 所示。

（4）按照同样的方法再插入 6 个矩形[①]，并为其应用"水平渐变-强调文字颜色 2"形状样式，然后在文档中进行如图 3-103 所示的排列。

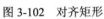

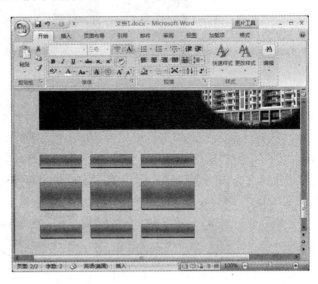

图 3-102　对齐矩形　　　　　　　　　　图 3-103　插入矩形

（5）插入一个无填充颜色与轮廓的文本框，然后在文本框中输入"迎宾大道"，最后将输入文字的字体设置为"方正大黑简体"，字号设置为"小四"，字体颜色设置为"深灰色"，如图 3-104 所示。

---

① 选中矩形后，按住 Ctrl 键不放并向下移动，也可以复制矩形。

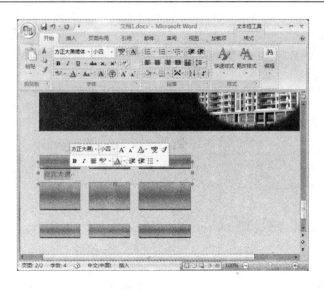

图 3-104　输入文字

（6）单击"文本框样式"组中右下角的"高级工具"按钮，打开"设计文本框格式"对话框，选择"文本框"选项卡，在"上"和"下"文本框中输入 0，并且选择"居中"选项，如图 3-105 所示，完成后单击"确定"按钮。

（7）选中文本框，切换到"开始"选项卡，单击"段落"组中的"分散对齐"按钮，使文本框中的文字分散对齐，如图 3-106 所示。

图 3-105　"设计文本框格式"对话框

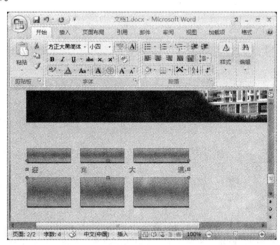

图 3-106　分散对齐文字

（8）按照同样的方法再插入一个文本框，并输入文字，如图 3-107 所示。

（9）切换到"插入"选项卡，单击"文本"组中的"文本框"按钮，在弹出的菜单中选择"绘制竖排文本框"命令，如图 3-108 所示。在文档中插入一个竖排文本框。

（10）将竖排文本框的填充颜色与轮廓都设置为无，然后单击"文本框样式"组中右下角的"高级工具"按钮，打开"设置文本框格式"对话框，选择"文本框"选项卡，在"左"和"右"文本框中输入 0，并且选择"居中"选项，如图 3-109 所示，完成后单击"确定"按钮。

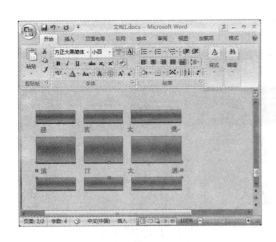

图 3-107　输入文字

图 3-108　选择"绘制竖排文本框"命令

（11）在文本框中输入"沈家坝"，将输入文字的字体设置为"方正大黑简体"，字号设置为"五号"，字体颜色设置为"深灰色"，然后选中文本框，切换到"开始"选项卡，单击"段落"组中的"分散对齐"按钮▦，使文本框中的文字分散对齐，如图 3-110 所示。

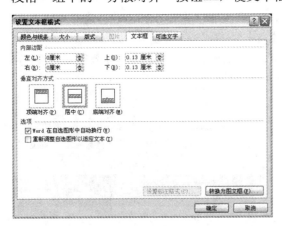

图 3-109　"设置文本框格式"对话框

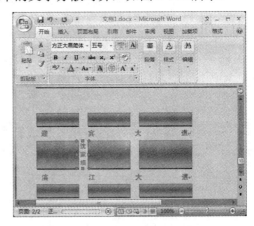

图 3-110　文字分散对齐

（12）按照同样的方法再插入一个竖排文本框，并在文本框中输入文字，如图 3-111 所示。

（13）切换到"插入"选项卡，单击"插图"组中的"形状"按钮，在弹出的菜单中选择"基本形状"组中的"椭圆"选项，在文档中拖动鼠标绘制一个圆形①，并将圆形的填充颜色设置为红色，轮廓为无，如图 3-112 所示。

（14）插入一个无填充颜色与轮廓的文本框，然后在文本框中输入"春天购物中心"，将输入文字的字体设置为"方正大黑简体"，字号设置为"小五"，字体颜色设置为"白色"，如图 3-113 所示。

（15）按照同样的方法在第 2 行最右侧的矩形上绘制一个红色无轮廓的圆形，然后在圆形下方输入"省科技馆"，如图 3-114 所示。

---

① 按住 Shift 键拖动鼠标能绘制出正圆形。

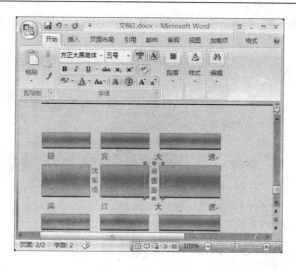

图 3-111　输入文字

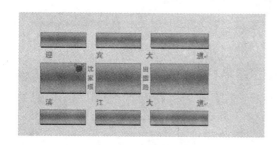

图 3-112　绘制圆形

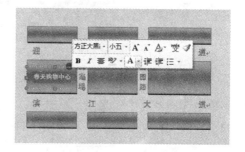

图 3-113　输入文字

　　（16）切换到"插入"选项卡，单击"插图"组中的"形状"按钮，在弹出的菜单中选择"星与旗帜"组中的"五角星"选项，在文档中拖动鼠标绘制一个五角星，并将五角星的填充颜色设置为红色，轮廓为无，如图 3-115 所示。

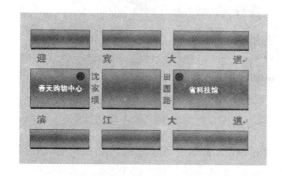

图 3-114　输入文字

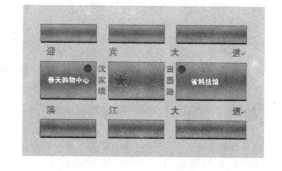

图 3-115　绘制五角星

　　（17）插入一个无填充颜色与轮廓的文本框，然后在文本框中输入"本案"，将输入文字的字体设置为"方正大黑简体"，字号设置为"小五"，字体颜色设置为"白色"，如图 3-116 所示。

　　（18）切换到"插入"选项卡，单击"插图"组中的"图片"按钮，在文档中插入一幅图片，双击选中插入的图片，在图片工具的"格式"选项卡的"排列"组中单击"文字环绕"

按钮，在弹出的菜单中选择"浮于文字上方"选项，然后使用鼠标将图片拖动到如图 3-117 所示的位置。

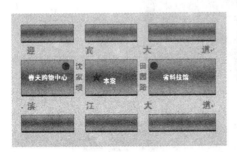 

图 3-116 输入文字　　　　　　　　　　　图 3-117 拖动图片

（19）在图片工具的"格式"选项卡的"图片样式"组的列表框中单击按钮，在弹出的菜单中选择"居中矩形阴影"选项，如图 3-118 所示。然后将设置了"居中矩形阴影"样式的图片向上移动一段距离，如图 3-119 所示。

图 3-118 选择"居中矩形阴影"选项　　　　图 3-119 添加样式的图片

（20）插入一个无填充颜色与轮廓的文本框，然后在文本框中输入"销售热线：83888688 83668666"，最后将输入的"销售热线"字体设置为"方正大黑简体"，将"：83888688 83668666"字体设置为"Arial Unicode MS"，字号设置为"五号"，字体颜色设置为"深灰色"，如图 3-120 所示。

（21）在文本框中按下 Enter 键换行，输入"售楼地址：田园路 37 号"，然后将输入文字的字体设置为"方正大黑简体"，字号设置为"五号"，字体颜色设置为"深灰色"，如图 3-121 所示。

（22）保存文档，楼盘宣传海报制作完成，如图 3-122 所示。

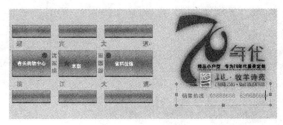 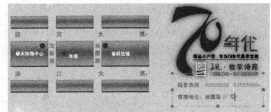

图 3-120　输入文字　　　　　　　　　　　图 3-121　输入文字

图 3-122　完成效果

输出 PDF

（1）单击 Office 按钮，在弹出的菜单中选择"另存为→查找其他格式的加载项"命令，如图 3-123 所示。

（2）打开"Word 帮助"窗口，单击"适用于 2007 Microsoft Office 程序的"Microsoft Save as PDF or XPS"加载项"链接，如图 3-124 所示。

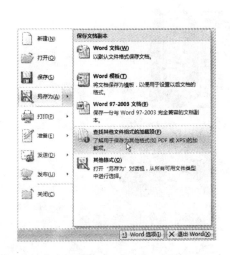 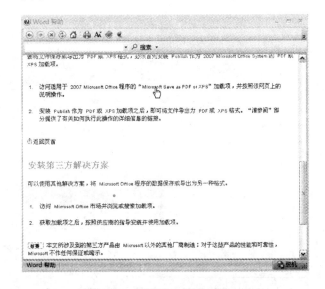

图 3-123　选择"另存为→查找其他格式　　　　图 3-124　"Word 帮助"窗口
　　　　　的加载项"命令

（3）打开 Microsoft 产品下载中心网页，如图 3-125 所示。在网页中经过产品正版验证后，即可下载"Microsoft Save as PDF or XPS"加载项"[①]。

图 3-125　Microsoft 产品下载中心网页

（4）下载完成并安装后，单击 Office 按钮，在弹出的菜单中选择"另存为→PDF 或 XPS"命令[②]，如图 3-126 所示。

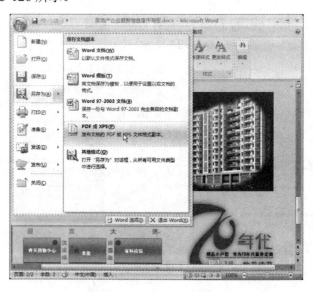

图 3-126　选择"另存为→PDF 或 XPS"命令

---

① 该加载项支持 Office 2007 的 8 个组件，包括 Word、Excel、Access、PowerPoint、InfoPath、OneNote、Publisher 和 Visio。安装加载项后，用户即可在上述组件中将相应文档存储为 PDF 格式或 XPS 格式，还可以方便地将文档保存为 PDF/XPS 格式的 E-mail 附件。

② 只有安装了加载项之后，才能在 Word 2007 程序中将文件另存为 PDF 或 XPS 文件。

（5）打开"发布为 PDF 或 XPS"对话框，在"文件名"文本框中输入文件的名称，在"优化"组中选择"标准（联机发布和打印）"单选项①，如图 3-127 所示，完成后单击"发布"按钮。

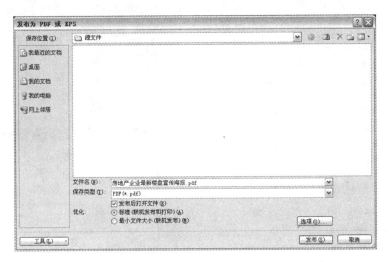

图 3-127　"发布为 PDF 或 XPS"对话框

（6）完成后单击"发布"按钮，系统会自动打开专门的 PDF 读取器来查看文档②，如图 3-128 所示。

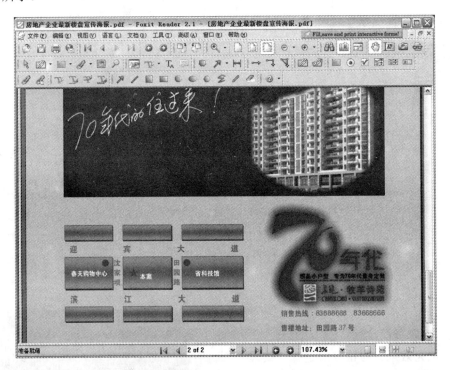

图 3-128　转换为 PDF 的效果

---

① 如果文档要求高打印质量，就需要选择该单选项。
② 用户电脑上要安装有 PDF 读取器，发布后系统才会自动打开文档。

知识点总结

房地产企业最新楼盘宣传海报主要使用了设置页边距与背景、插入艺术字、绘制自选图形、插入文本框、插入图片、输出 PDF 等功能来制作。在制作过程中需要注意以下几个方面。

1. 设置背景

Word 2007 提供了文档背景设置功能，可以给整篇文档添加所需的背景效果。页面背景可以是一种纯色、渐变混合色，也可以是图案背景效果。

（1）设置页面渐变颜色背景

在设置颜色背景时，除了可以直接选择一种颜色作为背景外，还可以单击"页面背景"组的"页面颜色"按钮右侧的向下箭头按钮，在弹出的下拉菜单中选择"填充效果"对话框，打开"填充效果"对话框，设置渐变颜色背景，如图 3-129 所示。

图 3-130　文档效果

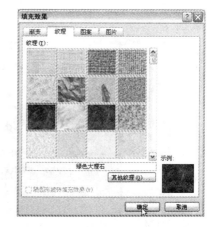

图 3-131　选择"纹理"选项卡

图 3-129　"填充效果"对话框

设置了双色渐变的文档效果如图 3-130 所示。

（2）设置页面纹理背景

在"填充效果"对话框中选择"纹理"选项卡，在"纹理"组中选择一种纹理背景效果，完成后单击"确定"按钮，如图 3-131 所示。设置纹理背景的效果如图 3-132 所示。

图 3-132　设置纹理背景的效果

（3）设置图片页面背景

在 Word 中，还可以将电脑中的图片设置为文档的背景。在"填充效果"对话框中选择"图片"选项卡，单击"选择图片"按钮，如图 3-133 所示。打开"选择图片"对话框，在对话框中选择要设置为背景的图片，如图 3-134 所示。

图 3-133　单击"选择图片"按钮

图 3-134　"选择图片"对话框

单击"插入"按钮，返回"填充效果"对话框，单击"确定"按钮，即可为文档设置图片背景，如图 3-135 所示。

（4）设置页面边框

设置页面边框是指在整个页面的内容区域外添加边框，添加的页面边框将应用到该文档的所有页面。切换到"页面布局"选项卡，单击"页面背景"组中的"页面边框"按钮，打开"边框和底纹"对话框，选择"页面边框"选项卡，设置边框颜色、线形、宽度，在"应用于"下拉列表中选择"整篇文

档"选项，如图 3-136 所示。

图 3-135　设置图片背景

图 3-136　"边框和底纹"对话框

完成后单击"确定"按钮，即可为页面添加边框，如图 3-137 所示。

图 3-137　为页面添加边框

2. 艺术字

艺术字是一种具有特殊效果的文字，通常用于报刊、杂志、文档的标题中，用以突出显示内容。Word 2007 内置了 30 种艺术字样式，25 种横排样式，5 种竖排样式。插入艺术字后，如果艺术字的文字内容不正确，可以在艺术字上单击右键，在弹出的快捷菜单中选择"编辑文字"命令来修改艺术字。

插入艺术字后，可以设置艺术字的形状填充与形状轮廓。

填充是艺术字文字的内部颜色。在更改文字的填充颜色时，还可以向该填充添加纹理、图片或渐变。渐变是颜色和底纹的逐渐过渡，通常是从一种颜色过渡到另一种颜色，或者从一种底纹过渡到同一颜色的另一种底纹。

轮廓是文字或艺术字的每个字符周围的外部边框。在更改文字的轮廓时，还可以调整线条的颜色、粗细和样式。

3. 绘制自选图形

可以向 Word 2007 文档添加一个形状或者合并多个形状以生成一个绘图或一个更为复杂的形状。可用形状包括线条、基本几何形状、箭头、公式形状、流程图形状、星、旗帜和标注。添加一个或多个形状后，可以在其中添加文字、项目符号、编号和快速样式。

（1）为图形形状添加阴影效果

在 Word 2007 中，用户可以为形状添加阴影效果。单击选择需要添加阴影效果的形状，选择绘图工具的"格式"选项卡，单击"阴影效果"组中的"阴影效果"按钮，在弹出的菜单中选择一种阴影样式，即可为形状添加阴影效果，如图 3-138 所示。

不需要图形的阴影效果时，可以单击"阴影效果"按钮，然后在弹出的菜单中选择"无阴影效果"选项即可。

（2）为图形形状添加三维效果

在 Word 2007 中，用户可以为形状添加三维效果。选择需要设置三维效果的形状，选择绘图工具的"格式"选项卡，单击"三维效果"组中的"三维效果"按钮，在弹出的菜单中选择一种三维效果，即可为形状添加三维效果[①]，如图 3-139 所示。

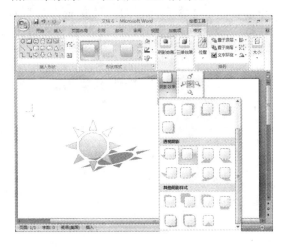

图 3-138　添加阴影

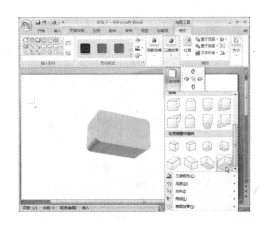

图 3-139　添加三维效果

为图形设置了三维效果后，还可以修改三维样式的"深度"、"方向"、"照明"及"表面效果"，只需在"三维效果"列表中选择相应选项进行设置即可。

（3）在图形上添加文字

在 Word 2007 中绘制好图形后，可以在图形上输入文字。在需要添加文字的图形上单击右键，在弹出的菜单中选择"添加文字"命令，如图 3-140 所示。

---

① 并不是所有绘制的图形都可以添加三维效果，而是只有对平面的图形才能进行添加。

图 3-140　选择"添加文字"命令

在图形上出现的文本框中输入文字即可，如图 3-141 所示。

图 3-141　输入文字

在图形上输入文字内容后，还可以设置文字的字体、字号、颜色等格式。

4．文本框

插入文本框并在文本框中输入文字后，要调整文字的宽度，必须选中文字，切换到"开始"选项卡，单击"段落"组中的"分散对齐"按钮，才会弹出"调整宽度"对话框来设置文字宽度。如果没有选中文字而是选中了文本框，单击"分散对齐"按钮，将会使文本框中的文字分散对齐。

5．插入图片

插入图片后需要移动图片时，需要在图片工具的"格式"选项卡的"排列"组中单击"文字环绕"按钮，在弹出的菜单中选择图片的环绕方式。

6．输出 PDF

PDF 是一种固定版式的电子文件格式，可以保留文档格式并支持文件共享。PDF 格式可确保在联机查看或打印文件时，文件可以完全保持预期格式，且文件中的数据不会轻易地被更改。此外，PDF 格式对于使用专业印刷方法进行复制的文档十分有用。

将文件另存为 PDF 后，不能使用 Word 2007 直接对该 PDF 文件进行更改。必须在创建原始 Word 2007 文档中对该文件进行更改，然后再次将该文件另存为 PDF。

输出 PDF 时，若对输出的 PDF 文件大小有要求的话，则在打开的"发布为 PDF 或 XPS"对话框中选择"最小文件大小（联机发布）"单选项，如图 3-142 所示。这样是通过牺牲 PDF 打印质量来减小文件大小。

图 3-142　"发布为 PDF 或 XPS"对话框

在"发布为 PDF 或 XPS"对话框中单击"选项"按钮，打开"选项"对话框，如图 3-143 所示。

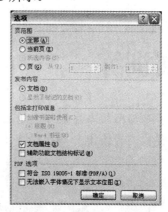

图 3-143　"选项"对话框

在"页范围"组中：

● 全部：选择该单选项可发布文档中的所有页。

● 当前页：选择该单选项只发布插入点当前所在的页。

● 所选内容：选择该单选项可发布所选的文本。若未选择文档中的任何内容，则此选项不可用。

● 页：选择该单选项可发布在"从"和"到"框中所选范围内的页。若文档只包含一页，则此选项不可用。

在"发布内容"组中：

● 文档：选择该单选项可发布不带修订标记或批注的干净文档。

● 显示了标记的文档：选择该单选项可发布显示了修订标记和批注的文档。

在"包括非打印信息"组中：

● 创建书签时使用：选中此复选框可根据选择的内容在文档中创建书签。若文档包含标题，则"标题"可用。若文档包含书签，则"Word 书签"可用。

● 文档属性：选中此复选框可以在发布

为 PDF 或 XPS 的版本中包括文档属性。这些属性包括标题、主题、作者以及类似信息。

● 辅助功能文档结构标记：默认情况下，此复选框为选中状态，以便所创建的文件更易于行动不便的用户使用。若希望文件尽可能小，并且不想包含用于改进辅助功能的数据，则可以清除此复选框。例如，若清除了此复选框，则文件中不会包含启用屏幕阅读器的数据，读者便不能使用该功能更方便地浏览整个文件。

在"PDF 选项"组中：

● 符合 ISO 19005-1 标准（PDF/A）：如果希望 PDF 文件的格式符合 ISO 19005-1 标准，请选中此复选框。

● 无法嵌入字体情况下显示文本位图：选择该复选框，程序将使用位图的表示形式代替这些字体。这可使文件更大可能地与设计在外观上保持相似。对于要查看或打印该文件的一些用户，使用较高分辨率时这些文字可能看起来较为粗糙。

拓展训练

为了对与旧版本在操作上进行比较，下面专门使用 Word 2003 制作一份教育培训机构的宣传资料，并给出一些在操作上差别比较大的关键步骤，制作完成后的效果如图 3-144 所示。

图 3-144 教育培训机构宣传资料

关键步骤提示：

（1）启动 Word 2003，执行"文件→页面设置"命令，弹出"页面设置"对话框，在"页边距"选项卡的"上"、"下"、"左"、"右"文本框中分别输入"1.5 厘米"，完成后单击"确定"按钮。

（2）执行"格式→背景"命令，在弹出的菜单中选择"浅黄"，如图 3-145 所示。

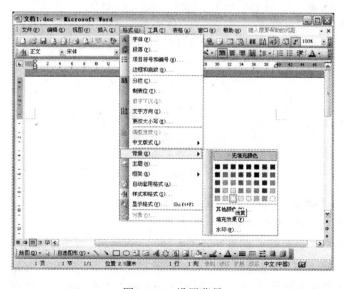

图 3-145 设置背景

（3）插入一幅图片到文档中。然后执行"插入→文本框→横排"命令，在文档中插入一个文本框，然后双击文本框，在弹出的"设置文本框格式"对话框中将文本框的填充颜色与线条颜色都设置为无。

（4）执行"插入→图片→艺术字"命令，打开"艺术字库"对话框，在对话框中选择一种艺术字样式，如图 3-146 所示。

（5）单击"确定"按钮，在弹出的对话框中输入文字，然后在艺术字上单击右键，在弹出的菜单中选择"设置艺术字格式"命令，打开"设置艺术字格式"对话框，在对话框中设置艺术字的格式，如图 3-147 所示。

图 3-146　选择艺术字样式　　　　图 3-147　"设置艺术字格式"对话框

（6）执行"插入→图片→来自文件"命令，插入一幅图片到文档中。双击图片，在打开的"设置图片格式"对话框中选择"版式"选项卡，并选择"浮于文字上方"选项，如图 3-148 所示。完成后单击"确定"按钮，并将图片拖动到文档的右上方。

图 3-148　"设置图片格式"对话框

（7）按下 Enter 键换行，在文档中输入文字，按下 Enter 键换行，执行"插入→图片→来自文件"命令，插入一幅图片到文档中。

（8）执行"插入→文本框→横排"命令，在文档中插入一个文本框，然后双击文本框，在弹出的"设置文本框格式"对话框中将文本框的填充颜色与线条颜色都设置为无。

（9）在文本框中输入联系电话与联系地址，并将文本框拖动到文档右下角。

（10）执行"插入→图片→来自文件"命令，插入一幅图片到文档中。双击图片，在打开的"设置图片格式"对话框中选择"版式"选项卡，并选择"衬于文字下方"选项，完成后单击"确定"按钮，并将图片拖动到文档的左下角，如图 3-149 所示。

图 3-149　拖动图片

（11）执行"插入→图片"命令，在弹出的菜单中选择"自选图形"命令，如图 3-150 所示。

（12）打开"自选图形"对话框，单击"自选图形"按钮，在弹出的菜单中选择"太阳形"选项，如图 3-151 所示。

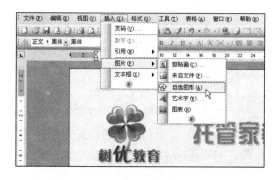

图 3-150　选择"自选图形"命令

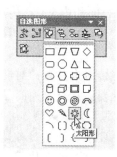

图 3-151　选择"太阳形"选项

（13）拖动鼠标在文档中绘制一个太阳形。双击绘制的太阳形，打开"设置自选图形格式"对话框，在"填充"组的"颜色"下拉列表中选择"红色"，并将透明度设置为"61%"，在"线条"组的"颜色"下拉列表中选择"无线条颜色"，如图 3-152 所示，完成后单击"确定"按钮。

图 3-152　"设置自选图形格式"对话框

职业快餐

产品宣传海报是企业与消费者之间的一个沟通桥梁，是企业直接投放到消费市场的最直接的产品宣传工具。

宣传海报是以一个完整的宣传形式，针对销售季节或流行期，针对有关企业和人员，针对展销会、洽谈会，针对购买货物的消费者进行邮寄、分发、赠送，以扩大企业、商品的知名度，推售产品和加强购买者对商品了解，强化了广告的效用。

宣传海报自成一体，无需借助于其他媒体，不受其他媒体的宣传环境、公众特点、信息安排、版面、印刷、纸张等各种限制，又称之为"非媒介性广告"。而样本和说明书是小册子，有封面和内页。宣传海报的纸张、开本、印刷、邮寄和赠送对象等都具有独立性。

正因为宣传海报具有针对性强和独立性的特点，因此要让它充分为商品广告宣传服务，应当从构思到形象表现、从开本到印刷、纸张都提出高要求，让消费者爱不释手，就像我们得到一张精美的卡片或一本精美的图书一样妥善收藏。精美的宣传海报，同样会被长期保存，起到长久的作用。

1. 纸张

宣传海报根据不同形式和用途选择纸张，一般用铜版纸、卡纸、玻璃卡等。

2. 开本

宣传海报的开本，有 32 开、24 开、16 开、8 开等，还有采用长条开本和经折叠后形成的新形式。开本大的用于张贴，开本小的利于邮寄。

3. 折叠

折叠方法主要采用"平行折"和"垂直折"两种，并由此演化出多种形式。样本运用"垂直折"，而单页的宣传海报片则两种都可采用。"平行折"即每一次折叠都以平行的方向去折，如一张六个页数的折纸，将一张纸分为三份，左右两边在一面向内折入，称之为"折荷包"，左边向内折、右边向反面折，则称为"折风琴"。

4. 整体设计

在确定了的新颖别致、美观实用的开本和折叠方式的基础上，宣传海报要抓住商品的特点，运用逼真的摄影或其他形式和牌名、商标、企业名称、联系地址等，以定位的方式、艺术的表现形式吸引消费者。设计要详细地反应商品方面的内容，并且做到图文并茂。对于专业性强的精密复杂商品，实物照片与工作原理图应并存，以便于使用和维修。封面形象需色彩强烈而显目，内页色彩相对柔和便于阅读。对于复杂的图文，要求讲究排列的秩序性，并突出重点。对于众多的张页，可以作统一的大构图。封面、内心要造成形式、内容的连贯性和整体性，统一风格气氛，围绕一个主题。

案例 4

公司组织结构图

源文件路径：源文件与素材\第 4 章\源文件\公司组织结构图.docx

情景再现

前段时间，公司的经理跳槽到一家正在筹备中的咨询公司任职，因为觉得我工作能力还不错，所以把我也带上了，不知不觉到新公司快一个月了，一切已经慢慢熟悉。

这天我刚从洗手间里出来，正巧碰到了经理，他拍着我的肩膀说："咱俩就是有缘啊，正准备去找你，谁知道一出来就碰见你了，一会来我办公室一下，找你有点事。"

我进了经理办公室，经理说："小王，咱们来新公司也已经一个月了，筹备工作也做的差不多了，公司的各个部门，上下级关系你也应该都了解了吧。""嗯，比较清楚了。"我点头回答。

"那好，你做一份标明公司各部门关系的图示出来吧，最好尽快做出来，因为公司准备将它放到刚建设好的网站上去。"

"好的，没问题，最迟周五就能做好给您"。

任务分析

● 弄清楚公司有哪些部门，并将其列到草图上。

● 制作一个公司内部的组织结构图，表明公司各部门的上下级关系。

● 为了清晰地表示出上下级的层次关系，可以使用 Word 2007 的 SmartArt 图形中的组织结构图。

● 为组织结构图的形状与文字添加样式效果，使其不那么单调。

● 为组织结构图添加公司名称的文字水印。

流程设计

首先进行页面设置，插入艺术字与文本框，然后插入组织结构图，接着添加项目，更改布局，再输入文本，调整与美化结构图，最后添加水印与保存文档。

任务实现

页面设置

（1）启动 Word 2007，切换到"页面布局"选项卡，单击"页面设置"选项组中的"纸张大小"按钮，在弹出的下拉菜单中选择"A4（21×29.7cm）命令，如图 4-1 所示。

（2）单击"页面设置"选项组中的"纸张方向"按钮，如图 4-2 所示。

（3）在弹出的菜单中选择"横向"命令，如图 4-3 所示。此时的文档如图 4-4 所示。

图 4-1　选择纸张大小　　　　图 4-2　"页面布局"选项卡　　　　图 4-3　选择纸张方向

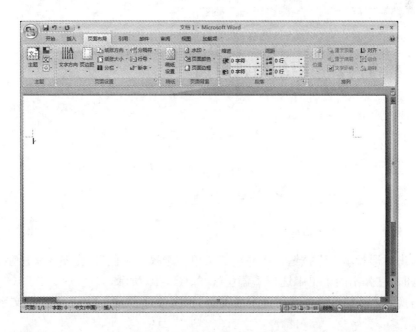

图 4-4　设置纸张方向后的文档

插入艺术字

（1）在文档开始处单击左键，输入"上林咨询公司组织结构草图"，如图 4-5 所示。

（2）选中文档中输入的文本，切换到"插入"选项卡，单击"文本"组中的"艺术字"按钮，在弹出的菜单中选择"艺术字样式 19"，如图 4-6 所示。

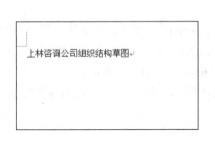

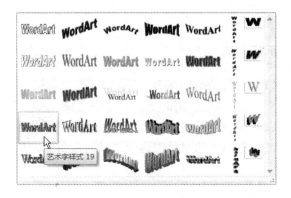

图 4-5　输入文字　　　　　　　　　　　图 4-6　选择艺术字样式

（3）弹出"编辑艺术字文字"对话框，在"字体"下拉列表中选择"汉鼎简中黑"选项，在"字号"下拉列表中选择"28"选项，如图 4-7 所示，设置完成后单击"确定"按钮。

（4）双击文档中的艺术字，在"艺术字工具"的"格式"选项卡中单击"三维效果"按钮，在弹出的菜单中选择"无三维效果"选项，如图 4-8 所示。

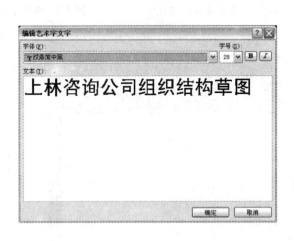

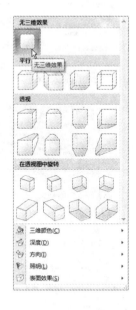

图 4-7　"编辑艺术字文字"对话框　　　　　图 4-8　弹出菜单

（5）单击"形状填充"按钮，在弹出的菜单中选择"黑色"，如图 4-9 所示。单击"形状轮廓"按钮，在弹出的菜单中选择"蓝色"，如图 4-10 所示。

（6）切换到"开始"选项卡，单击"段落"组中的"居中"按钮，使文字居中对齐，如图 4-11 所示。

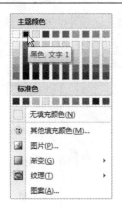
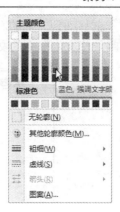

图 4-9 选择颜色   图 4-10 设置轮廓

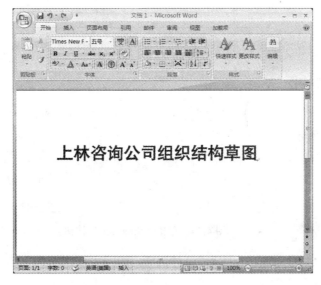

图 4-11 文档中的文本样式

插入文本框

（1）插入一个无填充颜色与轮廓的文本框，然后在文本框中输入"据第一次常务理事会协商拟定"，然后将输入文字的字体设置为"汉鼎简中黑"，字号设置为"五号"，字体颜色设置为"黑色"，单击加粗按钮 **B**[①]，如图 4-12 所示。

图 4-12 输入文字

---

① 用户还可以使用快捷键设置字形，选中文本后，按下 Ctrl＋B 组合键设置加粗，按下 Ctrl＋I 组合键设置倾斜，按下 Ctrl＋U 组合键添加下画线。

（2）将文本框移动到文档的右下角，并切换到"开始"选项卡，单击"段落"组中的"分散对齐"按钮，使文本框中的文字分散对齐，如图 4-13 所示。

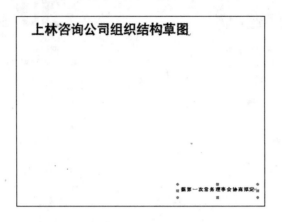

图 4-13　拖动文本框

插入组织结构图

（1）在艺术字后按下 Enter 键换行，选择"插入"选项卡，单击"插图"组中的"SmartArt"按钮，如图 4-14 所示。

图 4-14　单击"SmartArt"按钮

（2）打开"选择 SmartArt 图形"[①]对话框，选择"层次结构"选项，然后选择"层次结构"选项，如图 4-15 所示。

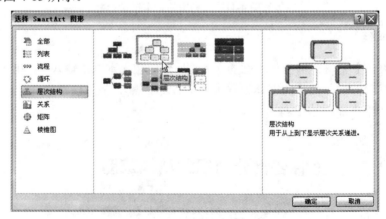

图 4-15　"选择 SmartArt 图形"对话框

（3）完成后单击"确定"按钮，将层次结构图插入到文档中，如图 4-16 所示。

---

① SmartArt 图形是用户信息的视觉表现形式，用户可以从多种不同布局中进行选择，从而快速轻松地创建所需形式，以便有效地传达信息或观点。

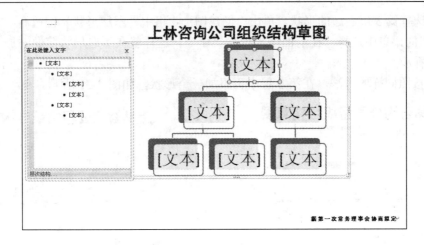

图 4-16　插入层次结构图

添加项目

（1）将光标放置到层次结构图第 1 层结构中形状的边框上，光标变成十字箭头形状时单击边框选择该形状，如图 4-17 所示。

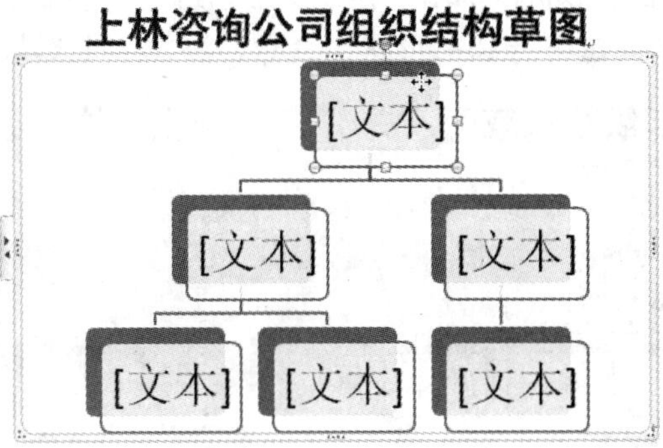

图 4-17　选择第 1 层形状

（2）切换到 SmartArt 工具的"设计"选项卡，单击"创建图形"组中"添加形状"按钮右下方的下拉箭头，在弹出的菜单中选择"在上方添加形状"命令，如图 4-18 所示。这样就在所选形状上方添加一个形状，如图 4-19 示。

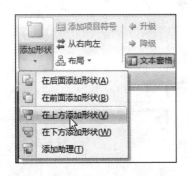

图 4-18　选择"添加形状"命令

图 4-19　在上方添加形状

（3）选择第 3 层右边的形状，单击"创建图形"组中"添加形状"按钮右下方的下拉箭头，在弹出的菜单中选择"在前面添加形状"命令，这样就在所选形状前面添加一个形状，如图 4-20 所示。

（4）按照同样的方法，在第 3 层中再添加一个形状，如图 4-21 所示。

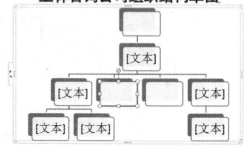

图 4-20　在前面添加形状　　　　　　　　图 4-21　添加形状（一）

（5）选择第 4 层左方的形状，单击"创建图形"组中"添加形状"按钮右下方的下拉箭头，在弹出的菜单中选择"在下方添加形状"命令，添加一个形状，如图 4-22 所示。

（6）选择第 3 层第 2 个形状，单击"创建图形"组中"添加形状"按钮右下方的下拉箭头，在弹出的菜单中选择"在下方添加形状"命令，添加一个形状，如图 4-23 所示。

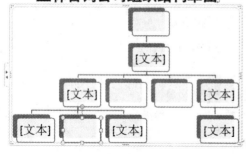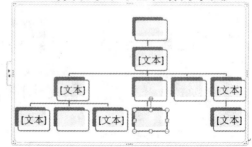

图 4-22　添加形状（二）　　　　　　　　图 4-23　添加形状（三）

（7）选择刚添加的形状，单击"创建图形"组中"添加形状"按钮右下方的下拉箭头，在弹出的菜单中选择"在后面添加形状"命令，如图 4-24 所示。

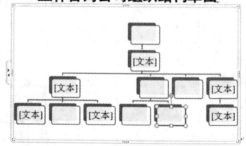

图 4-24　拖动形状

（8）选择第 3 层第 3 个形状，单击"创建图形"组中"添加形状"按钮右下方的下拉箭头，在弹出的菜单中选择"在下方添加形状"命令，添加一个形状，如图 4-25 所示。

（9）选择刚添加的形状，按照前面讲过的方法，在该形状后面添加 3 个形状，如图 4-26 所示。

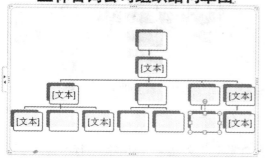

图 4-25　添加形状

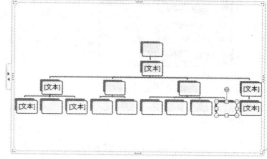

图 4-26　拖动形状

（10）选择第 3 层第 4 个形状分支中的形状，单击"创建图形"组中"添加形状"按钮右下方的下拉箭头，在弹出的菜单中选择"在后面添加形状"命令，添加一个形状，如图 4-27 所示。

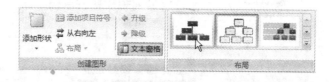

图 4-27　添加形状

更改布局

（1）切换到 SmartArt 工具的"设计"选项卡，选择"布局"组中的"组织结构图"选项，如图 4-28 所示。

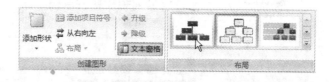

图 4-28　"组织结构图"选项

（2）选择第 2 层中的形状，单击"创建图形"组中"添加形状"按钮右下方的下拉箭头，在弹出的菜单中选择"添加助理"命令，如图 4-29 所示，在结构图中添加一个助理，如图 4-30 所示。

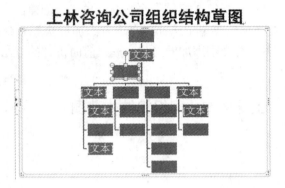

图 4-29　选择"添加助理"命令　　　　　　图 4-30　添加助理

输入文本

（1）在第 1 层中的形状内部单击，然后在"在此处键入文字"窗格第 1 行中输入"董事会"，如图 4-31 所示。

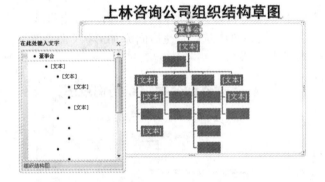

图 4-31　输入文字

（2）切换到"开始"选项卡，在"字体"组中将输入文字的字体设置为"汉鼎简中黑"，字号设置为"16"，如图 4-32 所示。

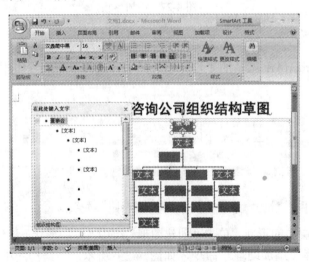

图 4-32　设置文字

（3）将光标置于输入了文本的形状的控点□上，光标变成双向箭头，按下鼠标左键拖动到合适位置，这样就能改变形状大小，如图 4-33 所示。

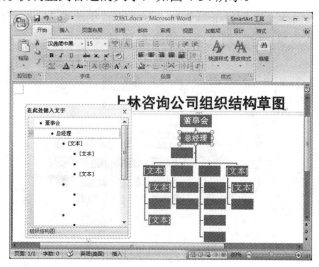

图 4-33　拖动形状

（4）在"在此处键入文字"窗格第 2 行中输入"总经理"，文字的字体为"汉鼎简中黑"，字号为"15" [①]，将形状调整到合适的大小，如图 4-34 所示。

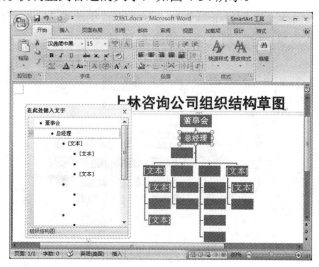

图 4-34　输入文字

（5）选择第 3 层中的助理形状，使用鼠标将其拖动到右方，如图 4-35 所示。

图 4-35　拖动形状

---

① 用户也可以直接在字号框中输入字号，如输入"15"，然后按下回车键，就可以将字号更改为 15。

（6）在助理形状上单击右键，在弹出的菜单中选择"编辑文本"命令，如图 4-36 所示。

（7）在助理形状中输入"副总经理"，文字的字体为"汉鼎简中黑"，字号为"14"，并将助理形状调整到合适的大小，如图 4-37 所示。

图 4-36　选择"编辑文本"命令　　　　　　　　图 4-37　输入文字

（8）在"在此处键入文字"窗格第 3 行中输入"营销总监"，文字的字体为"宋体"，字号为"13"，并将形状调整到合适的大小，如图 4-38 所示。

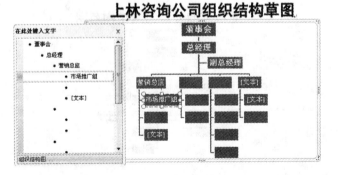

图 4-38　输入文字

（9）在"在此处键入文字"窗格第 4 行中输入"市场推广组"，文字的字体为"宋体"，字号为"12"，如图 4-39 所示。

图 4-39　输入文字

（10）按照同样的方法，依次在"在此处键入文字"窗格中输入文字，并将各个形状调整到合适的大小，如图 4-40 所示。

（11）单击"在此处键入文字"窗格右上方的"关闭"按钮 ✖，将"在此处键入文字"窗格关闭，如图 4-41 所示。

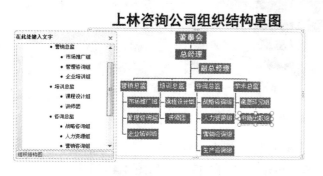

图 4-40 输入文字

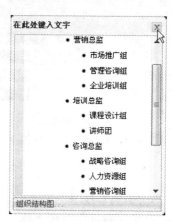

图 4-41 关闭"在此处键入文字"窗格

调整结构图

（1）切换到"视图"选项卡，勾选"显示/隐藏"组中的"网格线"复选框，如图 4-42 所示。

图 4-42 勾选"网格线"复选框

（2）将光标放置到组织结构图右方边框的控点 上，光标变成双向箭头，按住鼠标左键向右拖动到合适的位置，如图 4-43 所示。

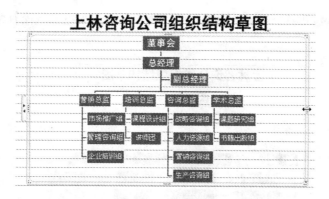

图 4-43 设置宽度

（3）将光标放置到组织结构图下方边框的控点 上，光标变成双向箭头，按住鼠标左键向下拖动到合适的位置，如图 4-44 所示。

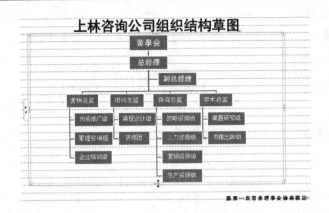

图 4-44　设置高度

（4）切换到"视图"选项卡，取消"显示/隐藏"组中"网格线"复选框的选中状态，然后切换到 SmartArt 工具的"格式"选项卡，单击"排列"按钮，如图 4-45 所示。

（5）在弹出的工具面板中单击"位置"按钮，在弹出的菜单中选择"中间居中，四周型文字环绕"选项，如图 4-46 所示。

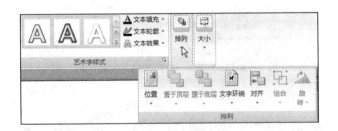

图 4-45　单击"排列"按钮　　　　　图 4-46　选择环绕方式

（6）使用鼠标拖动各个形状，使整个组织结构图看起来更加宽松有序一些，如图 4-47 所示。

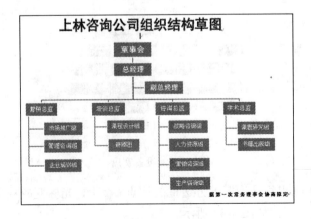

图 4-47　调整各个形状

（7）选择组织结构图，使用键盘上的向上箭头"↑"，将组织结构图向上移动，使其与标题的距离近一些，如图 4-48 所示。

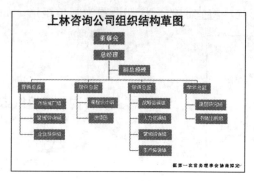

图 4-48　调整组织结构图

美化结构图

（1）选择组织结构图，切换到 SmartArt 工具的"设计"选项卡，单击"SmartArt 样式"组右下角的其他按钮，在弹出的菜单中选择"三维"组中的"优雅"选项，如图 4-49 所示。

（2）单击"SmartArt 样式"组中的"更改颜色"按钮，在弹出的菜单中选择"彩色"组中的"彩色-强调文字颜色"选项，如图 4-50 所示。

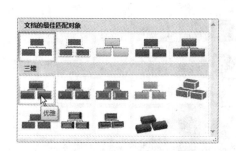

图 4-49　选择"优雅"选项

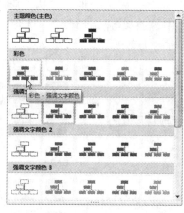

图 4-50　更改颜色

（3）选择"董事会"形状，切换到 SmartArt 工具的"格式"选项卡，单击"形状样式"组右下角的其他按钮，在弹出的菜单中选择"强烈效果-强调颜色 2"选项，如图 4-51 所示。

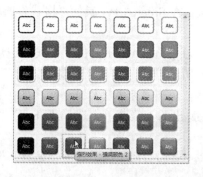

图 4-51　选择"强烈效果-强调颜色 2"选项

（4）单击"形状"组中的"更改形状"按钮，在弹出的菜单中选择"矩形"组中的"圆角矩形"选项，如图 4-52 所示，将"董事会"形状设置为圆角矩形。

（5）分别选择其他形状，将它们的形状都设置为圆角矩形，如图 4-53 所示。

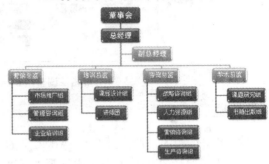

图 4-52　选择"圆角矩形"选项　　　　　　　图 4-53　更改形状

（6）选择"副总经理"形状，单击"形状样式"组右下角的其他按钮 ，在弹出的菜单中选择"中等效果-强调颜色 2"选项，如图 4-54 所示。

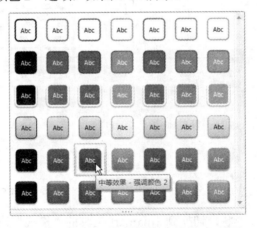

图 4-54　选择"中等效果-强调颜色 2"选项

（7）选择"董事会"形状，在 SmartArt 工具的"格式"选项卡的"形状"组中单击"增大"按钮，如图 4-55 所示。

（8）分别选中各个形状，在 SmartArt 工具的"格式"选项卡的"形状"组中单击"增大"按钮增大形状，如图 4-56 所示。

（9）选择"董事会"形状，单击"艺术字样式"组中的"文本效果"按钮，在弹出的菜单中选择"阴影"选项，再在弹出的下级菜单中选择"外部"组中的"右上斜偏移"选项，如图 4-57 所示。

（10）分别选中各个形状，将它们都添加"右上斜偏移"阴影效果，如图 4-58 所示。

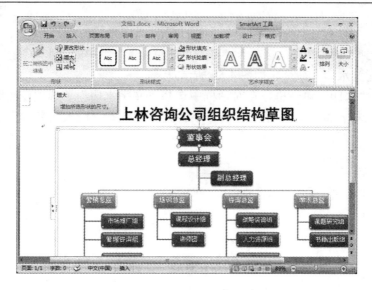

图 4-55　单击"增大"按钮

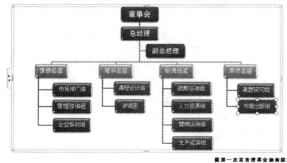

图 4-56　增大形状

图 4-57　选择"右上斜偏移"选项

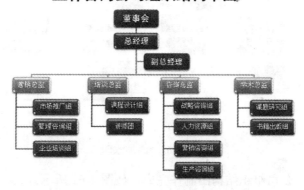

图 4-58　添加"右上斜偏移"阴影效果

添加水印

（1）切换到"页面布局"选项卡，单击"页面背景"组中的"水印"按钮，在弹出的菜单中选择"自定义水印"命令，如图 4-59 所示。

（2）弹出"水印"对话框，在对话框中选择"文字水印"单选项，然后在"文字"文本框中输入"上林咨询公司"，在"字体"下拉列表中选择"微软简魏碑"选项，如图 4-60 所示。

图 4-59　选择"自定义水印"命令　　　　　　图 4-60　"水印"对话框

（3）完成后单击"确定"按钮，在文档中添加水印，如图 4-61 所示。

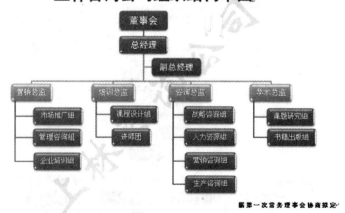

图 4-61　添加水印

（4）保存文档，公司组织结构图制作完成，如图 4-62 所示。

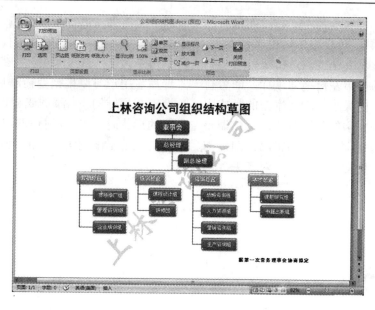

图 4-62　完成效果

知识点总结

公司组织结构图主要使用了页面设置、插入艺术字、插入文本框与插入 SmartArt 图形、美化结构图、添加文字水印等功能来制作。

艺术字即图形化后的文字，将普通文字以图形的方式表现出来，从而增强文档的美观性。在编排文档时，一般可以为文档的标题使用艺术字。艺术字具有很多特殊的效果，例如阴影、斜体、旋转、延伸等。对于插入的艺术字，还可以调整和修改它的形状。选择需要调整形状的艺术字，单击"格式"选项卡，在"艺术字样式"功能组中单击按钮 ，在弹出的列表中选择一种艺术字形状即可。

文本框属于一种特殊的图形，主要用于在文档中灵活编排对象。在文档中插入文本框后，可以将文本框看作一个文档来进行编辑，包括输入文字、插入图形以及绘制表格等。而且可以随意调整文本框在文档中的位置，这在编排一些特殊版式的文档时是非常有用的。在文档中绘制文本框后，可以对文本框的位置以及大小进行调整，单击文本框，然后将鼠标移动到文本框的边框上，当指针形状变为十字箭头时，拖动鼠标即可调整文本框的位置。在拖动过程中按下 Ctrl 健，即可实现对文本框的复制。插入文本框后，还可以调整文本框的大小，选中文本框，然后将鼠标移动到文本框四周的控点上，当鼠标指针变为双向的箭头时拖动鼠标进行调整即可。

水印是显示在文本后面的文字或图片。可以标识文档的状态，在页面视图或打印出的文档中都可以看到水印。

在制作公司组织结构图的过程中需要注意：①为组织结构图中的形状添加效果时，只能选择一种效果，无法对形状同时添加阴影和三维效果。②插入艺术字后，如果对艺术字的大小不满意，可以用鼠标单击艺术字，艺术字四周会显示 8 个控点，将指针移动到这些控点上之后按下左键拖动鼠标，即可直观地调整艺术字的大小。③文本框的版式用来调整文本框与文字的环绕方式，可以调整文本框中文字与文本框边框的距离，即内部边距，打开"设置文本框格式"对话框并选择"文本框"选项卡，然后分别设置文本框的上、下、左、右内部边距，设置完成后，单击"确定"按钮即可。④插入 SmartArt 图形后，用户可以根据要需添加或删除形状来调整布局结构。当添加或删除 SmartArt 图形中的形状时，形状的排列会自动更新，从而保持 SmartArt 图形布局的原始设计和边框。

拓展训练

为了与旧版本在操作上进行比较，下面专门使用 Word 2003 制作一份电子产品目标客户群分类示意图，并给出一些在操作上差别比较大的关键步骤，完成效果如图 4-63 所示。

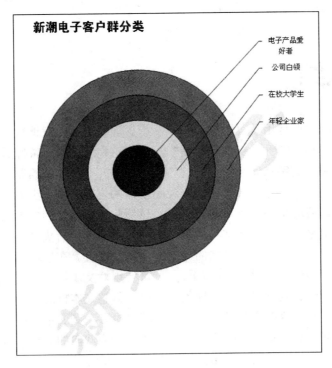

图 4-63　客户群分类示意图

关键步骤提示：

（1）启动 Word 2003，执行"插入→图示"命令，打开"图示库"对话框，选择"目标图"选项，如图 4-64 所示。

（2）单击"确定"按钮，在文档中插入目标图。

（3）在图上单击右键，在弹出的菜单中选择"插入形状"命令，如图4-65所示。

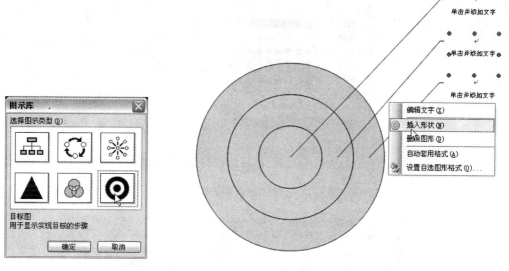

图4-64 "图示库"对话框   图4-65 选择"插入形状"命令

（4）在图中的文本框中输入文字，然后选中圆心，单击右键，在弹出的菜单中选择"设置自选图形格式"命令，如图4-66所示。

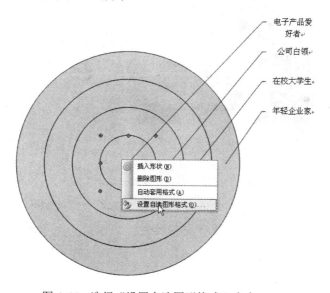

图4-66 选择"设置自选图形格式"命令

（5）打开"设置自选图形格式"对话框，在"填充"组的"颜色"下拉列表中选择"蓝色"，如图4-67所示，完成后单击"确定"按钮。

（6）按照同样的方法为其他圆形设置填充颜色。

（7）插入一个无填充颜色与线条颜色的文本框，然后在文本框中输入文字。

（8）执行"格式→背景→水印"命令，如图4-68所示，打开"水印"对话框。

（9）选择"文字水印"单选项，然后输入文字，完成后单击"确定"按钮。

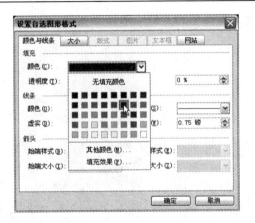

图 4-67　"设置自选图形格式"对话框

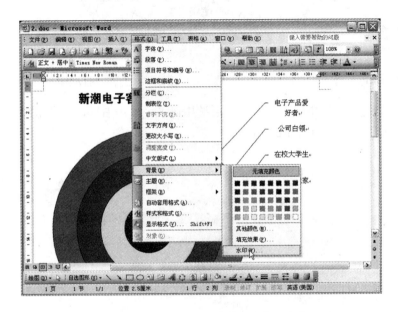

图 4-68　执行"格式→背景→水印"命令

职业快餐

　　组织结构图（Organization Chart）是最常见的表现雇员、职称和群体关系的一种图表，它形象地反映了组织内各机构、岗位之间相互的关系，是对该组织功能的一种侧面诠释。

1．组织结构图的作用

（1）可以显示其职能的划分。

（2）可以知道其权责是否适当。

（3)可以看出该员工的工作负荷是否过重。

（4)可以看出是否有无关人员承担几种

较松散，无关系的工作。

（5）可以看出是否存在有才干的人没有发挥出来的情形。

（6）可以看出是否让不胜任此项工作的人担任的重要职位。

（7）可以看出晋升的渠道是否畅通。

（8）可以显示出下次升级时谁是最合适的人选。

（9）可以使员工清楚自己在组织内的工作，加强其参与工作的欲望，其他部门的员工也可以明了各自的职责，增强组织的协调性。

2. 组织结构图的类型

组织结构图的类型由组织的结构类型所决定。以下为几种基本的组织结构。

（1）"直线制"的组织结构

这种组织结构的指挥与管理职能基本上由厂长自己执行，机构简单、职权明确，但是对厂长在管理知识和专业技能方面都有较高的要求。这种组织结构一般只适用于规模小、生产过程简单的企业，而在大规模的现代化生产的企业中，由于管理任务繁重而复杂，这种结构就不适宜了。例如，组（队）→车间→工厂→部门→部。

（2）复杂的直线型组织

这种组织是指一切初级组织，在领导者的开创下被结合（两个或三个等）成一些部门，这些部门又可同样地被结合成更大的组织单位等。在线性组织内每个人仅有一个领导者，并且服从的路线是自上而下的，任何地方均不交叉，军队是线性组织典型例子。

（3）职能型组织

职能型组织和线性组织一样，存在各级管理等级，但是组织的每一个环节按被执行的每个职能隶属于不同的领导者，因而这种组织的特点是多种从属状态。例如，任何一个高等学校都是纯碎的职能型组织，在学校里的学生录属于不同的系、系主任和行政机关。

（4）"直线职能制"的组织结构

这种组织结构在上述"直线制"基础上增加职能管理人员，作为管理方面的参谋，他们只能对下级机构的工作提出建议和进行指导，没有决策权，也不能直接进行指挥和命令。这种结构比较适应现代化工业生产的特点，同时保证了统一的指挥和管理。

（5）事业部制

事业部制最早是由美国通用汽车公司总裁斯隆于1924年提出的，故有"斯隆模型"之称，也叫"联邦分权化"，是一种高度（层）集权下的分权管理体制。它适用于规模庞大，品种繁多，技术复杂的大型企业，是国外较大的联合公司所采用的一种组织形式，近几年我国一些大型企业集团或公司也引进了这种组织结构形式。事业部制是分级管理、分级核算、自负盈亏的一种形式，即一个公司按地区或按产品类别分成若干个事业部，从产品的设计，原料采购，成本核算，产品制造，一直到产品销售，均由事业部及所属工厂负责，实行单独核算，独立经营，公司总部只保留人事决策，预算控制和监督大权，并通过利润等指标对事业部进行控制。也有的事业部只负责指挥和组织生产，不负责采购和销售，实行生产和供销分立，但这种事业部正在被产品事业部所取代。还有的事业部按区域来划分。

（6）模拟分权制

这是一种介于直线职能制和事业部制之间的结构形式。

许多大型企业，如连续生产的钢铁、化工企业由于产品品种或生产工艺过程所限，难以分解成几个独立的事业部。又由于企业的规模庞大，以致高层管理者感到采用其他组织形态都不容易管理，这时就出现了模拟分权组织结构形式。所谓模拟，就是要模拟事业部制的独立经营，单独核算，而不是真正的事业部，实际上是一个个"生产单位"。这些生产单位有自己的职能机构，享有尽可能大的自主权，负有"模拟性"的盈亏责任，目的是要调动他们的生产经营积极性，达到改善企业生产经营管理的目的。需要指出的是，各生产单位由于生产上的连续性，很难将它们截然分开，就以连续生产的石油化工为例，甲单位生产出来的"产品"直接就成为乙生产单位的原料，这当中无需停顿和中转。因此，它们之间的经济核算，只能依据企业内部的价格，而不是市场价格，也就是说这些生产单位没有自己独立的外部市场，这也是与事业部的差别所在。

模拟分权制除了调动各生产单位的积极性外，还解决了企业规模过大不易管理的问题。高层管理人员将部分权力分给生产单位，减少了自己的行政事务，从而把精力集中到战略问题上来。其缺点是，不易为模拟的生产单位明确任务，造成考核上的困难；各生产单位领导人不易了解企业的全貌，在信息沟通和决策权力方面也存在着明显的缺陷。

（7）矩阵组织结构

在组织结构上把既有按职能划分的垂直领导系统，又有按产品（项目）划分的横向领导关系的结构称为矩阵组织结构。

矩阵制组织是为了改进直线职能制横向联系差，缺乏弹性的缺点而形成的一种组织形式。它的特点表现在围绕某项专门任务成立跨职能部门的专门机构上，例如组成一个专门的产品（项目）小组去从事新产品开发工作，在研究、设计、试验、制造各个不同阶段，由有关部门派人参加，力图做到条块结合，以协调有关部门的活动，保证任务的完成。这种组织结构形式是固定的，人员却是变动的，需要谁，谁就来，任务完成后就可以离开。项目小组和负责人也是临时组织和委任的。任务完成后就解散，有关人员回原单位工作。因此，这种组织结构非常适用于横向协作和攻关项目。

矩阵结构的优点是：机动、灵活，可随项目的开发与结束进行组织或解散。由于这种结构是根据项目组织的，任务清楚，目的明确，各方面有专长的人都是有备而来。因此在新的工作小组里，能沟通、融合，能把自己的工作同整体工作联系在一起，为攻克难关，解决问题而献计献策。由于从各方面抽调来的人员有信任感、荣誉感，使他们增加了责任感，激发了工作热情，促进了项目的实现。它还加强了不同部门之间的配合和信息交流，克服了直线职能结构中各部门互相脱节的现象。

矩阵结构的缺点是：项目负责人的责任大于权力，因为参加项目的人员都来自不同部门，隶属关系仍在原单位，只是为"会战"而来，所以项目负责人对他们管理困难，没有足够的激励手段与惩治手段，这种人员上的双重管理是矩阵结构的先天缺陷。由于项目组成人员来自各个职能部门，当任务完成以后，仍要回原单位，因而容易产生临时观念，对工作有一定影响。

矩阵结构适用于一些重大攻关项目。企业可用来完成涉及面广的、临时性的、复杂的重大工程项目或管理改革任务。这种组织结构特别适用于以开发和实验为主的单位，例如科学研究，尤其是应用性研究单位等。

3．组织结构图的制作

制作组织结构图的软件有 Word、Visio、Wps Office 等。其中，Word 和 Wps 中都内嵌了组织结构图制作插件工具，但如果使用其中的绘图工具制作，可能会更美观一些，只是速度稍慢一些。

有人尝试用平面设计软件来制作组织结构图，比如 CorelDRAW、Photoshop 软件。客观地讲，这些软件具有非常强大的绘图功能，但并不适宜于制作组织结构图。原因在于这些软件并没有提供我们希望的工具。最大的问题在于，这些软件制作出来的最终文件，比如 JPG 格式的文件，修改起来极不方便。也有人使用 AutoCAD 制作组织结构图，这个软件确实有制作组织结构图的优势，但它对使用者的专业要求太高，掌握起来不太容易。

组织结构图主要是表达组织结构中的隶属、管理、支持关系，也可以把它看作一种逻辑关系，而这种关系是用部门或者职位所在的层级和连接部门或者职位的"逻辑线"（在图上显示出来就是普通的连接线）来表达的。组织结构图就是框（职位或者部门）和线组成的。框中有部门或者职位名称，也可以把职务人名字写在其中，甚至可以加上照片。不建议太过具体，因为人员调整会造成频繁的更新。

　　一家公司需要制作多少张组织结构图？这要因需而定。有很多公司，组织结构图制作到班、组这个级别。具体讲，各相对独立的单位或者生产单元，都可以在自己的场所悬挂组织结构图。这个图可以只截取公司大结构图的一部分，并将这一部分细化，以便于本单位、单元员工了解管理关系。讲到截取，你应该掌握的是截多大为宜。很多人的做法是截取本单位上一级，直到本单位管理末端。比如，制造车间主管悬挂的结构图，可以上截到制造部，下延伸到拉线。

案例 5

市场推广计划书

素材路径：源文件与素材\素材
源文件路径：源文件与素材\源文件\市场推广计划书.docx

情景再现

到市场部已经快一个月了，这期间我一直忙着整理那一大堆积累了好几年都无人问津的数据资料。我很清楚，市场部的人大都忙于自己的工作，成天周旋于客户之间，为的是能准确定位公司产品在市场中的位置，这些对于公司来说相当珍贵的数据却被遗忘。同时，我也意识到这些数据对于自己意味着什么。如果从这些数据中分析公司产品在市场上的定位，那将是一件最漂亮的工作。

突然同事小张推门进来，告诉我说经理有事找我。我知道经理肯定有很重要的安排，于是起身快步朝经理室走去。

敲门进去后，经理对我说："你在公司的表现一直不错，能力大家都很认可。你对市场分析有很多独到的地方，所以专门把你抽调来做市场分析，这你是知道的。现在公司面临的问题你也知道，我们新生产的牙膏正准备投入市场，但是作为一种新产品，美加白上市很可能触及所有品牌牙膏的利益，可能与各种香型牙膏进行竞争。所以我想和你聊聊，过来快一个月了，你对市场部的工作有什么计划？觉得我们的新牙膏应该怎样打入市场，站稳自己的脚跟并找到固定消费群体。"

我明白了经理的用意，他在催我尽快拿出新品牙膏的市场推广计划书，于是就说：

"我已经整理了一些很有用的资料出来，认真分析后发现其中反映了重要的市场信息。估计这个周末我会给您一份完整的市场推广计划书报告。"

"好，我知道你一直看重市场数据。希望这次你能利用这些数据给我们新牙膏找到准确的市场方向。这也是公司对你的期待。"

"我会尽力的。周末我会把计划书发到您的邮箱里"。

任务分析

● 制作一份针对公司产品如何进行市场推广的计划书。

● 为计划书制作一个封面，将本计划书的主题、公司名称、制作者与制作时间等都一一标明。

● 使用页眉与页脚功能在计划书正文内容的顶部与底部区域显示作者信息、公司名称、公司电话等信息。

● 为了使计划书更直观，可以使用将文本转换为表格功能将部分文本内容转换为表格。

● 为了使计划书不被无关的人看到，或者被他人修改，可以对计划书设置文件保护。

流程设计

首先插入封面，插入图片，然后设置封面，接着输入并设置正文内容，添加并设置页眉与页脚，再将文本转换为表格，设置文件保护，最后打印市场推广计划书。

任务实现

插入封面

（1）启动 Word 2007，切换到"页面布局"选项卡，单击"页面设置"选项组中的"纸张大小"按钮，在弹出的菜单中选择"A4（21×29.7cm）命令，如图 5-1 所示。

图 5-1　选择纸张大小

（2）切换到"插入"选项卡，在"页"组中单击"封面"按钮，如图 5-2 所示。在弹出的封面库中选择"瓷砖型"选项①，如图 5-3 所示。

图 5-2　单击"封面"按钮

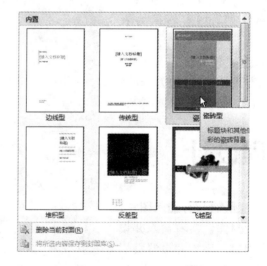

图 5-3　选择"瓷砖型"选项

---

① Word 2007 提供了一个方便的预先设计好的封面样式库。

（3）在文档中插入封面，效果如图 5-4 所示。

图 5-4　插入封面的效果

（4）单击文档中的"公司"内容控件，在其中输入公司名称"美加白牙膏股份有限公司"，如图 5-5 所示。

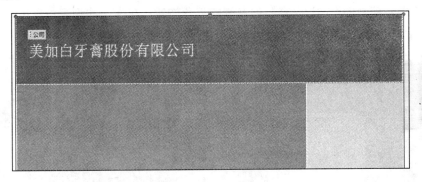

图 5-5　输入公司名称

（5）单击文档中的"标题"内容控件，在其中输入标题"市场推广计划书"，如图 5-6 所示。

图 5-6　输入标题

（6）单击文档中的"副标题"内容控件，在其中输入副标题"——美加白牙膏市场推广计划"，如图 5-7 所示。

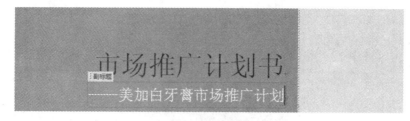

图 5-7 输入副标题

（7）单击文档中的"作者"内容控件，在其中输入作者名称，如图 5-8 所示。

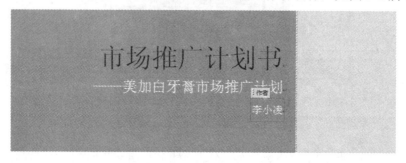

图 5-8 输入作者名称

（8）单击文档中的"年"内容控件右侧的三角按钮，在弹出的列表中单击"今日"按钮，如图 5-9 所示，即可在"年"内容控件中显示年份，如图 5-10 所示。

 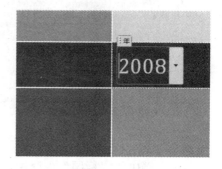

图 5-9 单击"今日"按钮　　　　　　图 5-10 显示年份

（9）单击文档中的"地址"内容控件，在其中输入公司地址，如图 5-11 所示。

图 5-11 输入公司地址

插入图片

（1）切换到"插入"选项卡，单击"插图"组中的"图片"按钮，如图 5-12 所示。在弹出的"插入图片"对话框中选择一幅需要插入到文档中的图片，如图 5-13 所示，完成后单击"插入"按钮即可。

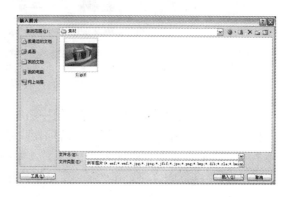

图 5-12　单击"图片"按钮　　　　　　　　　图 5-13　"插入图片"对话框

（2）选中插入的图片，切换到图片工具的"格式"选项卡，在"排列"组中单击"文字环绕"按钮，在弹出的菜单中选择"浮于文字上方"选项，然后将图片拖动到标题上方，如图 5-14 所示。

图 5-14　拖动图片

（3）保持图片的选择状态，在"图片样式"组的列表框中单击按钮，在弹出的菜单中选择"柔化椭圆边缘"选项，如图 5-15 所示。此时，插入的图片形状如图 5-16 所示。

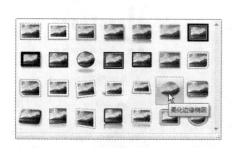

图 5-15　选择"柔化椭圆边缘"选项　　　　　　图 5-16　图片形状

设置封面

（1）选择公司名称，切换到"开始"选项卡，在"字体"组中将字体设置为"方正大黑简体"，如图 5-17 所示。

图 5-17　设置字体与字号

（2）选择标题文字，在"字体"组中将字体设置为"微软雅黑"，然后按下 Ctrl+d 组合键，打开"字体"对话框，选择"字符间距"选项卡，在"间距"下拉列表中选择"加宽"选项，在"磅值"文本框中输入"1.8 磅"，如图 5-18 所示，设置完成后单击"确定"按钮。

（3）选中副标题文字，在"字体"组中将字体设置为"汉鼎简中黑"，字号设置为"18"，如图 5-19 所示。

图 5-18　"字体"对话框

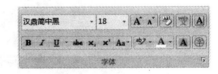

图 5-19　设置字体与字号

（4）单击选中"年份"上方的区块，如图 5-20 所示。切换到绘图工具的"格式"选项卡，单击"形状"组中的"形状填充"按钮，在弹出的菜单中选择"橄榄色，强调文字颜色3，淡色 60%"选项，如图 5-21 所示。

图 5-20　设置字体与字号

图 5-21　选择颜色

构建基块

（1）选中封面，切换到"插入"选项卡，单击"页"组中的"封面"按钮，在弹出的菜单中选择"将所选内容保存到封面库"命令，如图 5-22 所示。

（2）打开"新建构建基块"对话框①，在"名称"文本框中输入"市场推广计划书"，在"说明"文本框中输入"制作市场推广计划书的封面"，如图 5-23 所示，完成后单击"确定"按钮。

图 5-22　选择"将所选内容保存到封面库"命令　　图 5-23　"新建构建基块"对话框

（3）再次单击"页"组中的"封面"按钮，在弹出的菜单中即可看到刚刚创建的封面，如图 5-24 所示。

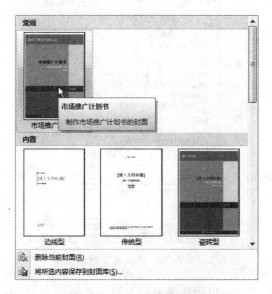

图 5-24　查看创建的封面

---

① 这是 Word 2007 的新功能之一，构建基块是存储在库中可重新使用的内容片段或其他文档部分。

输入并设置正文内容

（1）在文档中输入市场推广计划书正文内容，如图 5-25 所示。

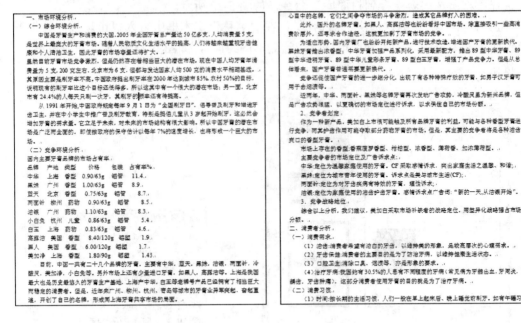

图 5-25　输入文字

（2）选择所有正文内容，切换到"开始"选项卡，单击"段落"组中的按钮，打开"段落"对话框，在"行距"下拉列表中选择"固定值"选项，在"设置值"文本框中输入"18磅"，如图 5-26 所示，完成后单击"确定"按钮。

图 5-26　"段落"对话框

（3）拖动鼠标选择"一、市场环境分析"段落，如图 5-27 所示。

（4）在"开始"选项卡的"字体"组中将字体设置为"黑体"，字号设置为"小四"，如图 5-28 所示。

图 5-27 选择段落　　　　　　　　　图 5-28 设置字体与字号

（5）保持段落的选择状态，单击"段落"组中的按钮，打开"段落"对话框，在"大纲级别"下拉列表中选择"2 级"选项，并将"间距"组中的"段前"与"段后"值都设置为"0．5 行"，如图 5-29 所示，完成后单击"确定"按钮。

图 5-29 "段落"对话框

（6）保持段落的选择状态，双击"开始"选项卡上"剪贴板"组中的"格式刷"按钮，如图 5-30 所示。

（7）将光标移至"二、……"段落前，光标变成形状，如图 5-31 所示，拖动鼠标选择该段落，复制格式。

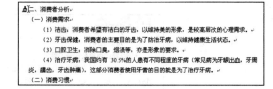

图 5-30 双击"格式刷"按钮　　　　　　图 5-31 复制格式

（8）按照同样的方法为段落"三、……"与段落"四、……"复制格式，如图 5-32 所示，完成后单击"剪贴板"组中的"格式刷"按钮取消格式复制。

（9）选择正文开始处的"（一）综合环境分析"段落，在"开始"选项卡的"字体"组中将字体设置为"微软雅黑"，如图 5-33 所示。

（10）保持段落的选择状态，单击"段落"组中的按钮，打开"段落"对话框，在"大纲级别"下拉列表中选择"3 级"选项，并将"间距"组中的"段前"与"段后"值都设置为"0.2 行"，如图 5-34 所示，完成后单击"确定"按钮。

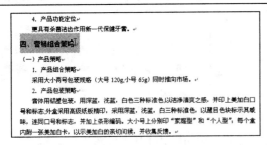

图 5-32　继续复制格式

图 5-33　设置字体

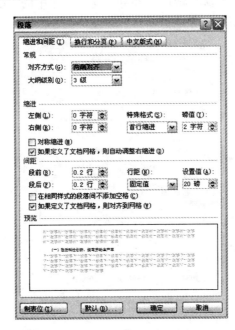

图 5-34　"段落"对话框

（11）保持段落的选择状态，双击"开始"选项卡上"剪贴板"组中的"格式刷"按钮 ，然后分别为正文中的段落"（一）……"、段落"（二）……"、段落"（三）……"等复制格式，如图 5-35 所示，完成后单击"格式刷"按钮 取消格式复制。

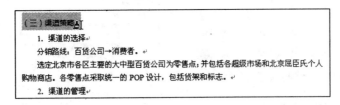

图 5-35　复制格式

添加页眉和页脚

（1）切换到"插入"选项卡，单击"页眉和页脚"组中的"页眉"按钮，如图 5-36 所示。

（2）在弹出的菜单中选择"拼版型（偶数页）"选项，如图 5-37 所示。

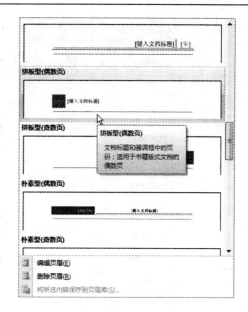

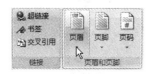

图 5-36 选择"优雅"选项　　　　　　图 5-37 选择"拼版型（偶数页）"选项

（3）此时选择的页眉样式已经插入到页眉区域中，并且激活了页眉区域[①]，如图 5-38 所示。

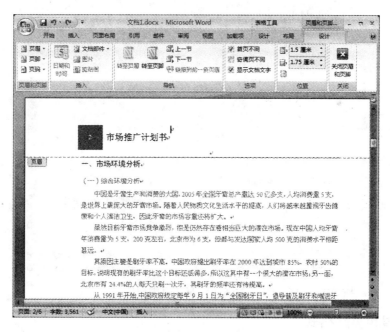

图 5-38 插入页眉

（4）切换到页眉和页脚工具的"设计"选项卡中，单击"页眉和页脚"组中的"页脚"按钮，在弹出的菜单中选择"拼版型（奇数页）"选项，如图 5-39 所示。

（5）此时选择的页脚样式已经插入到页眉区域中，并且激活了页脚区域，如图 5-40 所示。

---

① 激活页眉区域后，可以在页眉区域中进行修改。

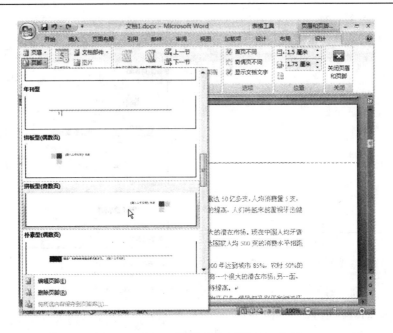

图 5-39 选择"拼版型（奇数页）"选项

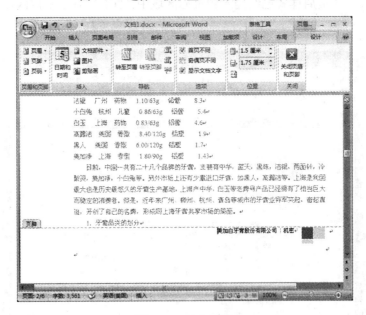

图 5-40 插入页脚

设置页眉和页脚格式

（1）双击页眉区域，激活页眉编辑区，并且显示页眉和页脚工具的"设计"选项卡，单击"插入"组中的"图片"按钮，如图 5-41 所示。在弹出的"插入图片"对话框中选择一幅需要插入到文档中的图片，如图 5-42 所示，完成后单击"插入"按钮即可。

（2）选中插入的图片，切换到图片工具的"格式"选项卡，在"排列"组中单击"文字环绕"按钮，在弹出的菜单中选择"衬于文字下方"选项，然后将图片拖动到右侧，如图 5-43 所示。

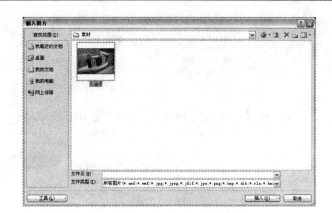

图 5-41　单击"图片"按钮　　　　　　图 5-42　"插入图片"对话框

（3）页眉中的图片显得有些大了，在"大小"组的"高"文本框中输入"2 厘米"，在"宽"文本框中输入"2.84 厘米"，如图 5-44 所示。

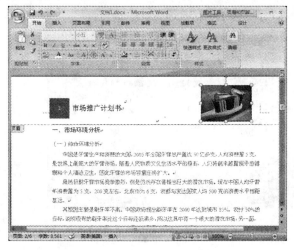

图 5-43　拖动图片　　　　　　　　　图 5-44　设置图片大小

（4）保持图片的选中状态，在"图片样式"组的列表框中单击按钮▾，在弹出的菜单中选择"柔化椭圆边缘"选项，如图 5-45 所示。此时，插入的图片形状如图 5-46 所示。

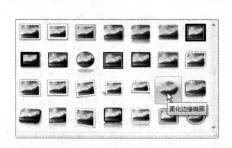

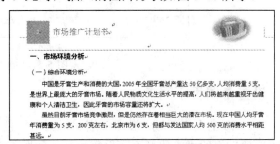

图 5-45　选择"柔化椭圆边缘"选项　　　　图 5-46　图片形状

（5）切换到页眉和页脚工具的"设计"选项卡，在"导航"组中单击"转至页脚"按钮，如图 5-47 所示，激活页脚编辑区域①。

---

① 双击页脚区域，也可以激活页脚区域的编辑状态。

图 5-47　单击"转至页脚"按钮

（6）将光标放置于"机密"后，按下两次空格键，如图 5-48 所示。

图 5-48　选择插入点

（7）单击"插入"组中的"日期和时间"按钮，如图 5-49 所示。打开"日期与时间"对话框，在该对话框中选择需要的日期格式，如图 5-50 所示。

图 5-49　单击"日期和时间"按钮　　　　图 5-50　"日期和时间"对话框

（8）完成后"确定"按钮，即可在页脚区域插入日期，如图 5-51 所示。

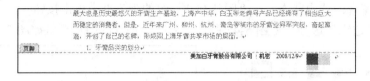

图 5-51　插入日期

设置奇偶页不同

（1）双击页眉区域，激活页眉编辑区，并且显示页眉和页脚工具的"设计"选项卡，选择"选项"组的"奇偶页不同"复选框，如图 5-52 所示。

图 5-52　选择"奇偶页不同"复选框

（2）激活偶数页页眉与页脚区域，并分别在页眉与页脚区域左下角处显示"偶数页页眉"和"偶数页页脚"字样，如图 5-53 所示。

（3）单击"页眉和页脚"组中的"页眉"按钮，在弹出的菜单中选择"年刊型"选项，如图 5-54 所示。

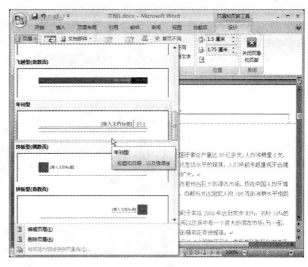

图 5-53　显示"偶数页页眉"和"偶数页页脚"字样　　　图 5-54　选择"年刊型"选项

（4）经过上述操作即可插入偶数页眉，如图 5-55 所示。

（5）在"导航"组中单击"转至页脚"按钮，激活页脚编辑区域。单击"页眉和页脚"组中的"页脚"按钮，在弹出的菜单中选择"小室型（偶数页）"选项，如图 5-56 所示。

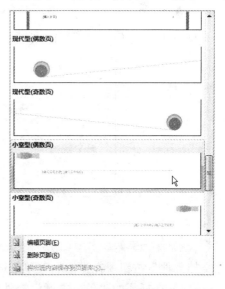

图 5-55　插入偶数页页眉　　　　　　　图 5-56　选择"小室型（偶数页）"选项

（6）经过上述操作即可插入偶数页页脚，如图 5-57 所示。

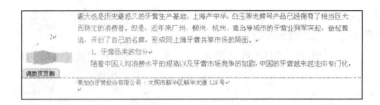

图 5-57　插入偶数页页脚

利用文档部件设置作者与单位电话

（1）在"导航"组中单击"转至页眉"按钮，激活页眉编辑区域。单击"插入"组中的"文档部件"按钮[①]，在弹出的菜单中选择"文档属性→作者"命令，如图 5-58 所示。

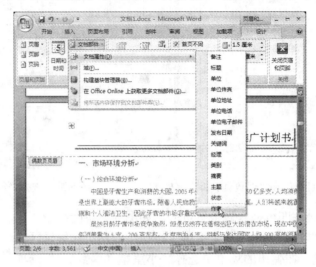

图 5-58　选择"文档属性→作者"命令

（2）即可在偶数页页眉区域插入作者信息，如图 5-59 所示。

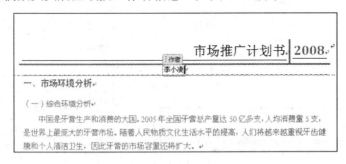

图 5-59　插入作者信息

（3）在"导航"组中单击"转至页脚"按钮，激活页脚编辑区域。单击"插入"组中的"文档部件"按钮，在弹出的菜单中选择"文档属性→单位电话"命令，如图 5-60 所示。

（4）在插入的"单位电话"控件中输入单位的电话，如图 5-61 所示。

（5）单击"关闭页眉和页脚"按钮，如图 5-62 所示，退出页眉和页脚的编辑状态[②]。

---

① "文档部件"是 Word 2007 的新功能之一。

② 在文档正文处双击鼠标，也可退出页眉和页脚的编辑状态。

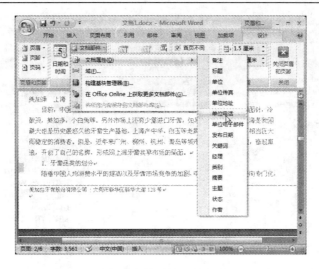

图 5-60　选择"文档属性→单位电话"命令

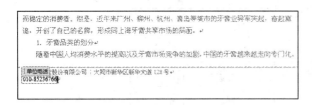

图 5-61　输入单位电话

图 5-62　单击"关闭页眉和页脚"按钮

将文本转换为表格

（1）选择需要转换为表格的文本，如图 5-63 所示。

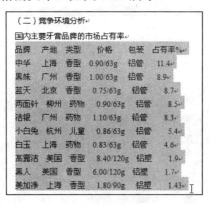

图 5-63　选择文本

（2）切换到"插入"选项卡，单击"表格"按钮，在弹出的菜单中选择"文本转换成表格"命令，如图 5-64 所示。

（3）打开"将文字转换为表格"对话框，在对话框中设置列数、列宽与文字分隔位置，如图 5-65 所示。

（4）完成后单击"确定"按钮，即可将文本转换为表格，如图 5-66 所示。

（5）单击表格左上方的按钮，选择整个表格，如图 5-67 所示。

图 5-64 选择"文本转换为表格"命令

图 5-65 "将文字转换为表格"对话框

（二）竞争环境分析

国内主要牙膏品牌的市场占有率

品牌	产地	类型	价格	包装	占有率%
中华	上海	香型	0.90/63g	铝管	11.4
黑妹	广州	香型	1.00/63g	铝管	8.9
蓝天	北京	香型	0.75/63g	铝管	8.7
两面针	柳州	药物	0.90/63g	铝管	8.5
洁银	广州	药物	1.10/63g	铝管	8.3
小白兔	杭州	儿童	0.86/63g	铝管	5.4
白玉	上海	药物	0.83/63g	铝管	4.6
高露洁	美国	香型	8.40/120g	铝塑	1.9
黑人	美国	香型	6.00/120g	铝塑	1.7
美加净	上海	香型	1.80/90g	铝塑	1.43

目前，中国一共有二十几个品牌的牙膏，主要有中华，蓝天，黑妹，洁银，两面针，冷
酸灵，美加净，小白兔等。另外市场上还有少量进口牙膏，如黑人，高露洁等。上海是我国
最大也是历史最悠久的牙膏生产基地，上海产中华，白玉等老牌号产品已经拥有了相当巨大

图 5-66 将文本转换为表格

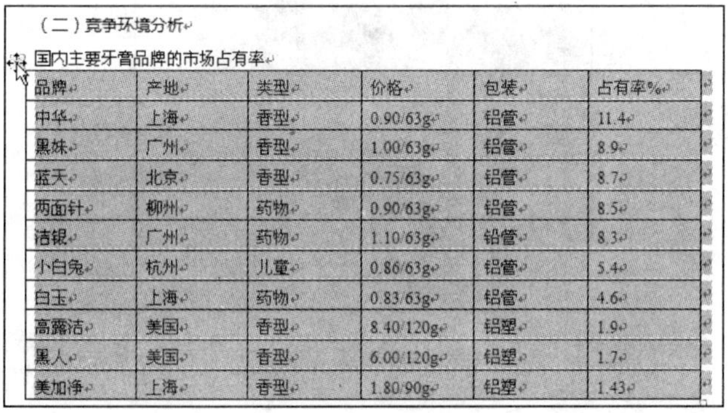

（二）竞争环境分析

国内主要牙膏品牌的市场占有率

品牌	产地	类型	价格	包装	占有率%
中华	上海	香型	0.90/63g	铝管	11.4
黑妹	广州	香型	1.00/63g	铝管	8.9
蓝天	北京	香型	0.75/63g	铝管	8.7
两面针	柳州	药物	0.90/63g	铝管	8.5
洁银	广州	药物	1.10/63g	铝管	8.3
小白兔	杭州	儿童	0.86/63g	铝管	5.4
白玉	上海	药物	0.83/63g	铝管	4.6
高露洁	美国	香型	8.40/120g	铝塑	1.9
黑人	美国	香型	6.00/120g	铝塑	1.7
美加净	上海	香型	1.80/90g	铝塑	1.43

图 5-67 选择表格

（6）切换到表格工具的"设计"选项卡，单击"表样式"组中的"其他"按钮，在弹
出的菜单中选择"彩色列表-强调文字颜色 5"选项，如图 5-68 所示。

（7）切换到表格工具的"布局"选项卡，单击"对齐方式"组中的"水平居中"按钮，
如图 5-69 所示。

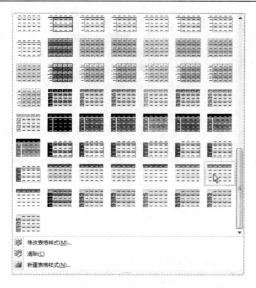

图 5-68　选择"彩色列表-强调文字颜色 5"选项　　　　图 5-69　单击"水平居中"按钮

（8）保持表格的选中状态，切换到"开始"选项卡，单击"段落"组中的按钮，打开"段落"对话框，在"行距"下拉列表中选择"固定值"选项，在"设置值"文本框中输入"17 磅"，如图 5-70 所示。

（9）完成后单击"确定"按钮，文档中的表格如图 5-71 所示。

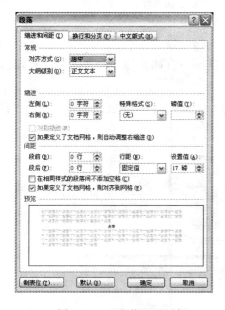

图 5-70　"段落"对话框　　　　　　　　　图 5-71　文档中的表格

设置文件保护

（1）切换到"审阅"选项卡，单击"保护"组中的"保护文档"按钮，如图 5-72 所示。在弹出的菜单中选择"限制格式和编辑"命令，如图 5-73 所示。

（2）弹出"限制格式和编辑"窗格，在窗格中选择"限制对选定的样式设置格式"复选框，然后单击"是，启动强制保护"按钮，如图 5-74 所示。

图 5-72　单击"保护文档"按钮　　　　图 5-73　选择"限制格式和编辑"命令

（3）打开"启动强制保护"对话框，在对话框的"新密码"文本框与"确认新密码"文本框中输入相同的密码，如图 5-75 所示，完成后单击"确定"按钮即可。

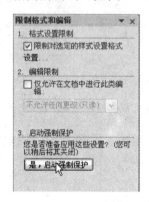
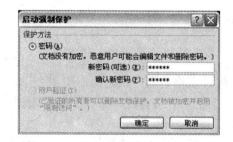

图 5-74　单击"是，启动强制保护"按钮　　图 5-75　"启动强制保护"对话框

打印市场推广计划书

（1）单击 Office 按钮，在弹出的菜单中选择"打印→打印预览"命令，在"打印预览"视图中预览打印效果，如图 5-76 所示。

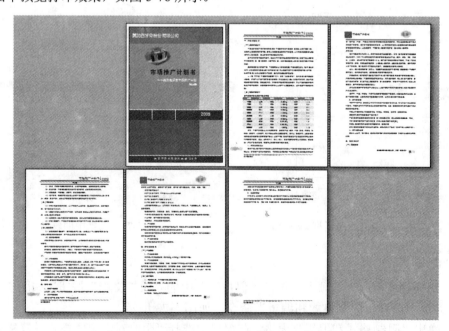

图 5-76　预览打印效果

　　（2）检查无误后，单击"预览"组中的"关闭打印预览"按钮，如图 5-77 所示，关闭"打印预览"视图。

　　（3）单击 Office 按钮，在弹出的菜单中选择"打印→快速打印"命令，如图 5-78 所示，即可打印文档。

图 5-77　单击"关闭打印预览"按钮

图 5-78　执行"快速打印"命令

知识点总结

　　市场推广计划书主要使用了插入封面、插入图片、设置封面、输入并设置正文内容、添加并设置页眉和页脚、将文本转换为表格以及设置文件保护等功能来制作的。在制作过程中需要注意以下几个方面。

1．封面

　　Word 2007 提供了一个方便的预先设计好的封面样式库。可以选择一个封面并用自己需要的内容来替换示例文本。无论将光标放置到文档的什么地方，封面始终插入文档的开头。

　　如果对创建的封面不满意，要删除封面，可以选择"插入"选项卡，单击"页"组中的"封面"按钮，然后在弹出的菜单中选择"删除当前封面"选项即可。

2．页眉和页脚

　　页眉内容就是 Word 文档中每页上页边区中的内容，而页脚内容就是每页下页边区中的内容。在 Word 文档中，插入页眉或页脚内容可以引导文档内容的阅读。例如，在制作公司统一信笺或便笺时，一般在页眉中输入公司名称，在页脚中输入公司地址、电话号码等信息。

　　首页上有时不需要使用页眉或页脚，这就需要在页眉和页脚工具的"设计"选项卡上选择"选项"组中的"奇偶页不同"复选框。

　　在页面视图中，可以在页眉页脚与文档文本之间快速切换，只要双击呈灰色显示的页眉页脚或灰色显示的正文文本即可。

3. 文件保护

在"保护文档"任务窗格中选中"编辑限制"组中的"不允许任何更改（只读）"或"批注"可对文档进行保护，完成选择后，可以指定文档的某些部分是放开限制的。还可以为特定用户授予修改文档中放开限制部分的权限。在"审阅"选项卡上的"保护"组中，单击"保护文档"按钮，在弹出的菜单中选择"限制格式和编辑"命令。在弹出的"限制格式和编辑"窗格中单击"停止保护"按钮，如图 5-79 所示。

图 5-79 单击"停止保护"按钮

若已指定了密码来保护文档，则弹出"取消保护文档"对话框，如图 5-80 所示，在该对话框中输入密码。

图 5-80 "取消保护文档"对话框

选中文档中需要放开限制的部分，例如，选中段落中的块、标题、句子或单词。

要允许打开文档的任何人都能编辑所选部分，就选择"组"列表中的"每个人"复选框，如图 5-81 所示。

图 5-81 选择"每个人"复选框

要只允许特定用户编辑所选部分，单击"更多用户"链接，在打开的"添加用户"对话框中输入用户名称，并使用分号分隔名称，如图 5-82 所示，完成后单击"确定"按钮即可。可以根据需要继续选择部分文档内容，并分配可对其进行编辑的用户权限。

图 5-82 "添加用户"对话框

拓展训练

　　为了与旧版本在操作上进行比较，下面专门使用 Word 2003 制作一份保健产品市场推广计划书，并给出一些在操作上差别比较大的关键步骤，完成效果如图 5-83 所示。

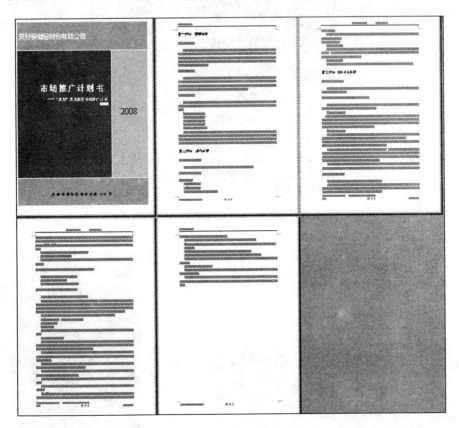

图 5-83　市场推广计划书

　　关键步骤提示：

　　（1）启动 Word 2003，打开"自选图形"对话框，单击"自选图形"按钮，在弹出的菜单中选择"矩形"选项，然后在文档中绘制一个矩形，并把矩形的填充颜色设置为绿色，如图 5-84 所示。

　　（2）在矩形上再绘制一个橙色的矩形，如图 5-85 所示。

　　（3）分别再绘制一个红色的矩形与黄色的矩形，并将它们的线条颜色设置为白色，如图 5-86 所示。

　　（4）选择最上方的橙色矩形，单击右键，在弹出的菜单中选择"添加文字"命令，如图 5-87 所示，然后在橙色矩形上输入公司名称。

　　（5）按照同样的方法，在各个矩形上添加文字，制作封面效果，如图 5-88 所示。

　　（6）执行"插入→分隔符"命令，打开"分隔符"对话框，选择"分页符"单选项，如图 5-89 所示，完成后单击"确定"按钮。

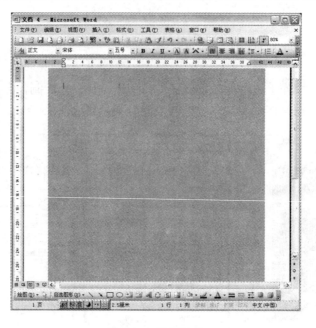

图 5-84　绘制矩形

图 5-85　绘制橙色矩形

图 5-86　绘制矩形

（7）在文档中单击左键，输入市场推广计划书内容，然后设置计划书内容的格式。

（8）执行"视图→页眉和页脚"命令，激活页眉和页脚编辑区域，在"页眉"编辑区域中输入文字。

（9）在"页脚"编辑区域输入公司名称与公司地址。

（10）在"页眉和页脚"工具栏中单击"在页眉和页脚间切换"按钮，切换到"页眉"编辑区域，在"页眉和页脚"工具栏中单击"插入"自动图文集""按钮，在弹出的菜单中选择"作者"命令，如图 5-90 所示。

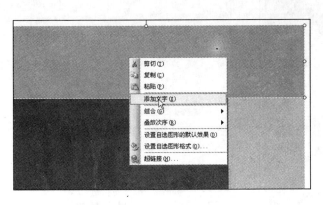

图 5-87　选择"添加文字"命令

图 5-88　添加文字

图 5-89　"分隔符"对话框

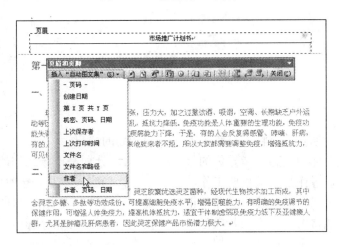

图 5-90　选择"作者"命令

（11）输入作者名称，然后按照同样的方法，在"页脚"区域插入"机密、页码、日期"。

（12）此时首页封面上也显示了页眉和页脚，如图 5-91 所示。

（13）在"页眉和页脚"工具栏中单击"页面设置"按钮 ，打开"页面设置"对话框，在"版式"选项卡中勾选"奇偶数不同"复选框和"首页不同"复选框，如图 5-92 所示。

（14）单击"确定"按钮，在"页眉和页脚"工具栏中单击"显示下一项"按钮 ，并重新设置偶数页页眉与页脚。

（15）执行"工具→保护文档"命令，为文档设置密码保护。

图 5-91　首页封面

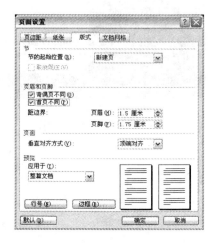

图 5-92　"页面设置"对话框

职业快餐

　　市场推广计划使你有机会将所有有用的信息收集起来，激发你的灵感，指导你的行动。将市场推广工作看作是一项重要工作，每天花上几小时的时间来做这件事是非常正确的。但如果你不能将市场工作的各项任务进行整理，并且制定一个市场推广计划，那么你所付出的努力将不能收到很好的效果。

　　市场做得好的公司都是从一个好的市场推广计划开始的，大公司的计划可能要几百页，小公司可能几页就够了。将您的市场计划放在一个活页夹里，至少每季度要参考一下，每月都参考就更好了。做一个标签记录每月的销售及生产情况，这样可以跟踪你执行计划的情况。

1．计划是市场工作的重头戏

　　计划应该涉及一年时间，对于小公司来说，这是掌握市场的最佳方案，因为情况总在发生变化，人员离开，市场发展，顾客的来来去去。然后建议制定一个 2～4 年的中期计划，但是主要精力应集中在未来的一年。

　　你要给自己几个月的时间来写这个计划，哪怕仅有几页的篇幅。制定计划是市场工作的重头戏。尽管执行计划也很难，但是决定做什么，怎样去做却是更难的。大多数的市场计划都是从年初或是财年初开始的。

　　实际上，没有多人的参与是无法制定一

个好的市场推广计划的,无论公司什么规模,你都要从公司的各个方面得到反馈:财务、制造、人事、供应等,当然还有市场部门本身。这一点很重要,因为需要公司各部门的共同努力才能完成市场推广计划。

某些关键人员会对计划的可行性及执行过程提供非常实际的建议,他们能洞察一些潜在的市场机会,能为计划增加广度,如果确实需要独权管理模式,那么你必须要有三头六臂了。

2.紧跟市场,做好市场调研

无论你是刚刚开始做生意还是已经做了几年了,都要紧跟市场,掌握最新的市场信息。市场调研的目的是掌握市场信息,从而解决生意上遇到的市场问题。这在起步阶段是绝对必要的,进行全面的市场调查是事业成功的基础。实际上,像市场划分及产品区分这样的战略,如果没有调研是无法制定出来的。

无论使用历史方法、实验方法、观察法还是采访调查方法来做市场调研,你都是在掌握两种类型的信息,一是"主要"市场信息,它需要自己或雇别人来收集整理,而更多的信息却是"次要"信息,别人已经为你编辑整理好了。一些由政府机构、行业协会或其他业内企业所做的研究和报告就是后者的例子,要好好利用这些信息。

对于需要自己花力气来做的"主要"市场信息的调研,可以收集两种基本类型的信息:探索性信息和特定性信息。探索性的调研是很开放的,可以针对一个特定的问题,可以涉及很多细节,可以对一小群人进行很随意的采访,尽量使被采访者畅所欲言。特定性的采访涉及的范围更广,它一般用来解决探索性的调研所提出的问题,采访比较正式并且有特定的内容。对于以上两种调研,特定性的调研更有价值一些。

3.收集所有信息

在写计划之前,先将所需的所有信息收集到一起。收集信息首先是要避免思考和书写过程的中断。

● 公司最新的财务报告(利润、损失,以及运转预算等),最近三年来的销售数据,最新销售数据(按产品及区域核算),如果还不够的话,就要收集公司从始至今的全部数据。

● 现有产品或服务项目及其目标市场的清单。

● 组织结构表(如果将所有员工都数得过来的话,这部分可以省去)。

● 你对市场的理解:你的竞争对手、地理界限、目标客户的类型、现有的分销渠道、最新最有价值的统计数据、市场走势的所有信息(人口统计及产品相关的)。

● 问一问销售人员或客户关系人员,他们认为明年的市场计划中应涉及的最关键问题是什么。将这些都列出来,不必将所有这些都包含,但是至少要考虑这些问题。

在许多公司里,这些内容都只在公司管理者的头脑里,但是现在你要将这些写下来。市场推广计划使你有机会将所有这些有用的信息收集起来,激发你的灵感,指导你的行动。

4.市场推广计划书必备要素

每一本有关如何制定市场计划的书对于计划的要素都有不同的理解。那些特别适合于大公司的此类书都充满了一些没有几个人能读懂的语言。然而,语言远没有你对问题的态度重要。

无论你最终怎样进行整理,市场推广计划都应是通俗易懂的企业文档,它应该为未来一年的市场工作提供努力的方向,并且使所有读者对你的公司有最直观的了解。

(1)市场状况

"市场状况"这部分应包括你对当前市场状况的最理智的描述。

● 产品或服务是什么(产品现货、系列服务)。

● 市场规模有多大?

● 销售及分销渠道情况是怎样的?

● 产品将销往哪些地理区域？

● 根据人口、收入水平等方面来描述目标客户的情况。

● 市场中有什么样的竞争对手？

● 从历史上讲，产品卖得如何？

将某一项产品和服务同竞争对手比较一下。怎样能胜过对手呢？是否存和对手一样都没有很好地利用市场机遇呢？你可能也会发现公司里最伟大的"思想家"对现状总有不同观点，市场推广计划也可以使你有机会感受一下各种不同的市场观点。

（2）威胁与机遇

这一部分是市场状况的扩展，它应该着重于现今市场好与坏两方面的征兆。

● 哪些市场趋势对你不利？

● 是否有一些不详的趋势抬头？

● 你的产品正在走向成功吗？

● 哪些市场趋势对你有利？

● 是否有一些对你有利的趋势抬头？

● 市场中的人气对你有利还是不利？

可以从很多地方获得关于市场趋势的信息。多种商业出版物经常发布各种综述，可以和当地商业记者谈谈，也可以去拜访当地商业出版机构或是制造企业协会（不同地方会有不同的叫法），咨询专业协会，并阅读行业期刊。

（3）市场目标

你需要勾勒企业的未来，通过这份计划实现什么样的市场目标。每一个市场目标都是对所要达到的目的描述，同时还包含一些具体的任务。你说你想进军螺丝钉市场，这并没有足够的指导意义。如果说你希望未来两年本地市场占有率从零增长到 8%就更有说服力了。如果你没有整个市场的数据，那么就写具体的销售额好了，你的财务人员会告诉你是否完成了任务。

（4）具体目标

如果你是第一次做市场推广计划，怎样才能对具体目标进行量化呢？从过去开始吧，参照过去的销售数字，几年来在各个市场的增长数字，有代表性的新客户的规模以及新产品推广情况等。如果在过去五年中总收入累计增长了 80%，那么预计明年有 20%～25%的增长是比较合理的，45%就不对了。

你应该对未来市场目标的数目做一些限制。改变会造成压力，使员工感到迷惑，也会使客户更加混乱。目标既要有挑战性也要有可实现性，利用实际的目标来激励自己要比制订过于宏伟的目标而不能实现所带来的挫折要好得多。

（5）预算

无论做得好与坏，开展业务总是要花钱的。市场推广计划要有预算部分。负责某项市场活动的人应该非常确切地了解他可以支配的资金情况。实际上，让他们参与预算制定是很明智的做法。

对于投入成本的估计要尽量客观。对于一些你没有经验的活动，在估计的预算基础上再加 25%。预算应该将内部费用（员工工作时间）和外部费用（花钱的）分开算。将预算做成一个 Lotus 或 Excel 的工作表，以便改动进而达到最佳效果。

（6）控制：效果跟踪

为了跟踪市场推广计划的实施情况，要进行定期的例会。怎样在中途对市场计划进行调整？怎样才能跟踪销售及开支情况并做出必要的调整？这些都是必须具备这种能力。

制定可计量的市场目标就是为了能掌握执行情况。太多的市场工作是无法量化的，虽然取得成绩却不能让你满意，或者确有虚假成分。

任何一项市场工作都可以采取最经典的反馈方式：行动、观察、调整、再行动，季度例会是最佳方案。在会议上，有关负责人要汇报上个季度的工作情况及预算经费使用的情况。汇报可以是口头上的，但要有书面的总结和摘要。

如果事情进展没有计划的快，无疑要调

整时间表、预算或事件本身。这时候，你必须决定是加强努力，提出一些实际措施以加快步伐还是调整目标。要从整体的角度作出调整，同时，调整所有相关的内容。

无论做出怎样的决定，你都要更新你的市场推广计划文档，记录下你对不能实现目标的理解和解释。保留所有的原始数据。计划可以是不断变化的，但是要保留它变化的历史过程，所有这些信息对于制定下一年的计划是非常有价值的。

（7）摘要

在市场计划的前面做一个摘要，用不到一页的篇幅将市场推广计划进行总结（应包括具体财务数字）。

你的计划应有两种架构：短期（1～12个月）和长期（一年以上）。大部分内容应该集中在未来一年，这对于中小型企业来说是最重要的。市场工作一般要求一系列具有一致性的短期工作来共同完成。制定了一年中的主要目标之后，你的主要精力应集中在媒体、信件和推销工作上。但不要就以此为终止，要将目光转向未来的两到三年的中期目标上。

摘要为阅读者提供一个有关你的市场计划的简要介绍，它也能促使你将精力集中在最有意义的事情上。

案例6

商务邀请函

素材路径：源文件与素材\第6章\素材\邀请函内容.docx
源文件路径：源文件与素材\第6章\源文件\商务邀请函.docx

情景再现

最近公司要开订货会，销售部的同事们都忙得不可开交，相对于他们，我们设计部比较轻松。这天老金和我瞎侃，他说："看着销售部现在这么忙就想到我们前段时间，真是可怕啊，累得回家连饭都不想吃饭。""呵呵，有你说得那么夸张吗？现在人家销售部的同事可是比我们累多了。"正和老金说着话呢，就听见有人敲门，打开一看，是销售部的小代。

我说："呵呵，刚刚还在和老金说你们销售部呢，你现在还有时间到我们这里来逛？。""哎呀，杨哥，小弟想麻烦你帮个忙"小代说到。"哦，什么事情呢？""你也知道现在公司正准备开新款服装的订货会，我

想给我的客户来点与众不同的东西，不想用传统的书信邀请函，想给他们发送电子邀请函，不管客户能不能赴会都能给我个回复。呵呵，我知道您是这方面的专家啊，所以这不来请您帮忙嘛，劳烦您了！"。我一听笑笑说："嗨，没问题，大家都是同事，都为了公司，这点忙我帮了，你只要告诉我什么时间要就可以了。"

"那就谢谢您，我这周五就要，您看时间来得急吗？""嗯，应该没问题，我加紧给你做吧，做好了通知你。"。

任务分析

● 由于是通过网络发送的，因此不需要制作封面，只需书写邀请函正文即可。

● 使用 Word 2007 的超链接功能，在邀请函中为特定文字添加超链接，使客户只要单击该文字，就能启动电子邮件直接回复能不能赴会。

● 在邀请函中不必书写客户姓名，直接使用 Word 2007 的邮件合并功能可快速将客户姓名合并到邀请函中。

流程设计

首先进行页面设置，输入与设置邀请函内容，然后插入超链接，接着创建收件人名单，合并联系人，再预览与发送邀请函，最后保存文档。

任务实现

页面设置

（1）启动 Word 2007，切换到"页面布局"选项卡，单击"页面设置"选项组中的"纸张大小"按钮，在弹出的下拉菜单中选择"其他页面大小"命令，如图 6-1 所示。

（2）弹出"页面设置"对话框，选择"纸张"选项卡，在"纸张大小"下拉列表中选择"自定义大小"选项，如图 6-2 所示。

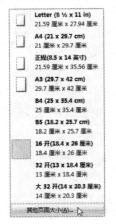

图 6-1　选择纸张大小

图 6-2　选择"自定义大小"选项

（3）在"宽度"文本框中输入"23 厘米"，在"高度"文本框中输入"21 厘米"，如图 6-3 所示。

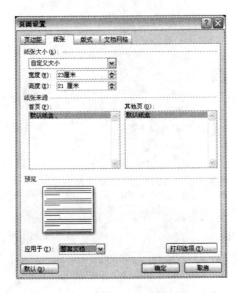

图 6-3　设置宽度与高度

（4）选择"页边距"选项卡，分别在"上"、"下"、"左"、"右"文本框中输入"1厘米"，如图6-4所示。

（5）选择"版式"选项卡，分别在"页眉"、"页脚"文本框中输入"0厘米"，如图6-5所示。

 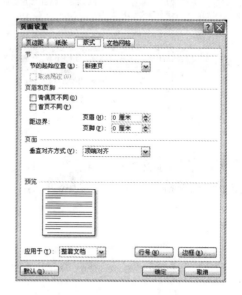

图6-4　"页边距"选项卡　　　　　　　图6-5　"版式"选项卡

输入与设置邀请函内容

（1）页面设置完成后，单击"确定"按钮，然后在文档中输入邀请函内容，如图6-6所示。

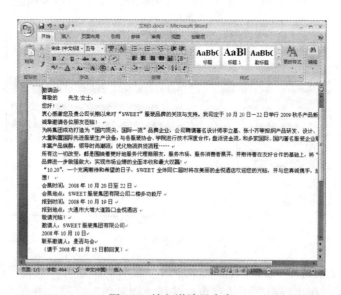

图6-6　输入邀请函内容

（2）选择第1行的"邀请函"3个字，在浮动格式工具栏上设置字体为"隶书体"，字号为"33"，并单击"居中对齐"按钮，将其设置为居中对齐，如图6-7所示。

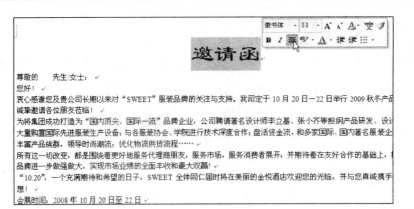

图 6-7　设置文字

（3）将光标放置到"邀请"中间，按下一次空格键，然后将光标放置到"请函"中间，再按下一次空格键，文档如图 6-8 所示。

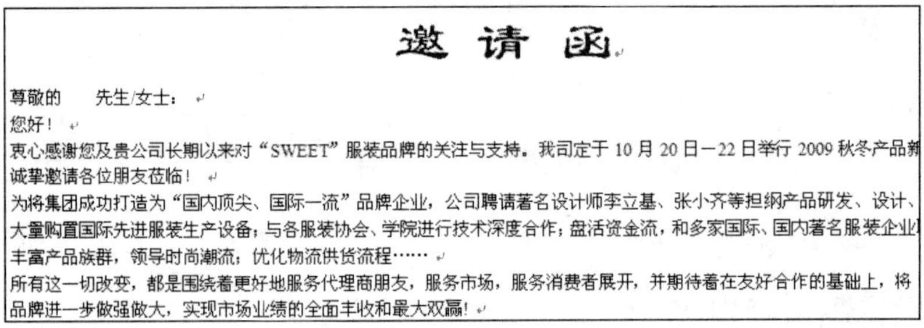

图 6-8　文字效果

（4）选择邀请函的正文内容，在浮动格式工具栏上单击加粗按钮 **B**，如图 6-9 所示。

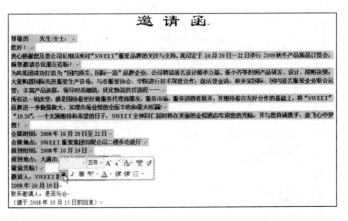

图 6-9　单击加粗按钮

（5）保持正文的选中状态，切换到"开始"选项卡，单击"段落"组中的按钮 ，打开"段落"对话框，在"行距"下拉列表中选择"固定值"选项，并在"设置值"文本框中输入"22 磅"，如图 6-10 所示。

（6）完成后单击"确定"按钮，文档中邀请函正文样式如图 6-11 所示。

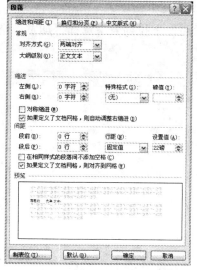

图 6-10　"段落"对话框

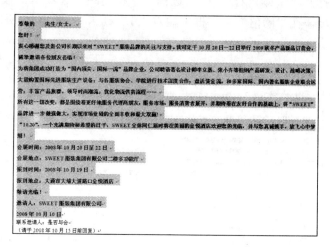

图 6-11　文档中的文本样式

（7）将光标放置于"您好"前，连续按下 4 次空格键，使该行缩进两个字，如图 6-12
所示。

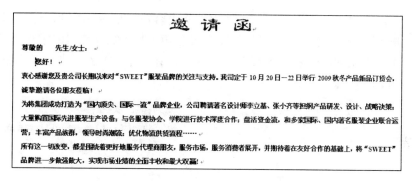

图 6-12　按下空格键

（8）将光标放置于"衷心感谢您"段首，连续按下 4 次空格键，使该段落首行缩进两个
字，如图 6-13 所示。

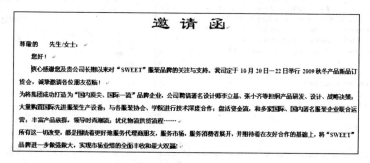

图 6-13　按下空格键

（9）依次将光标放置于正文其余段落的段首，连续按下 4 次空格键，使这些段落的首行
缩进两个字，如图 6-14 所示。

（10）选中正文内容，切换到"开始"选项卡，单击"字体"组中右下角的按钮 [图]①，打开"字体"对话框②，选择"字符间距"选项卡，在"间距"下拉列表中选择"加宽"选项，在"磅值"文本框中输入"0.7 磅"，如图 6-15 所示。

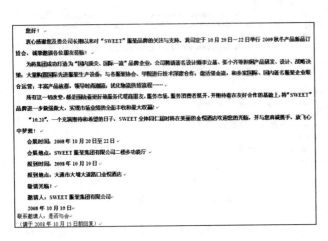

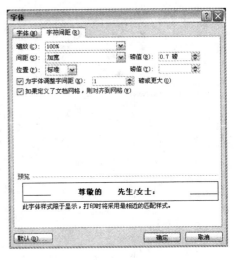

图 6-14　缩进两个字　　　　　　　　　　　　　　图 6-15　"字体"对话框

（11）完成后单击"确定"按钮，文档中正文内容样式如图 6-16 所示。

（12）选择"邀请人：SWEET 服装集团有限公司"与"2008 年 10 月 10 日"两行文字，单击"段落"组中的按钮 [图]，打开"段落"对话框，在"缩进"组的"左侧"框中输入"29 字符"，如图 6-17 所示。

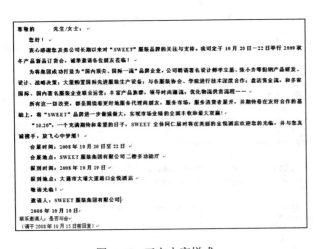

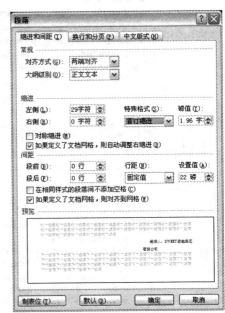

图 6-16　正文内容样式　　　　　　　　　　　　　图 6-17　"段落"对话框

---

① 按下 Ctrl+d 组合键，也能打开"字体"对话框。
② 在"字体"对话框中可以设置文字的字体、字形、字号、下画线、删除线、上标与下标以及字符间距等效果。

（13）设置完成后单击"确定"按钮，文档中这两行文字的效果如图 6-18 所示。

为将集团成功打造为"国内顶尖、国际一流"品牌企业，公司聘请著名设计师李立基、张小齐等担纲产品研发、设计、战略决策；大量购置国际先进服装生产设备；与各服装协会、学院进行技术深度合作；盘活资金流，和多家国际、国内著名服装企业联合运营；丰富产品族群，领导时尚潮流；优化物流供货流程……

所有这一切改变，都是围绕着更好地服务代理商朋友，服务市场，服务消费者展开，并期待着在友好合作的基础上，将"SWEET"品牌进一步做强做大，实现市场业绩的全面丰收和最大双赢！

"10.20"，一个充满期待和希望的日子，SWEET 全体同仁届时将在美丽的金悦酒店恭迎您的光临，并与您真诚携手，放飞心中梦想！

会展时间：2008 年 10 月 20 日至 22 日
会展地点：SWEET 服装集团有限公司二楼多功能厅
报到时间：2008 年 10 月 19 日
报到地点：大通市大埔大道路口金悦酒店
敬请光临！

邀请人：SWEET 服装集团有限公司
2008 年 10 月 10 日

联系邀请人：是否与会
（请于 2008 年 10 月 15 日前回复）

图 6-18　设置的文字效果

（14）将光标放置于"2008 年 10 月 10 日"前，连续按下 8 次空格键，使该行缩进 4 个字，如图 6-19 所示。

会展时间：2008 年 10 月 20 日至 22 日
会展地点：SWEET 服装集团有限公司二楼多功能厅
报到时间：2008 年 10 月 19 日
报到地点：大通市大埔大道路口金悦酒店
敬请光临！

邀请人：SWEET 服装集团有限公司
2008 年 10 月 10 日

联系邀请人：是否与会
（请于 2008 年 10 月 15 日前回复）

图 6-19　按下空格键

（15）选择"邀请人：SWEET 服装集团有限公司"与"2008 年 10 月 10 日"两行文字，将其字号设置为"小四"，如图 6-20 所示。

图 6-20　设置字号

（16）选择"联系邀请人：是否与会"与"（请于 2008 年 10 月 15 日前回复）"两行文字，单击"段落"组中的按钮 ，打开"段落"对话框，在"间距"组的"段前"框中输入"0.5 行"，在"行距"下拉列表中选择"固定值"选项，并在"设置值"文本框中输入"16 磅"①，如图 6-21 所示。

---

① 段间距是当前段落与下一个段落或上一个段落之间的距离，行间距是一个段落中行与行之间的距离。行间距和段间距的大小会直接影响到整个版面的排版效果。

（17）保持这两行文字的选中状态，在浮动格式工具栏上设置其字体为"汉鼎简中黑"，如图 6-22 所示。

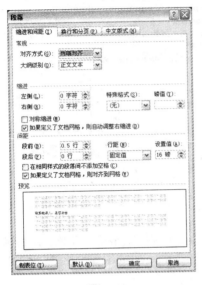

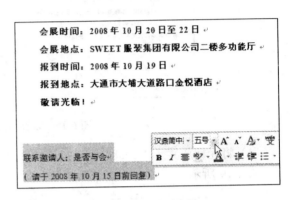

图 6-21　"段落"对话框　　　　　　　　　图 6-22　设置字体

（18）将光标放置于"联系邀请人：是否与会"前，连续按下 4 次空格键，使该行缩进 2 个字，如图 6-23 所示。

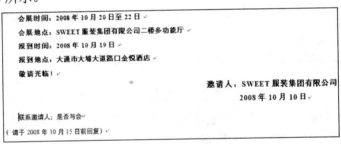

图 6-23　按下空格键

插入超链接

（1）选择"联系邀请人：是否与会"，切换到"插入"选项卡，单击"链接"组中的"超链接"按钮，打开"插入超链接"对话框，如图 6-24 所示。

图 6-24　"插入超链接"对话框

（2）在对话框中选择"链接到："列表中的"电子邮件地址"选项，在"电子邮件地址"文本框中输入邀请人的电子邮件地址，在"主题"文本框中输入主题，如图 6-25 所示。

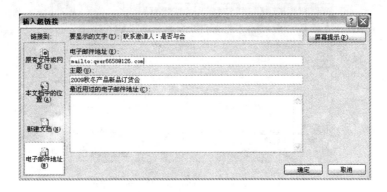

图 6-25　设置电子邮件

（3）设置完成后单击"确定"按钮，将电子邮件链接添加到文档中，可以看到，添加了链接的文本颜色变为蓝色，并且出现下画线，如图 6-26 所示。

（4）按住 Ctrl 键单击添加了链接的文本，将打开邮件窗口[①]，如图 6-27 所示。

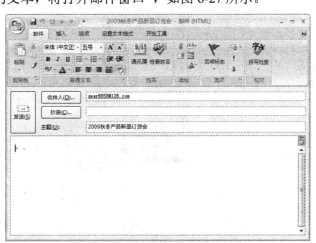

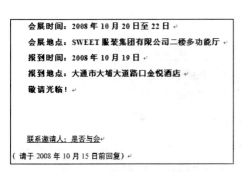

图 6-26　添加了链接的文本　　　　　　　　图 6-27　邮件窗口

创建收件人名单

（1）选择"邮件"选项卡，单击"开始邮件合并"组中的"选择收件人"按钮，在弹出的菜单中选择"键入新列表"命令，如图 6-28 所示。

图 6-28　选择"键入新列表"命令

---

① 在邮件窗口中可以检查"收件人"与"主题"是否填写正确。

（2）打开"新建地址列表"对话框，输入收件人的名称与邮箱地址，如图 6-29 所示。

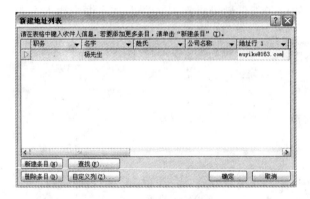

图 6-29　"新建地址列表"对话框

（3）单击"新建条目"按钮，创建一个新的收件人条目，输入收件人的名称与邮箱地址，如图 6-30 所示。

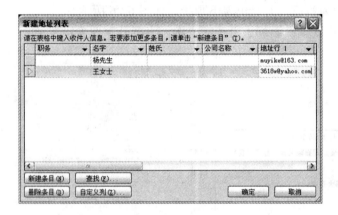

图 6-30　创建新的收件人条目

（4）按照同样的方法将所有的收件人信息添加完成，单击"确定"按钮，打开"保存通讯录"对话框，输入文件名，如图 6-31 所示，完成后单击"保存"按钮即可。

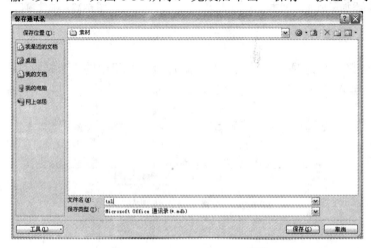

图 6-31　"保存通讯录"对话框

合并联系人

（1）选择"邮件"选项卡，单击"开始邮件合并"组中的"选择收件人"按钮，在弹出的菜单中选择"使用现有列表"命令，如图 6-32 所示。

图 6-32 选择"使用现有列表"命令

（2）打开"选取数据源"对话框，选择刚刚创建的地址列表，如图 6-33 所示，完成后单击"打开"按钮。

图 6-33 "选取数据源"对话框

（3）单击"开始邮件合并"组中的"编辑收件人列表"按钮，打开"邮件合并收件人"对话框，如图 6-34 所示。

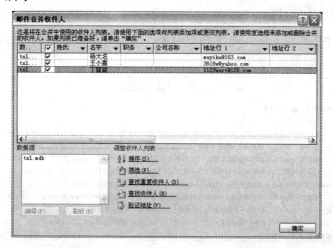

图 6-34 "邮件合并收件人"对话框

（4）在"邮件合并收件人"对话框中可以取消不需要合并到邀请函中的收件人，如图 6-35 所示，完成后单击"确定"按钮。

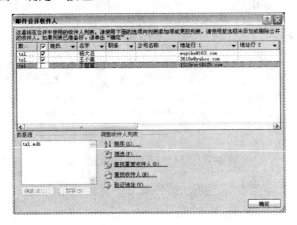

图 6-35　取消收件人

（5）将光标放置于"尊敬的"之后，在"邮件"选项卡中单击"编写和插入域"组中的"插入合并域"按钮，在弹出的菜单中选择"名字"命令，如图 6-36 所示。插入"名字"合并域后的文档如图 6-37 所示。

图 6-36　选择"名字"命令

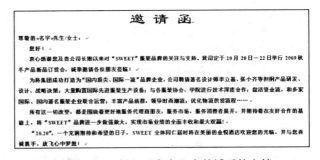

图 6-37　插入"名字"合并域后的文档

预览与发送邀请函

（1）在"邮件"选项卡中单击"预览结果"组中的"预览结果"按钮，Word 会自动显示最后一位联系人，如图 6-38 所示。

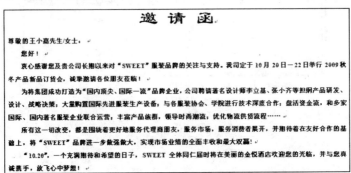

图 6-38　单击"预览结果"按钮后的效果

（2）单击"预览结果"组中的"首纪录"按钮 ▌◀ 与"尾纪录"按钮 ▶▌ 浏览各联系人，如图 6-39 所示。

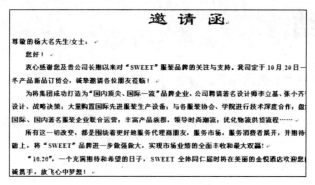

图 6-39　浏览联系人

（3）启动邮件发送程序 Outlook[①]，在"邮件"选项卡中单击"完成"组中的"完成并合并"按钮，在弹出的菜单中选择"发送电子邮件"命令，如图 6-40 所示。

（4）打开"合并到电子邮件"对话框，在"主题行"文本框中输入"邀请函"，如图 6-41 所示，完成后单击"确定"按钮即可。

图 6-40　选择"发送电子邮件"命令

图 6-41　"合并到电子邮件"对话框

（5）保存文件，商务邀请函的完成效果如图 6-42 所示。

图 6-42　完成效果

---

① 必须使用同一版本的 Outlook 和 Word。如果使用 Word 2007，则必须使用 Outlook 2007。

知识点总结

商务邀请函主要使用了页面设置、输入文本、设置段落缩进与字符间距、插入超链接、创建收件人名单、合并联系人等功能来制作。

段落缩进是指段落相对左右页边距向页内缩进一段距离。设置段落缩进可以将一个段落与其他段落分开，或显示出条理更加清晰的段落层次，以方便读者阅读。

缩进分为首行缩进、左缩进、右缩进及悬挂缩进。

● 左（右）缩进：整个段落中所有行的左（右）边界向右（左）缩进，左缩进和右缩进合用可产生嵌套段落，通常用于引用的文字。

● 首行缩进：从一个段落首行第一个字符开始向右缩进，使之区别于前面的段落。

● 悬挂缩进：将整个段落中除了首行外的所有行的左边界向右缩进。

在"段落"对话框中设置合适的段间距、行间距，可以增加文档的可读性。段间距是当前段落与下一个段落或上一个段落之间的距离，行间距是一个段落中行与行之间的距离。行间距和段间距的大小会直接影响到整个版面的排版效果。

默认情况下，段落间距为 0 行，行间距为一行，即 12 磅。一般情况下，当行中图形或字体发生变化时，Word 会自动调节行间距以容纳较大的字体。当行间距设置为固定值时，增大字体时行间距保持不变。在这种情况下，当增大字体时，较大的文本可能会显示不完整，用户可以适当在"设置值"文本框中指定行距大小，直到文字被完整地显示出来。

设置段间距的另一种简单方法是在段落间按 Enter 键为段落加入空白行。但是，通过设置段前、段后空白距离调整间距的方式具有以下优点。

● 可精确设置段间距。

● 段落移动后，段落前后的空白区的大小保持不变，而用 Enter 键来增加的空行则不能自动随段落移动。

● 段落前后空白区与段落中的字号无关，而按 Enter 键来增加的空行与段落中的字号有关。

● 段间距可作为样式的组成部分保存。

设置段落缩进与段距时，也可以切换到"页面布局"选项卡，然后在"段落"组中通过工具按钮快速设置。

字符间距指的是两个相邻字符之间的距离，通常情况下，采用单位"磅"来度量字符间距；字符位置则是指可以将字符升高或降低；缩放则是指将字符放大或缩小。利用"字体"对话框，即可以对文字进行间距、位置及缩放设置。在"字体"对话框中设置字符间距时，可以不必在"间距"文本框中选择"加宽"或"紧缩"，只需要单击"磅值"右侧的▲或▼按钮，在"间距"文本框中会自动转换成"加宽"或"紧缩"。设置位置也是同样的道理。

对字符设置缩放、间距及位置时，可以立即在对话框的"预览"区看到效果。通过对字符进行位置降低与提升调整，可以将一行文字设置成一些特殊的效果。

当要向地址列表中的收件人发送个性化电子邮件时，可使用邮件合并来创建电子邮件。每封邮件的信息类型相同，但具体内容各不相同。例如，在发给客户的电子邮件中，可对每封邮件进行个性化设置，以便按姓名称呼每个客户。每封邮件中的唯一信息来自数据文件中的条目。而且，通过使用邮件合并，每封电子邮件都将单独邮寄，每个收件人是每封邮件的唯一收件人。

如果需要将制作的商务邀请函以附件的形式发送给联系人，可以在"合并到电子邮件"对话框中选择"邮件格式"下拉列表中的"附件"选项。

拓展训练

为了与旧版本在操作上进行比较，下面专门使用 Word 2003 制作一份录取通知书，并给出一些在操作上差别比较大的关键步骤，完成效果如图 6-43 所示。

图 6-43 录取通知书

关键步骤提示：

（1）启动 Word 2003，在文档中输入录取通知书的内容。

（2）执行"工具→信函与邮件→邮件合并"命令，打开"邮件合并"任务窗格，在"选择文档类型"组中选择"信函"单选项，如图 6-44 所示。

（3）单击"下一步：正在启动文档"链接，然后选择"使用当前文档"单选项，如图 6-45 所示，单击"下一步：选取收件人"链接。

（4）选择"键入新列表"单选项，然后单击"创建"按钮，如图 6-46 所示。

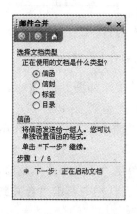  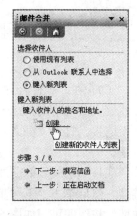

图 6-44 "邮件合并"任务窗格　　图 6-45 选择"使用当前文档"单选项　　图 6-46 单击"创建"按钮

（5）在打开的"新建地址列表"对话框中单击"自定义"按钮，打开"自定义地址列表"对话框，单击"添加"按钮，如图6-47所示。

（6）打开"添加域"对话框，在"键入域名"文本框中输入"姓名"，单击"确定"按钮，将"姓名"添加到"自定义地址列表"对话框的"域名"列表框中，如图6-48所示。

图6-47 "自定义地址列表"对话框　　　　　　图6-48 添加域名

（7）按照同样的方法将"系"、"专业"和"日期"添加到"自定义地址列表"对话框的"域名"列表框中，并通过单击"上移"按钮，将添加的域名移动到最上面，如图6-49所示。

（8）单击"确定"按钮，返回"新建地址列表"对话框中，输入学生信息，完成后单击"关闭"按钮，保存通讯录，弹出"邮件合并收件人"对话框，检查学生信息，如图6-50所示，完成后单击"确定"按钮。

图6-49 添加域名　　　　　　　　图6-50 "邮件合并收件人"对话框

（9）在"邮件合并"任务窗格中单击"下一步：撰写信函"链接，如图6-51所示。

（10）在录取通知书中选中需要输入姓名、系、专业、日期的位置，单击"其他项目"链接，打开"插入合并域"对话框，选择对应的项目，单击"插入"按钮，如图6-52所示。

（11）完成后单击"关闭"按钮，在"邮件合并"任务窗格中单击"下一步：预览信函"链接，然后单击"下一步：完成合并"链接，最后在"邮件合并"工具栏中单击"合并到新文档"按钮即可，如图6-53所示。

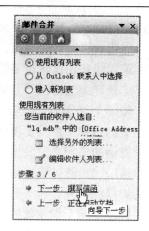

图 6-51　单击"下一步：撰写信函"链接

图 6-52　单击"插入"按钮

图 6-53　单击"合并到新文档"按钮

职业快餐

公文是公务文书的简称，它是国家机关在行政管理过程中为处理公务而按规定格式制作的书面材料。公文的种类主要包括：命令、议案、决定、公告、通告、通报、报告、请示、批复、意见、函、会议纪要。

在各类企业中，公文一般为商务公文，主要分为介绍报告、请示、会议纪要、工作计划要点、公司及产品介绍、信函、讲话稿、可行性报告、工作总结、市场调查报告、说明等公文拟写的步骤与方法大体同一般文章的写作方式相似，但是由于公文在性质、作用上及写作要求上的不同，拟写时也有一些需要特别注意的问题。

公文的拟写通常按以下步骤进行。

1.　明确发文主旨

任何一份公文都是根据工作中的实际需要来拟写的。因此，在动笔之前，首先要弄清楚发文的主旨，即发文的主题与目的，包括以下几项内容。

● 文件的中心内容是什么？比如相关工作的改善，主要提出目前情况怎样，存在哪些问题，以及解决方式和需协助事项；再如请求事项，拟请上级机关答复或解决问题等。

● 根据文件内容，准备采用什么文种？比如，汇报工作情况，是写专题报告还是写情况简报；针对下级来文所反映的问题，是写一个指示或复函，还是一个带规定性质的通知等。

● 明确文件发送范围和阅读对象。比如，向上级汇报工作，还是向有关单位推广、介绍经验；是给领导、有关部门人员阅读，还是向全体人员进行传达。

● 明确发文的具体要求。例如，是要求

对方了解，还是要求对方答复，是供收文机关贯彻执行，还是参照执行、研究参考、征求意见等。

总之，发文必须明确采取什么方式，主要阐述哪些问题，具体要达到什么目的，只有对这些问题做到心中有数，才能够落笔起草。

2. 收集有关资料，进行调查研究

发文的目的和主题明确之后，就可以围绕这个主题搜集材料和进行一定的调查研究。当然，这也要根据具体的情况，并不是拟写每一份公文都要进行这一步工作。例如，拟写一份简短的通知、公告，一般来说不需要专门搜集材料和调查研究，在明确发文主旨之后，稍加考虑就可以提笔写作了。但如果问题较为复杂，还要进行具体的分析和归纳，如拟订篇幅较长的文件，拟订工作计划、进行工作总结、起草规章、条例、拟写工作指示等，往往都需要搜集有关材料和进行进一步调查研究。

怎样为拟写公文搜集材料和进行调查研究呢？一是收集和阅读有关的文字材料，二是到实际当中搜集活材料。例如，要草拟本部门的年度工作计划，首先需要查阅去年的工作计划及工作总结，以及参考有关先进企业的同类工作计划等，还要研究本部门今年所面临的形势，今年的中心任务等。

总之，收集材料及调查研究是一个酝酿的过程，是为了掌握全面的、大量的素材来解问题的各个方面，然后经过分析思考产生一个认识的飞跃。

3. 拟出提纲，安排结构

在收集材料的基础上，草拟出一个写作提纲。提纲是所要拟写的文件的内容要点，把它的主要框架勾画出来，以便正式动笔之前，对全篇做到通盘安排、胸有成竹，使写作进展顺利，尽量避免半途返工。

提纲的详略，可以根据文件的具体情况和个人的习惯、写作熟练程度而定。篇幅不长的文件，可以大致安排一下文件的结构，先写什么问题，再写什么问题，主要分几层意思等。篇幅较长、比较重要的文件，往往需要拟出比较详细的提纲，包括文件共分几个部分，每一个部分又分作几个问题，各个大小问题的题目和要点及使用什么具体材料说明等。提纲的文字不需要很多，也不需要在文字上推敲。当然，需要集体讨论或送给领导审阅的提纲除外。

拟写提纲是一个很重要的构思过程，文件的基本观点，可以召集相关人员进行集体讨论研究和修改，使提纲日益完善。由两人以上分工合写的文件，更需要共同研究写作提纲，以免发生前后重复、脱节或相互矛盾的现象。

4. 落笔起草、拟写正文

结构安排好后，要按照要求所列顺序，开宗明义、紧扣主题、拟写正文。写作中注意以下两点。

（1）要观点鲜明，用材得当。即要用观点来统帅材料，使材料为观点服务。用材料要能说明问题，做到材料与观点一致。

在写作当中，要注意明确观点，用语不能含糊不清，模棱两可、词不达意，似是而非。如果观点不明，会令人不知所云。有些文件，只讲观点没有实际材料，就会使人感到抽象空洞、缺乏依据，不易信服。而只罗列材料没有鲜明的观点，则会使人弄不清要说明什么问题，不了解发文的意图，特别是情况汇报、工作汇报介绍。

（2）要语句简练，交代清楚。拟写文件既要尽量节省用字、缩短篇幅、简洁通顺，又要交代清楚明了。

5. 反复检查，认真修改

初稿写出后，要认真进行修改。写文章，需要下功夫。自古以来，好文章都要经过反复修改，写文件也同样，尤其是重要的文件。只要认真，有耐心，写公文也不难的！

案例 7

公司产品

销售统计表

源文件路径：源文件与素材\第 7 章\源文件\公司产品销售情况统计表.docx

情景再现

这天中午休息我和小李闲谈，说着说着就说到了今年公司产品的销售情况上了，小李说："大刘很厉害，业绩很好，今年的年终奖肯定很可观哦，什么时候叫他请我们吃饭。"我说："是啊，大刘很肯拼啊，今年他应该是第一名吧。"正说着就听见有人敲门，真是说曹操，曹操就到啊，大刘推门进来了。

大刘说经理让我赶快过去一下，我想经理肯定有任务分配给我，于是快步朝经理室走去。

敲门进去后，经理说："小王啊，你看现在已经年底了，要开始准备做年终的总结了，公司领导认为你能力比较强，让你做一份产品销售情况统计表，统计一下今年公司的产品销售情况，但是华北地区的不

用做，今年他们是自己独立核算的。"原来是做公司今年的产品销售统计表，这个统计表一直是主管做的，怎么这次让我做呢？就在这时经理说："这个产品销售统计表以前一直是主管做的，现在他在外地出差暂时回不来，所以公司决定让你来做这个销售统计表。"

原来是这样，我对经理说："孙经理，我一定会做得很好，保证让您满意，不辜负领导对我的希望，我会在明天下班前把这个统计表发到您的邮箱让您过目的。"

任务分析

● 在 Word 2007 中创建表格，为方便观看，表格应尽量简洁。

● 为了使表格能更好地传递信息，需要合并与拆分单元格，使其与内容数据相匹配。

● 可以使用 Word 2007 的斜线表头功能来分割行标题与列标题。

● 由于华北地区今年是独立核算的，他们的销售数据没有在统计表中反映出来，需要在统计表最下方进行备注。

● 可以使用 Word 2007 的表格计算功能在表格中进行计算，得出统计数据。

流程设计

首先进行页面设置，插入表格，然后合并单元格，添加斜线表头，拆分单元格，接着输入内容，再添加边框与底纹，计算数据，最后进行快速打印。

任务实现

页面设置

（1）启动 Word 2007，切换到"页面布局"选项卡，单击"页面设置"选项组中的"纸张大小"按钮，在弹出的下拉菜单中选择"其他页面大小"命令，如图 7-1 所示。

（2）弹出"页面设置"对话框，选择"纸张"选项卡，在"纸张大小"下拉列表中选择"自定义大小"选项，如图 7-2 所示。

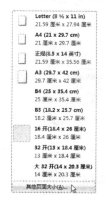

图 7-1　选择纸张大小

图 7-2　选择"自定义大小"选项

（3）在"宽度"文本框中输入"33 厘米"，在"高度"文本框中输入"20 厘米"，如图 7-3 所示，完成后单击"确定"按钮。

插入表格

（1）在文档中单击左键，输入"安齐电子元件公司 2008 年度产品销售统计表"，如入 7-4 所示。

图 7-3　设置宽度与高度

图 7-4　输入文字

（2）选中输入的文字，在出现的浮动格式工具栏中设置字体为"黑体"，字号为"小四"，并单击"居中对齐"按钮 ，如图 7-5 所示，使文字相对于文档居中对齐。

（3）在文字后按下 Enter 键换行，切换到"插入"选项卡，单击"表格"组中的"表格"

按钮，在弹出的菜单中选择"插入表格"命令，如图 7-6 所示。

图 7-5 设置文字

（4）弹出"插入表格"对话框，在"列数"框中输入"13"，在"行数"框中输入"14"，如图 7-7 所示。

图 7-6 "插入表格"命令

图 7-7 "插入表格"对话框

（5）设置完成后单击"确定"按钮，在文档中插入表格，如图 7-8 所示。

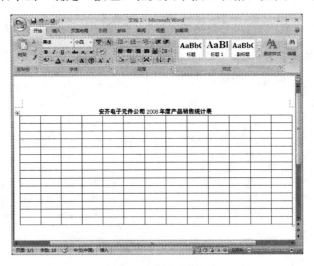

图 7-8 插入表格

合并单元格

（1）在表格第 1 行的第 2～4 列单元格中拖动鼠标，选中这几个单元格[①]，如图 7-9 所示。

（2）切换到表格工具的"布局"选项卡，单击"合并"组中的"合并单元格"按钮，如图 7-10 所示。

---

① 选择表格或单元格后，会出现浮动格式工具栏，在浮动格式工具栏中可以设置表格中文字的大小、颜色、字体等格式，这是 Word 2007 的新功能之一。

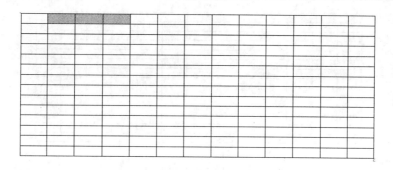

图 7-9　选择单元格

图 7-10　单击"合并单元格"按钮

（3）刚刚选择的表格第 1 行中的第 2～4 列单元格被合并，文档如图 7-11 所示。

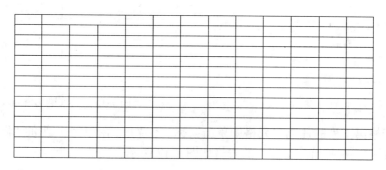

图 7-11　合并单元格

（4）按照同样的方法，将表格第 1 行的第 5～7 列单元格、第 8～10 列单元格、第 11～13 列单元格合并，如图 7-12 所示。

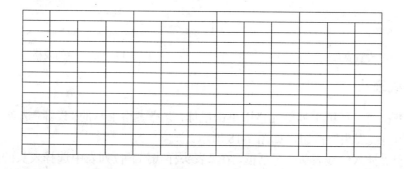

图 7-12　继续合并单元格

（5）选择表格第 14 行的第 2～13 列单元格，单击"合并"组中的"合并单元格"按钮，合并选择的单元格，如图 7-13 所示。

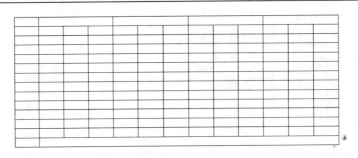

图 7-13　合并单元格

调整表格

（1）在第 1 行表格任意单元格中单击鼠标，选择表格工具的"布局"选项卡，在"单元格大小"组的"高度"框中输入"1.1 厘米"[①]，如图 7-14 所示。

（2）在表格第 14 行的任意单元格中单击鼠标，在"单元格大小"组的"高度"框中输入"1.6 厘米"，文档中的表格如图 7-15 所示。

图 7-14　设置高度

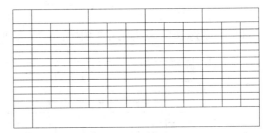

图 7-15　设置单元格高度

（3）在表格第 1 列的任意单元格中单击鼠标，在"单元格大小"组的"宽度"框中输入"2 厘米"，如图 7-16 所示，文档中的表格如图 7-17 所示。

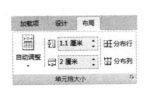

图 7-16　设置宽度

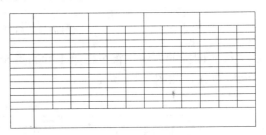

图 7-17　文档中的表格

添加斜线表头

（1）在表格第 1 行第 1 列单元格中单击鼠标，选择表格工具的"设计"选项卡，单击"表"组中的"绘制斜线表头"按钮，如图 7-18 所示。

（2）打开"插入斜线表头"对话框，在"表头样式"下拉列表中选择表头的样式，在"字体大小"下拉列表中设置字号，如图 7-19 所示。

---

① 在调整表格的行高或列宽时，可以选择多行或多列，然后单击"布局"选项卡，在"单元格大小"组中，一是可以输入固定值，指定表格的行高或列宽；二是可以单击"分布行 ▥" 或"分布列 ▥" 按钮，让表格的行高或列宽平均分配。

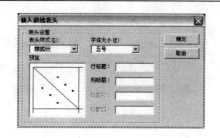

图 7-18　单击"绘制斜线表头"按钮　　　　　图 7-19　"插入斜线表头"对话框

（3）单击"确定"按钮，即可在表格第 1 行第 1 列单元格中插入斜线表头①，如图 7-20
所示。

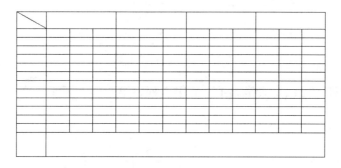

图 7-20　插入斜线表头

（4）在表格第 1 行第 1 列单元格中输入"类别"，然后按下 Enter 键，输入"编号"，如
图 7-21 所示。

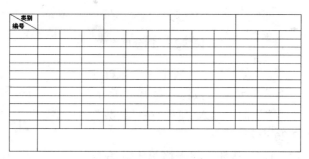

图 7-21　输入文字

拆分单元格

（1）在表格第 1 行第 2 列单元格中单击鼠标，选择表格工具的"布局"选项卡，单击"合
并"组中的"拆分单元格"按钮，如图 7-22 所示。

（2）打开"拆分单元格"对话框，在"列数"框中输入"1"，在"行数"框中输入"2"，
如图 7-23 所示。

（3）完成后单击"确定"按钮，将表格第 1 行第 2 列单元格拆分为 2 行 1 列，如图 7-24
所示。

---

① 通过"绘制斜线表头"按钮来创建表格的斜线表头样式时，创建的斜线表头只能在表格的第一个单元格。另外，在对表格第一
个单元格创建斜线表头时，单元格不能太小，否则内容会溢出。

图 7-22 单击"拆分单元格"按钮   图 7-23 "拆分单元格"对话框

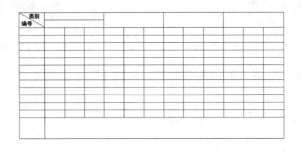

图 7-24 拆分单元格

（4）按照同样的方法将表格第 1 行的第 3 列、第 4 列、第 5 列单元格拆分为 2 行 1 列，如图 7-25 所示。

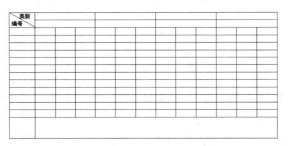

图 7-25 拆分单元格

（5）在表格第 1 行第 2 列下方单元格中单击鼠标，单击"合并"组中的"拆分单元格"按钮，打开"拆分单元格"对话框，在"列数"框中输入"3"，在"行数"框中输入"1"，如图 7-26 所示。

（6）完成后单击"确定"按钮，将表格第 1 行第 2 列下方的单元格拆分为 1 行 3 列，如图 7-27 所示。

图 7-26 "拆分单元格"对话框

（7）按照同样的方法将表格第 1 行的第 3 列、第 4 列、第 5 列下方的单元格拆分为 1 行 3 列，如图 7-28 所示。

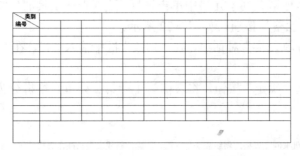

图 7-27 拆分单元格

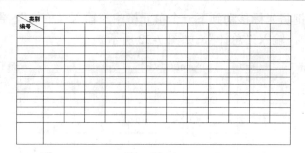

图 7-28　拆分单元格

输入内容

（1）在表格第 1 行第 2 列上方的单元格中输入"防盗报警系列"，如图 7-29 所示。

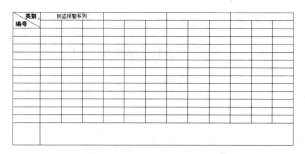

图 7-29　输入文字

（2）按下 Tab 键将光标移动到右侧单元格中，输入"新奇日用品系列"，再按下 Tab 键将光标移动到下一个单元格中，输入"健身按摩系列"，然后按下 Tab 键将光标移动到下一个单元格中，输入"电热保温系列"，如图 7-30 所示。

图 7-30　输入文字

（3）在"防盗报警系列"下方的第 1 个拆分单元格中输入"数量"，如图 7-31 所示。

图 7-31　输入文字

（4）按下 Tab 键将光标移动到下一个单元格中，输入"单价"，再按下 Tab 键将光标移动到下一个单元格中，输入"总计"，如图 7-32 所示。

类别 / 编号	防盗报警系列			新奇日用品系列			健身按摩系列			电热保温系列		
	数量	单价	总计									

图 7-32　输入文字

（5）按照同样的方法，在其余的拆分单元格中输入文字，如图 7-33 所示。

类别 / 编号	防盗报警系列			新奇日用品系列			健身按摩系列			电热保温系列		
	数量	单价	总计	数量	单价	总计	数量	单价	总计	数量	单价	总计

图 7-33　输入文字

（6）在表格第 1 列"编号"下方的单元格中输入"aq001"，如图 7-34 所示。

类别 / 编号	防盗报警系列			新奇日用品系列			健身按摩系列			电热保温系列		
	数量	单价	总计	数量	单价	总计	数量	单价	总计	数量	单价	总计
aq001												

图 7-34　输入编号

（7）按下键盘上的向下箭头↓，将光标移动到下方单元格中，输入"aq002"，然后重复进行操作直到输入"AQ010"，如图 7-35 所示。

（8）按照上面讲过的方法在表格中输入其他数据，如图 7-36 所示。

类别\编号	防盗报警系列			新奇日用品系列			健身按摩系列			电热保温系列		
	数量	单价	总计	数量	单价	总计	数量	单价	总计	数量	单价	总计
aq001												
aq002												
aq003												
aq004												
aq005												
aq006												
aq007												
aq008												
aq009												
aq010												

图 7-35　输入编号

类别\编号	防盗报警系列			新奇日用品系列			健身按摩系列			电热保温系列		
	数量	单价	总计	数量	单价	总计	数量	单价	总计	数量	单价	总计
aq001	2，108	￥12.00		11，245	￥15.00		2，268	￥21.00		11，238	￥11.00	
aq002	3，122	￥13.50		10，312	￥14.50		13，335	￥14.00		16，423	￥10.50	
aq003	1，008	￥7.00		8，232	￥18.70		16，276	￥15.00		21，156	￥9.20	
aq004	4，221	￥28.00		3，228	￥16.20		12，108	￥12.00		12，667	￥11.50	
aq005	768	￥17.50		892	￥32.00		38，892	￥6.50		3，128	￥23.00	
aq006	1，221	￥12.50		15，343	￥9.00		25，341	￥13.00		4，204	￥21.00	
aq007	2，568	￥12.00		12，238	￥8.50		6，253	￥11.00		22，123	￥9.50	
aq008	1，325	￥14.50		7，423	￥13.00		8，214	￥14.20		16，136	￥11.20	
aq009	677	￥19.00		6，528	￥16.70		9，131	￥16.30		7，218	￥10.00	
aq010	1，268	￥22.00		14，721	￥15.50		23，235	￥7.00		8，562	￥11.50	
合计												
总计												
备注	（1）试验产品未列入 （2）华北区销售情况另计											

图 7-36　输入其他数据

设置文字格式

（1）将光标放置于表格最后 1 行的左侧，当光标变成一个黑色箭头时单击左键，选择该单元格，如图 7-37 所示。

aq006	1，221	￥12.50		15，343	￥9.00		25，341	￥13.00		4，204	￥21.00	
aq007	2，568	￥12.00		12，238	￥8.50		6，253	￥11.00		22，123	￥9.50	
aq008	1，325	￥14.50		7，423	￥13.00		8，214	￥14.20		16，136	￥11.20	
aq009	677	￥19.00		6，528	￥16.70		9，131	￥16.30		7，218	￥10.00	
aq010	1，268	￥22.00		14，721	￥15.50		23，235	￥7.00		8，562	￥11.50	
合计												
总计												
备注	（1）试验产品未列入 （2）华北区销售情况另计											

图 7-37　选择单元格

（2）选择表格工具的"布局"选项卡，单击"对齐方式"组中的"水平居中"按钮 ，如图 7-38 所示。

图 7-38　单击"水平居中"按钮

（3）选择表格最后 1 行右侧单元格中的内容，单击"对齐方式"组中的"中部两端对齐"按钮 ，如图 7-39 所示。

类别\编号	防盗报警系列			新奇日用品系列			健身按摩系列			电热保温系列		
	数量	单价	总计	数量	单价	总计	数量	单价	总计	数量	单价	总计
aq001	2, 108	￥12.00		11, 245	￥15.00		2, 268	￥21.00		11, 238	￥11.00	
aq002	3, 122	￥13.50		10, 312	￥14.50		13, 335	￥14.00		16, 423	￥10.50	
aq003	1, 008	￥7.00		8, 232	￥18.70		16, 276	￥15.00		21, 156	￥9.20	
aq004	4, 221	￥28.00		3, 228	￥16.20		12, 108	￥12.00		12, 667	￥11.50	
aq005	768	￥17.50		892	￥32.00		38, 892	￥6.50		3, 128	￥23.00	
aq006	1, 221	￥12.50		15, 343	￥9.00		25, 341	￥13.00		4, 204	￥21.00	
aq007	2, 568	￥12.00		12, 238	￥8.50		6, 253	￥11.00		22, 123	￥9.50	
aq008	1, 325	￥14.50		7, 423	￥13.00		8, 214	￥14.20		16, 136	￥11.20	
aq009	677	￥19.00		6, 528	￥16.70		9, 131	￥16.30		7, 218	￥10.00	
aq010	1, 268	￥22.00		14, 721	￥15.50		23, 235	￥7.00		8, 562	￥11.50	
合计												
总计												
备注	(1) 试验产品未列入 (2) 华北区销售情况另计											

图 7-39   单击"中部两端对齐"按钮

（4）拖动鼠标选择"防盗报警系列"下方"数量"列，如图 7-40 所示。

类别\编号	防盗报警系列			新奇日用品系列			健身按摩系列			电热保温系列		
	数量	单价	总计	数量	单价	总计	数量	单价	总计	数量	单价	总计
aq001	2, 108	￥12.00		11, 245	￥15.00		2, 268	￥21.00		11, 238	￥11.00	
aq002	3, 122	￥13.50		10, 312	￥14.50		13, 335	￥14.00		16, 423	￥10.50	
aq003	1, 008	￥7.00		8, 232	￥18.70		16, 276	￥15.00		21, 156	￥9.20	
aq004	4, 221	￥28.00		3, 228	￥16.20		12, 108	￥12.00		12, 667	￥11.50	
aq005	768	￥17.50		892	￥32.00		38, 892	￥6.50		3, 128	￥23.00	
aq006	1, 221	￥12.50		15, 343	￥9.00		25, 341	￥13.00		4, 204	￥21.00	
aq007	2, 568	￥12.00		12, 238	￥8.50		6, 253	￥11.00		22, 123	￥9.50	
aq008	1, 325	￥14.50		7, 423	￥13.00		8, 214	￥14.20		16, 136	￥11.20	
aq009	677	￥19.00		6, 528	￥16.70		9, 131	￥16.30		7, 218	￥10.00	
aq010	1, 268	￥22.00		14, 721	￥15.50		23, 235	￥7.00		8, 562	￥11.50	
合计												
总计												
备注	(1) 试验产品未列入 (2) 华北区销售情况另计											

图 7-40   单击"中部两端对齐"按钮

（5）单击"对齐方式"组中的"中部右对齐"按钮 ，将单元格的内容设置为垂直居中，并靠单元格右侧对齐，如图 7-41 所示。

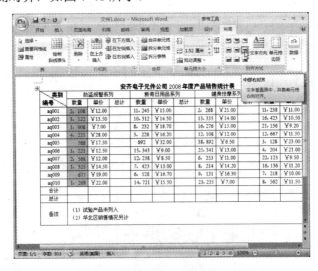

图 7-41   单击"中部右对齐"按钮

（6）按照同样的方法，将其余的"数量"列中的内容都设置为垂直居中，并靠单元格右侧对齐，如图 7-42 所示。

类别 编号	防盗报警系列			新奇日用品系列			健身按摩系列			电热保温系列		
	数量	单价	总计	数量	单价	总计	数量	单价	总计	数量	单价	总计
aq001	2，108	￥12.00		11，245	￥15.00		2，268	￥21.00		11，238	￥11.00	
aq002	3，122	￥13.50		10，312	￥14.50		13，335	￥14.00		16，423	￥10.50	
aq003	1，008	￥7.00		8，232	￥18.70		16，276	￥15.00		21，156	￥9.20	
aq004	4，221	￥28.00		3，228	￥16.20		12，108	￥12.00		12，667	￥11.50	
aq005	768	￥17.50		892	￥32.00		38，892	￥6.50		3，128	￥23.00	
aq006	1，221	￥12.50		15，343	￥9.00		25，341	￥13.00		4，204	￥21.00	
aq007	2，568	￥12.00		12，238	￥8.50		6，253	￥11.00		22，123	￥9.50	
aq008	1，325	￥14.50		7，423	￥13.00		8，214	￥14.20		16，136	￥11.20	
aq009	677	￥19.00		6，528	￥16.70		9，131	￥16.30		7，218	￥10.00	
aq010	1，268	￥22.00		14，721	￥15.50		23，235	￥7.00		8，562	￥11.50	
合计												
总计												
备注	(1) 试验产品未列入 (2) 华北区销售情况另计											

图 7-42　设置对齐方式

（7）拖动鼠标选择"防盗报警系列"下方"单价"列，单击"对齐方式"组中的"中部两端对齐"按钮，将单元格的内容设置为垂直居中，并靠单元格左侧对齐，如图 7-43 所示。

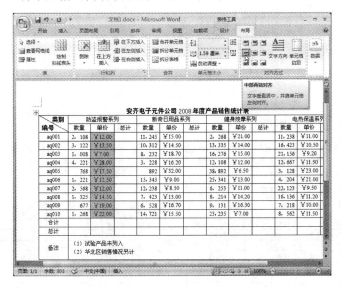

图 7-43　单击"中部两端对齐"按钮

（8）按照同样的方法，将其余的"单价"列中的内容都设置为垂直居中，并靠单元格左侧对齐，如图 7-44 所示。

类别 编号	防盗报警系列			新奇日用品系列			健身按摩系列			电热保温系列		
	数量	单价	总计	数量	单价	总计	数量	单价	总计	数量	单价	总计
aq001	2，108	￥12.00		11，245	￥15.00		2，268	￥21.00		11，238	￥11.00	
aq002	3，122	￥13.50		10，312	￥14.50		13，335	￥14.00		16，423	￥10.50	
aq003	1，008	￥7.00		8，232	￥18.70		16，276	￥15.00		21，156	￥9.20	
aq004	4，221	￥28.00		3，228	￥16.20		12，108	￥12.00		12，667	￥11.50	
aq005	768	￥17.50		892	￥32.00		38，892	￥6.50		3，128	￥23.00	
aq006	1，221	￥12.50		15，343	￥9.00		25，341	￥13.00		4，204	￥21.00	
aq007	2，568	￥12.00		12，238	￥8.50		6，253	￥11.00		22，123	￥9.50	
aq008	1，325	￥14.50		7，423	￥13.00		8，214	￥14.20		16，136	￥11.20	
aq009	677	￥19.00		6，528	￥16.70		9，131	￥16.30		7，218	￥10.00	
aq010	1，268	￥22.00		14，721	￥15.50		23，235	￥7.00		8，562	￥11.50	
合计												
总计												
备注	(1) 试验产品未列入 (2) 华北区销售情况另计											

图 7-44　设置对齐方式

（9）拖动鼠标选择表格第 1 行，如图 7-45 所示。

类别 编号	防盗报警系列			新奇日用品系列			健身按摩系列			电热保温系列		
	数量	单价	总计	数量	单价	总计	数量	单价	总计	数量	单价	总计
aq001	2, 108	¥12.00		11, 245	¥15.00		2, 268	¥21.00		11, 238	¥11.00	
aq002	3, 122	¥13.50		10, 312	¥14.50		13, 335	¥14.00		16, 423	¥10.50	
aq003	1, 008	¥7.00		8, 232	¥18.70		16, 276	¥15.00		21, 156	¥9.20	
aq004	4, 221	¥28.00		3, 228	¥16.20		12, 108	¥12.00		12, 667	¥11.50	
aq005	768	¥17.50		892	¥32.00		38, 892	¥6.50		3, 128	¥23.00	
aq006	1, 221	¥12.50		15, 343	¥9.00		25, 341	¥13.00		4, 204	¥21.00	
aq007	2, 568	¥12.00		12, 238	¥8.50		6, 253	¥11.00		22, 123	¥9.50	
aq008	1, 325	¥14.50		7, 423	¥13.00		8, 214	¥14.20		16, 136	¥11.20	
aq009	677	¥19.00		6, 528	¥16.70		9, 131	¥16.30		7, 218	¥10.00	
aq010	1, 268	¥22.00		14, 721	¥15.50		23, 235	¥7.00		8, 562	¥11.50	
合计												
总计												
备注	(1) 试验产品未列入 (2) 华北区销售情况另计											

图 7-45 选择单元格

（10）切换到"开始"选项卡，在"字体"组中将字体设置为"宋体"，字号为"五号"，并单击加粗按钮 **B**，如图 7-46 所示。

图 7-46 设置文字格式

（11）拖动鼠标选择表格最后 1 行，如图 7-47 所示。

类别 编号	防盗报警系列			新奇日用品系列			健身按摩系列			电热保温系列		
	数量	单价	总计	数量	单价	总计	数量	单价	总计	数量	单价	总计
aq001	2, 108	¥12.00		11, 245	¥15.00		2, 268	¥21.00		11, 238	¥11.00	
aq002	3, 122	¥13.50		10, 312	¥14.50		13, 335	¥14.00		16, 423	¥10.50	
aq003	1, 008	¥7.00		8, 232	¥18.70		16, 276	¥15.00		21, 156	¥9.20	
aq004	4, 221	¥28.00		3, 228	¥16.20		12, 108	¥12.00		12, 667	¥11.50	
aq005	768	¥17.50		892	¥32.00		38, 892	¥6.50		3, 128	¥23.00	
aq006	1, 221	¥12.50		15, 343	¥9.00		25, 341	¥13.00		4, 204	¥21.00	
aq007	2, 568	¥12.00		12, 238	¥8.50		6, 253	¥11.00		22, 123	¥9.50	
aq008	1, 325	¥14.50		7, 423	¥13.00		8, 214	¥14.20		16, 136	¥11.20	
aq009	677	¥19.00		6, 528	¥16.70		9, 131	¥16.30		7, 218	¥10.00	
aq010	1, 268	¥22.00		14, 721	¥15.50		23, 235	¥7.00		8, 562	¥11.50	
合计												
总计												
备注	(1) 试验产品未列入 (2) 华北区销售情况另计											

图 7-47 选择单元格

（12）在"开始"选项卡的"字体"组中单击倾斜 *I* 按钮，如图 7-48 所示。

图 7-48 设置文字格式

添加边框与底纹

（1）单击表格左上方的按钮，选择整个表格[①]，如图 7-49 所示。

（2）切换到表格工具的"设计"选项卡，单击"表样式"组的"边框"按钮右侧的箭头

---

① 切换到表格工具的"布局"选项卡，单击"表"组中的"选择"按钮，在弹出的菜单中选择"选择表格"命令，也能选择整个表格。

按钮, 在弹出的菜单中选择 "所有框线" 命令, 如图 7-50 所示。

	安齐电子元件公司 2008 年度产品销售统计表											
类别 编号	防盗报警系列			新奇日用品系列			健身按摩系列			电热保温系列		
	数量	单价	总计	数量	单价	总计	数量	单价	总计	数量	单价	总计
aq001	2, 108	￥12.00		11, 245	￥15.00		2, 268	￥21.00		11, 238	￥11.00	
aq002	3, 122	￥13.50		10, 312	￥14.50		13, 335	￥14.00		16, 423	￥10.50	
aq003	1, 008	￥7.00		8, 232	￥18.70		16, 276	￥15.00		21, 156	￥9.20	
aq004	4, 221	￥28.00		3, 228	￥16.20		12, 108	￥12.00		12, 667	￥11.50	
aq005	768	￥17.50		892	￥32.00		38, 892	￥6.50		3, 128	￥23.00	
aq006	1, 221	￥12.50		15, 343	￥9.00		25, 341	￥13.00		4, 204	￥21.00	
aq007	2, 568	￥12.00		12, 238	￥8.50		6, 253	￥11.00		22, 123	￥9.50	
aq008	1, 325	￥14.50		7, 423	￥14.20		8, 214	￥14.20		16, 136	￥11.20	
aq009	677	￥19.00		6, 528	￥16.70		9, 131	￥16.30		7, 218	￥10.00	
aq010	1, 268	￥22.00		14, 721	￥15.50		23, 235	￥7.00		8, 562	￥11.50	
合计												
总计												
备注	(1) 试验产品未列入 (2) 华北区销售情况另计											

图 7-49　选择表格

（3）单击 "绘图边框" 组中的 "擦除" 按钮, 当光标变成一个擦子形状时, 在表格倒数第 2 行（也就是 "总计" 行）的竖边框上拖动鼠标, 将竖边框全部擦除, 如图 7-51 所示。

- 下框线(B)
- 上框线(P)
- 左框线(L)
- 右框线(R)
- 无框线(N)
- 所有框线(A)
- 外侧框线(S)
- 内部框线(I)
- 内部横框线(H)
- 内部竖框线(V)
- 斜下框线(W)
- 斜上框线(U)
- 横线(Z)
- 绘制表格(D)
- 查看网格线(G)
- 边框和底纹(O)...

图 7-50　选择 "所有框线" 命令

类别 编号	防盗报警系列			新奇日用品系列			健身按摩系列			电热保温系列		
	数量	单价	总计	数量	单价	总计	数量	单价	总计	数量	单价	总计
aq001	2, 108	￥12.00		11, 245	￥15.00		2, 268	￥21.00		11, 238	￥11.00	
aq002	3, 122	￥13.50		10, 312	￥14.50		13, 335	￥14.00		16, 423	￥10.50	
aq003	1, 008	￥7.00		8, 232	￥18.70		16, 276	￥15.00		21, 156	￥9.20	
aq004	4, 221	￥28.00		3, 228	￥16.20		12, 108	￥12.00		12, 667	￥11.50	
aq005	768	￥17.50		892	￥32.00		38, 892	￥6.50		3, 128	￥23.00	
aq006	1, 221	￥12.50		15, 343	￥9.00		25, 341	￥13.00		4, 204	￥21.00	
aq007	2, 568	￥12.00		12, 238	￥8.50		6, 253	￥11.00		22, 123	￥9.50	
aq008	1, 325	￥14.50		7, 423	￥14.20		8, 214	￥14.20		16, 136	￥11.20	
aq009	677	￥19.00		6, 528	￥16.70		9, 131	￥16.30		7, 218	￥10.00	
aq010	1, 268	￥22.00		14, 721	￥15.50		23, 235	￥7.00		8, 562	￥11.50	
合计												
总计												
备注	(1) 试验产品未列入 (2) 华北区销售情况另计											

图 7-51　擦除边框

（4）完成后再次单击 "绘图边框" 组中的 "擦除" 按钮, 关闭擦除功能, 如图 7-52 所示。

（5）在 "绘图边框" 组中单击 "笔样式" 右侧的下拉按钮, 在弹出的菜单中选择第 16 种笔样式, 如图 7-53 所示。

图 7-52　单击 "擦除" 按钮

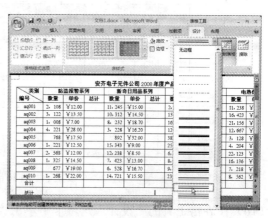

图 7-53　选择笔样式

（6）光标变成 ⌀ 形状，在表格外边框上拖动鼠标，将表格外边框样式更改为所选样式，如图 7-54 所示。

类别 编号	防盗报警系列			新奇日用品系列			健身按摩系列			电热保温系列		
	数量	单价	总计	数量	单价	总计	数量	单价	总计	数量	单价	总计
aq001	2, 108	¥12.00		11, 245	¥15.00		2, 268	¥21.00		11, 238	¥11.00	
aq002	3, 122	¥13.50		10, 312	¥14.50		13, 335	¥14.00		16, 423	¥10.50	
aq003	1, 008	¥7.00		8, 232	¥18.70		16, 276	¥15.00		21, 156	¥9.20	
aq004	4, 221	¥28.00		3, 228	¥16.20		12, 108	¥12.00		12, 667	¥11.50	
aq005	768	¥17.50		892	¥32.00		38, 892	¥6.50		3, 128	¥23.00	
aq006	1, 221	¥12.50		15, 343	¥9.00		25, 341	¥13.00		4, 204	¥21.00	
aq007	2, 568	¥12.00		12, 238	¥8.50		6, 253	¥11.00		22, 123	¥9.50	
aq008	1, 325	¥14.50		7, 423	¥13.00		8, 214	¥14.20		16, 136	¥11.20	
aq009	677	¥19.00		6, 528	¥16.70		9, 131	¥16.30		7, 218	¥10.00	
aq010	1, 268	¥22.00		14, 721	¥15.50		23, 235	¥7.00		8, 562	¥11.50	
合计												
总计												
备注	(1) 试验产品未列入 (2) 华北区销售情况另计											

图 7-54　应用边框样式

（7）在"绘图边框"组中的"笔样式"下拉列表中选择第 1 种笔样式，然后在"笔画粗细"下拉列表中选择"1.5 磅"，如图 7-55 所示。

（8）分别在表格第 2 行的下边框，表格第 1 列的右边框以及"合计"行的上边框处拖动鼠标，应用边框样式，如图 7-56 所示。

图 7-55　选择笔样式与粗细

类别 编号	防盗报警系列			新奇日用品系列			健身按摩系列			电热保温系列		
	数量	单价	总计	数量	单价	总计	数量	单价	总计	数量	单价	总计
aq001	2, 108	¥12.00		11, 245	¥15.00		2, 268	¥21.00		11, 238	¥11.00	
aq002	3, 122	¥13.50		10, 312	¥14.50		13, 335	¥14.00		16, 423	¥10.50	
aq003	1, 008	¥7.00		8, 232	¥18.70		16, 276	¥15.00		21, 156	¥9.20	
aq004	4, 221	¥28.00		3, 228	¥16.20		12, 108	¥12.00		12, 667	¥11.50	
aq005	768	¥17.50		892	¥32.00		38, 892	¥6.50		3, 128	¥23.00	
aq006	1, 221	¥12.50		15, 343	¥9.00		25, 341	¥13.00		4, 204	¥21.00	
aq007	2, 568	¥12.00		12, 238	¥8.50		6, 253	¥11.00		22, 123	¥9.50	
aq008	1, 325	¥14.50		7, 423	¥13.00		8, 214	¥14.20		16, 136	¥11.20	
aq009	677	¥19.00		6, 528	¥16.70		9, 131	¥16.30		7, 218	¥10.00	
aq010	1, 268	¥22.00		14, 721	¥15.50		23, 235	¥7.00		8, 562	¥11.50	
合计												
总计												
备注	(1) 试验产品未列入 (2) 华北区销售情况另计											

图 7-56　应用边框样式

（9）拖动鼠标选择如图 7-57 所示的单元格。

类别 编号	防盗报警系列			新奇日用品系列			健身按摩系列			电热保温系列		
	数量	单价	总计	数量	单价	总计	数量	单价	总计	数量	单价	总计
aq001	2, 108	¥12.00		11, 245	¥15.00		2, 268	¥21.00		11, 238	¥11.00	
aq002	3, 122	¥13.50		10, 312	¥14.50		13, 335	¥14.00		16, 423	¥10.50	
aq003	1, 008	¥7.00		8, 232	¥18.70		16, 276	¥15.00		21, 156	¥9.20	
aq004	4, 221	¥28.00		3, 228	¥16.20		12, 108	¥12.00		12, 667	¥11.50	
aq005	768	¥17.50		892	¥32.00		38, 892	¥6.50		3, 128	¥23.00	
aq006	1, 221	¥12.50		15, 343	¥9.00		25, 341	¥13.00		4, 204	¥21.00	
aq007	2, 568	¥12.00		12, 238	¥8.50		6, 253	¥11.00		22, 123	¥9.50	
aq008	1, 325	¥14.50		7, 423	¥13.00		8, 214	¥14.20		16, 136	¥11.20	
aq009	677	¥19.00		6, 528	¥16.70		9, 131	¥16.30		7, 218	¥10.00	
aq010	1, 268	¥22.00		14, 721	¥15.50		23, 235	¥7.00		8, 562	¥11.50	
合计												
总计												
备注	(1) 试验产品未列入 (2) 华北区销售情况另计											

图 7-57　选择单元格

（10）在表格工具的"设计"选项卡中单击"表样式"组中的"底纹"按钮，在弹出的菜单中选择"红色，强调文字颜色 2，淡色 40%"选项，如图 7-58 所示。

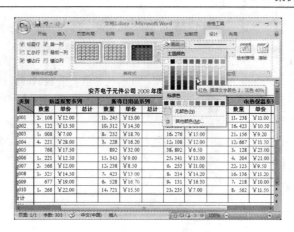

图 7-58 设置底纹

（11）选择表格第 1 列与"备注"行[①]，将它们的底纹设置为"红色，强调文字颜色 2，淡色 40%"，如图 7-59 所示。

类别	防盗报警系列			新奇日用品系列			健身按摩系列			电热保温系列		
编号	数量	单价	总计	数量	单价	总计	数量	单价	总计	数量	单价	总计
aq001	2,108	￥12.00		11,245	￥15.00		2,268	￥21.00		11,238	￥11.00	
aq002	3,122	￥13.50		10,312	￥14.50		13,335	￥14.00		16,423	￥10.50	
aq003	1,008	￥7.00		8,232	￥18.70		16,276	￥15.00		21,156	￥9.20	
aq004	4,221	￥28.00		3,228	￥16.20		12,108	￥12.00		12,667	￥11.50	
aq005	768	￥17.50		892	￥32.00		38,892	￥6.50		3,128	￥23.00	
aq006	1,221	￥12.50		15,343	￥9.00		25,341	￥13.00		4,204	￥21.00	
aq007	2,568	￥12.00		12,238	￥8.50		6,253	￥11.00		22,123	￥9.50	
aq008	1,325	￥14.50		7,423	￥13.00		8,214	￥14.20		16,136	￥11.20	
aq009	677	￥19.00		6,528	￥16.70		9,131	￥16.30		7,218	￥10.00	
aq010	1,268	￥22.00		14,721	￥15.50		23,235	￥7.00		8,562	￥11.50	
合计												
总计												
备注	(1) 试验产品未列入 (2) 华北区销售情况另计											

图 7-59 设置底纹

（12）拖动鼠标选择如图 7-60 所示的单元格。

类别	防盗报警系列			新奇日用品系列			健身按摩系列			电热保温系列		
编号	数量	单价	总计	数量	单价	总计	数量	单价	总计	数量	单价	总计
aq001	2,108	￥12.00		11,245	￥15.00		2,268	￥21.00		11,238	￥11.00	
aq002	3,122	￥13.50		10,312	￥14.50		13,335	￥14.00		16,423	￥10.50	
aq003	1,008	￥7.00		8,232	￥18.70		16,276	￥15.00		21,156	￥9.20	
aq004	4,221	￥28.00		3,228	￥16.20		12,108	￥12.00		12,667	￥11.50	
aq005	768	￥17.50		892	￥32.00		38,892	￥6.50		3,128	￥23.00	
aq006	1,221	￥12.50		15,343	￥9.00		25,341	￥13.00		4,204	￥21.00	
aq007	2,568	￥12.00		12,238	￥8.50		6,253	￥11.00		22,123	￥9.50	
aq008	1,325	￥14.50		7,423	￥13.00		8,214	￥14.20		16,136	￥11.20	
aq009	677	￥19.00		6,528	￥16.70		9,131	￥16.30		7,218	￥10.00	
aq010	1,268	￥22.00		14,721	￥15.50		23,235	￥7.00		8,562	￥11.50	
合计												
总计												
备注	(1) 试验产品未列入 (2) 华北区销售情况另计											

图 7-60 选择单元格

（13）在表格工具的"设计"选项卡中单击"表样式"组中的"底纹"按钮，在弹出的菜单中选择"红色，强调文字颜色 2，淡色 60%"选项，如图 7-61 所示。

（14）将表格其余的单元格的底纹设置为"橙色，强调文字颜色 6，淡色 80%"选项，如图 7-62 所示。

---

① 按住 Ctrl 键能同时选择多个单元格。

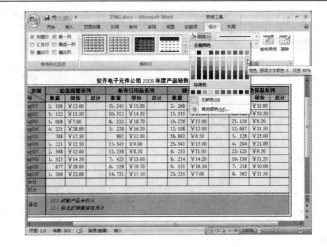

| 图 7-61 | 设置底纹 | 图 7-62 | 设置其余单元格底纹 |

计算数据

（1）将光标放置到表格第 2 行第 3 列单元格中，如图 7-63 所示。

类别	防盗报警系列			新奇日用品系列			健身按摩系列			电热保温系列		
编号	数量	单价	总计	数量	单价	总计	数量	单价	总计	数量	单价	总计
aq001	2, 108	￥12.00		11, 245	￥15.00		2, 268	￥21.00		11, 238	￥11.00	
aq002	3, 122	￥13.50		10, 312	￥14.50		13, 335	￥14.00		16, 423	￥10.50	
aq003	1, 008	￥7.00		8, 232	￥18.70		16, 276	￥15.00		21, 156	￥9.20	
aq004	4, 221	￥28.00		3, 228	￥16.20		12, 108	￥12.00		12, 667	￥11.50	
aq005	768	￥17.50		892	￥32.00		38, 892	￥6.50		3, 128	￥23.00	

图 7-63　将光标放置到单元格中

（2）切换到表格工具的"布局"选项卡，单击"数据"组中的"公式"按钮，如图 7-64 所示。

（3）打开"公式"对话框，在"公式"文本框中输入乘法函数"=PRODUCT(LEFT)"，如图 7-65 所示。

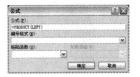

| 图 7-64　单击"公式"按钮 | 图 7-65　"公式"对话框 |

（4）完成后单击"确定"按钮，即可得出计算结果，如图 7-66 所示。

类别	防盗报警系列			新奇日用品系列			健身按摩系列			电热保温系列		
编号	数量	单价	总计	数量	单价	总计	数量	单价	总计	数量	单价	总计
aq001	2, 108	￥12.00	￥25, 296.00	11, 245	￥15.00		2, 268	￥21.00		11, 238	￥11.00	
aq002	3, 122	￥13.50		10, 312	￥14.50		13, 335	￥14.00		16, 423	￥10.50	
aq003	1, 008	￥7.00		8, 232	￥18.70		16, 276	￥15.00		21, 156	￥9.20	

图 7-66　得出计算结果

（5）按照同样的方法在其他的"总计"列中计算出"数量"乘以"单价"的结果，如图 7-67 所示。

（6）将光标放置到"合计"行的第 3 列单元格中，如图 7-68 所示。

实施编号	防盗报警系列			新奇日用品系列			健身按摩系列			电热保温系列		
	数量	单价	总计	数量	单价	总计	数量	单价	总计	数量	单价	总计
aq001	2,108	¥12.00	¥25,296.00	11,245	¥15.00	¥168,675.00	2,268	¥11.0	¥47,628.00	11,235	¥11.0	¥123,619.00
aq002	3,122	¥13.50	¥42,147.00	10,312	¥14.50	¥149,524.00	13,335	¥14.0	¥186,690.00	16,423	¥10.5	¥172,441.50
aq003	1,008	¥7.00	¥7,056.00	8,232	¥18.70	¥153,938.40	16,276	¥15.0	¥244,140.00	21,155	¥9.20	¥194,635.20
aq004	4,221	¥28.00	¥118,188.00	3,228	¥16.20	¥52,293.60	12,108	¥12.0	¥145,296.00	12,665	¥11.5	¥145,670.50
aq005	768	¥17.50	¥13440.00	892	¥32.00	¥28,544.00	38,892	¥6.50	¥252,798.00	3,128	¥23.0	¥71,944.00
aq006	1,221	¥12.50	¥15,262.50	15,343	¥9.00	¥138,284.00	25,341	¥13.0	¥329,433.00	4,204	¥21.0	¥88,284.00
aq007	2,568	¥12.00	¥30,816.00	12,238	¥8.50	¥104,023.00	6,253	¥11.0	¥68,783.00	22,123	¥9.50	¥210,168.50
aq008	1,325	¥14.50	¥19,212.50	7,423	¥13.00	¥96,499.00	8,214	¥14.2	¥116,638.80	16,136	¥11.2	¥180,723.20
aq009	677	¥19.00	¥12863.00	6,528	¥16.70	¥109,017.60	9,131	¥16.3	¥148,835.30	7,218	¥10.0	¥72,180.00
aq010	1,268	¥22.00	¥27,896.00	14,721	¥15.50	¥228,175.50	23,235	¥7.00	¥162,645.00	8,562	¥11.5	¥98,463.00
合计												

图 7-67　计算结果

aq006	1,221	¥12.50	¥15,262.50	15,343	¥9.00	¥138,087.00	25,341	¥13.0	¥329,433.00	4,204	¥21.0	¥88,284.00
aq007	2,568	¥12.00	¥30,816.00	12,238	¥8.50	¥104,023.00	6,253	¥11.0	¥68,783.00	22,123	¥9.50	¥210,168.50
aq008	1,325	¥14.50	¥19,212.50	7,423	¥13.00	¥96,499.00	8,214	¥14.2	¥116,638.80	16,136	¥11.2	¥180,723.20
aq009	677	¥19.00	¥12863.00	6,528	¥16.70	¥109,017.60	9,131	¥16.3	¥148,835.30	7,218	¥10.0	¥72,180.00
aq010	1,268	¥22.00	¥27,896.00	14,721	¥15.50	¥228,175.50	23,235	¥7.00	¥162,645.00	8,562	¥11.5	¥98,463.00
合计												
总计												

图 7-68　将光标放置到单元格中

　　（7）切换到表格工具的"布局"选项卡，单击"数据"组中的"公式"按钮，打开"公式"对话框，在"公式"文本框中输入加法函数"=SUM(ABOVE)"，如图 7-69 所示。

　　（8）完成后单击"确定"按钮，即可得出"防盗报警系列"的"总计"列的数据之和，如图 7-70 所示。

　　（9）按照同样的方法计算出"新奇日用品系列"、"健身按摩系列"与"电热保温系列"的"总计"列的数据之和，如图 7-71 所示。

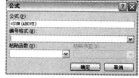

图 7-69　"公式"对话框

aq006	1,221	¥12.50	¥15,262.50	15,343	¥9.00	¥138,087.00	25,341	¥13.0	¥329,433.00	4,204	¥21.0	¥88,284.00
aq007	2,568	¥12.00	¥30,816.00	12,238	¥8.50	¥104,023.00	6,253	¥11.0	¥68,783.00	22,123	¥9.50	¥210,168.50
aq008	1,325	¥14.50	¥19,212.50	7,423	¥13.00	¥96,499.00	8,214	¥14.2	¥116,638.80	16,136	¥11.2	¥180,723.20
aq009	677	¥19.00	¥12863.00	6,528	¥16.70	¥109,017.60	9,131	¥16.3	¥148,835.30	7,218	¥10.0	¥72,180.00
aq010	1,268	¥22.00	¥27,896.00	14,721	¥15.50	¥228,175.50	23,235	¥7.00	¥162,645.00	8,562	¥11.5	¥98,463.00
合计		¥312,177.00										
总计												

图 7-70　得出计算结果

aq006	1,221	¥12.50	¥15,262.50	15,343	¥9.00	¥138,087.00	25,341	¥13.0	¥329,433.00	4,204	¥21.0	¥88,284.00
aq007	2,568	¥12.00	¥30,816.00	12,238	¥8.50	¥104,023.00	6,253	¥11.0	¥68,783.00	22,123	¥9.50	¥210,168.50
aq008	1,325	¥14.50	¥19,212.50	7,423	¥13.00	¥96,499.00	8,214	¥14.2	¥116,638.80	16,136	¥11.2	¥180,723.20
aq009	677	¥19.00	¥12863.00	6,528	¥16.70	¥109,017.60	9,131	¥16.3	¥148,835.30	7,218	¥10.0	¥72,180.00
aq010	1,268	¥22.00	¥27,896.00	14,721	¥15.50	¥228,175.50	23,235	¥7.00	¥162,645.00	8,562	¥11.5	¥98,463.00
合计		¥312,177.00			¥1,228,777.10			¥1,702,887.10			¥1,358,127.90	

图 7-71　计算结果

　　（10）在表格倒数第 2 行也就是"总计"行中输入"防盗报警系列"、"新奇日用品系列"、"健身按摩系列"与"电热保温系列"的款项之和，如图 7-72 所示。

调整页面

（1）切换到表格工具的"布局"选项卡，单击"单元格大小"组中的"自动调整"按钮，在弹出的菜单中选择"根据内容自动调整表格"命令，如图 7-73 所示。

图 7-72　计算结果 　　　　　　　　图 7-73　选择"根据内容自动调整表格"命令

（2）选择"根据内容自动调整表格"命令后，文档中的表格如图 7-74 所示。

图 7-74　调整后的表格

（3）在表格第 1 行第 1 列单元格的"类别"前按下 Enter 键，将其调整到合适位置，如图 7-75 所示。

（4）按住 Ctrl 键，选择如图 7-76 所示的单元格。

图 7-75　调整单元格 　　　　　　　　图 7-76　选择单元格

（5）切换到"开始"选项卡，在"字体"组中将字体设置为"Times New Roman"，字号设置为"五号"，如图 7-77 所示。

图 7-77　设置数据格式

（6）将光标放置在表格倒数第 2 行第 2 列单元格中，在表格工具的"布局"选项卡中单击"对齐方式"组中的"中部两端对齐"按钮，如图 7-78 所示。

快速打印

（1）单击 Office 按钮，在弹出的菜单中选择"打印→打印预览"命令，如图 7-79 所示。

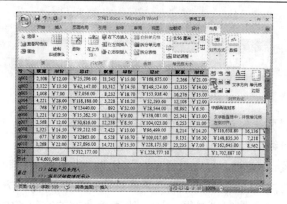

图 7-78　单击"中部两端对齐"按钮

图 7-79　执行"打印预览"命令

（2）在"打印预览"视图中预览打印效果，如图 7-80 所示。

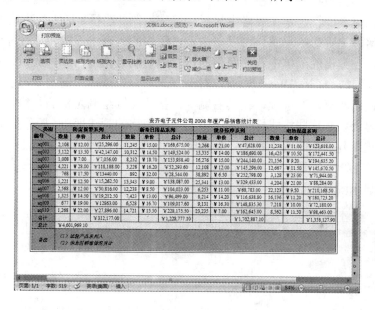

图 7-80　预览打印效果

（3）检查无误后，单击"预览"组中的"关闭打印预览"按钮，如图 7-81 所示。

（4）单击 Office 按钮，在弹出的菜单中选择"打印→快速打印"命令，如图 7-82 所示，即可打印文档。

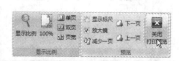

图 7-81　单击"关闭打印预览"按钮

图 7-82　执行"快速打印"命令

知识点总结

公司产品销售情况统计表主要使用了页面设置、插入表格、合并单元格、添加斜线表头、拆分单元格、添加边框与底纹以及计算数据等功能来制作。在制作过程中需要注意以下内容。

文档中会以双向箭头标记来表示段落，虽然这个标记并不会被打印，但在编排文档时却影响文档的美观，特别是在表格中显示密密麻麻的段落标记更影响观感。可以单击 Office 按钮，在弹出的菜单中选择底部的"Word 选项"选项。打开"Word 选项"对话框，选择左侧的"显示"选项，在其右侧的"始终在屏幕上显示这些格式标记"组中取消"段落标记"复选框的选中状态，如图 7-83 所示，完成后单击"确定"按钮，这样文档中就不会显示段落标记了。

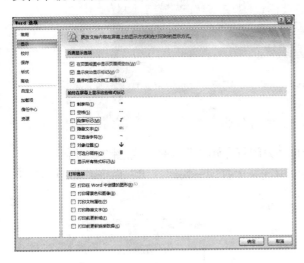

图 7-83 "Word 选项"对话框

在表格中也可以用英文字母来标识列，用自然数来标识行。例如，表格中第 1 列第 2 行的单元格被称为 A2，第 2 列第 3 行单元格被称为 B3 等。如果是一个单元格区域，可用在首单元格和尾单元格的名称之间加上英文冒号（：）来标识。例如，从 A2 到 B3 之间的单元格区域标识为 A2：B3。

Word 2007 为用户提供了多种创建表格的方法，一种是通过自动插入表格的方法来创建表格，另一种是通过手工绘制的方法来创建表格。

对于一些不规则的表格，用户需要手动来绘制。选择"插入"选项卡，单击"表格"组中的"表格"按钮，在显示的列表中单击"绘制表格"命令，此时鼠标指针变成 ✎ 样式，首先按住左键绘制出表格的大小，然后按住左键绘制表格的行线，最后按住左键绘制表格的列线即可，操作如图 7-84（a）、（b）、（c）、（d）所示。

（a）

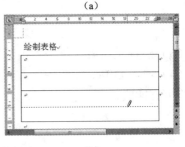

（b）

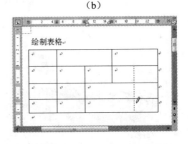

（c）

(d)

图 7-84　绘制表格

在对表格的编辑操作中，往往需要移动表格所在的位置，以适应表格编辑的需要。移动表格的方法很简单，只需要将鼠标指针移至表格左上角的移动图标 ⊞ 上，当鼠标指针变为 ✛ 形状时，按住左键进行拖动，即可将表格移动到文档的任何位置，操作如图 7-85 所示。

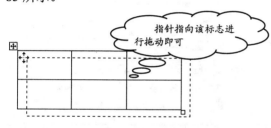

图 7-85　移动表格

创建了一个表格后，如果对当前表格大小不满意，还可以进行调整。如果要改变表格的大小，可以将鼠标指针指向表格右下角的缩放标记"□"上，当鼠标指针变为 ↘ 形状时按住左键并拖动，在拖动的过程中有一个虚框表示当时缩放的大小，当虚框符合需要的尺寸时松开鼠标即可，如图 7-86 所示。

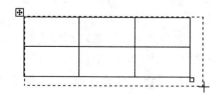

图 7-86　缩放表格

将光标定位在表格的单元格中，选择表格工具的"布局"选项卡，单击"表"组中的"选择"按钮，在弹出的菜单中单击相关

命令即可选择相应的表格对象，如图 7-87 所示。菜单中命令的含义如下：

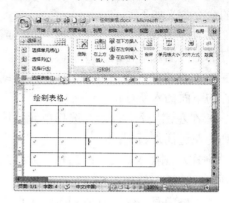

图 7-87　选择表格对象

● 选择单元格，表示选择光标所在的单元格；

● 选择列，表示选择光标所在的一列；

● 选择行，表示选择光标所在的一行；

● 选择表格，表示选择光标所在的整个表格。

在表格的编辑与修改操作中，经常会用到表格行或列的插入与删除操作。

例如，在如图 7-36 所示的表格的"上海"列左边插入一列。选择"上海"列，单击"布局"选项卡，在"行和列"组中单击"在左侧插入"按钮即可，如图 7-88 所示，插入后的效果如图 7-89 所示。

图 7-88　单击"在左侧插入"按钮

图 7-89　插入后的效果

插入行的方法与插入列的操作方法几乎相同，只是选择的对象不一样。"行和列"组中的命令含义如下：

● 在上方插入，表示在选择单元格或选择行的上面插入新行；

● 在下方插入，表示在选择单元格或选择行的下面插入新行；

● 在左侧插入，表示在选择单元格或选择列的左边插入新列；

● 在右侧插入，表示在选择单元格或选择列的右边插入新列。

当表格中有多余的行或列时，可以进行删除。选择要删除的行或列，单击"布局"选项卡，在"行和列"组中单击"删除"按钮，在弹出的菜单中选择删除的对象即可，如图 7-90 所示。

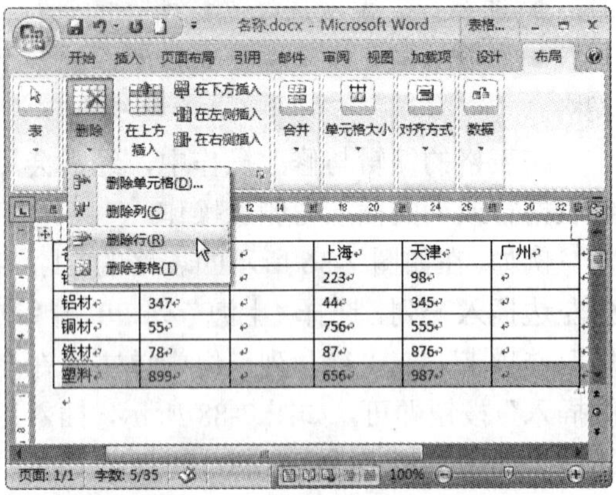

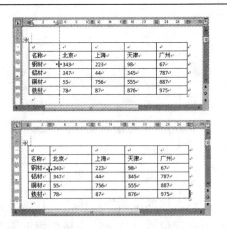

图 7-91　调整列宽

后按住左键不放上下拖动鼠标。拖动鼠标调整到合适的高度时释放鼠标左键即可，如图 7-92 所示。

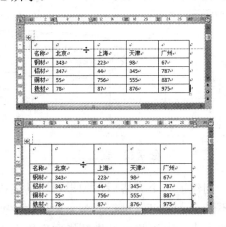

图 7-90　选择删除的对象

当表格的行高或列宽不满足需要时，用户可以随时调整表格的行高或列宽，让表格的行高或列宽达到需求。

调整列宽的最简单方法是通过鼠标拖动进行调整。将鼠标指针指向列与列交界的竖线上，让指针变成 "╫" 样式，然后按住左键不放左右拖动鼠标。拖动鼠标调整到合适的宽度时释放鼠标左键即可，如图 7-91 所示。

同样，调整行高的最简单方法也是通过鼠标拖动进行调整。将鼠标指针指向行与行交界的横线上，让指针变成 "╪" 样式，然

图 7-92　调整行高

在 Word 2007 中有时需要将表格与文本进行相互转换。将表格转换为文本，只需选择表格，在表格工具的"布局"选项卡中单击"数据"组中的"转换为文本"选项，如图 7-93 所示。打开"表格转换成文本"对话框，在"文字分隔符"选项组中选择"制表符"单选项，如图 7-94 所示，完成后单击"确定"按钮，即可将表格转换为文本，如图 7-95 所示。

图 7-93　选择"转换为文本"选项

图 7-94　"表格转换为文本"对话框

资　产		权益（负债＋所有者权益）	
项　目	金　额	项　目	金　额
银行存款	400 000	短期借款	500 000
应收账款	50 000	应付账款	100 000
存　货	550 000	实收资本	1 200 000
固定资产	800 000		
合　计	1 800 000	合　计	1 800 000

图 7-95　表格转换为文本

当段落中的文本内容通过分隔符分成多列后，就可以将文本转换成表格了。

选择需要转换为表格的文本，单击"插入"选项卡，单击"表格"按钮，在弹出的菜单中选择"文本转换成表格"命令，如图 7-96 所示。打开"将文字转换成表格"对话框，在对话框中输入列数文字分隔符，如图 7-97 所示，完成后单击"确定"按钮，即可将文本转换为表格，如图 7-98 所示。

图 7-96　选择"文本转换成表格"命令

图 7-97　"将文字转换为表格"对话框

年　份	折旧额	使用年限	折旧率	年折旧额	月折旧额
1	94 500	5	5/15	31 500	2 625
2	94 500	4	4/15	25 200	2 100
3	94 500	3	3/15	18 900	1 575
4	94 500	2	2/15	12 600	1 050
5	94 500	1	1/15	6 300	525

图 7-98　将文本转换为表格

表格左上角的第一个单元格往往需要制作成斜线表头，输入指向行、列的表头标题内容。Word 2007 提供了多种斜线表头样式供用户选择使用。

在"插入斜线表头"对话框中，在"表头样式"列表中选择表头样式，单击"字体大小"列表，选择标题文字的大小，然后在"行标题"、"数据标题"和"列标题"中分别输入相关标题内容，如图 7-99 所示。

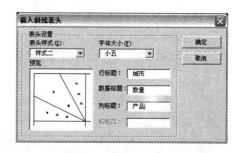

图 7-99　"插入斜线表头"对话框

完成后单击"确定"按钮，在表格中插入斜线表头，如图 7-100 所示。

数　量 产　品 城　市	北京	上海	天津	广州
钢材	343	223	98	67
铝材	347	44	345	787
铜材	55	756	555	887
铁材	78	87	876	975

图 7-100　插入斜线表头

通过"插入斜线表头"对话框来创建表格的斜线表头样式时，创建的斜线表头只能在表格的第一个单元格。另外，在对表格第一个单元格创建斜线表头时，单元格不能太小，否则内容会溢出。

除了使用"插入斜线表头"对话框来创建斜线表头，还可以自行绘制斜线表头，自行绘制斜线表头能在任意单元格中创建斜线表头，但只能创建单根线的斜线表头。切换到"插入"选项卡，单击"表格"组中的"表格"按钮，在弹出的菜单中选择"绘制表格"命令，如图 7-101 所示。

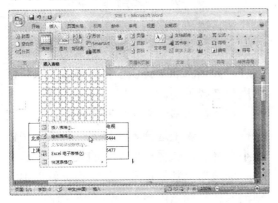

图 7-101　选择"绘制表格"命令

将光标定位在任意单元格左上角，按住鼠标左键不放拖到右下角，如图 7-102 所示。

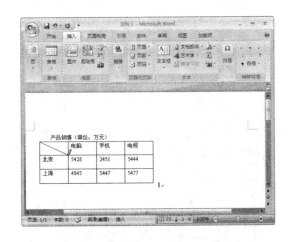

图 7-102　定位光标

最后输入标题内容即可，如图 7-103 所示。输入标题内容时，通常在单元格中输入两段文字，将第一段内容进行居右对齐，将第二段内容进行居左对齐。

在表格中的各个单元格中输入数据后，为了更加容易地进行数据的查看和比较，可以利用制表位对其中的数值型数据进行小数点对齐，选中要设置小数点对齐的单元格，切换到"开始"选项卡，单击"段落"组中

的按钮，打开"段落"对话框，在对话框中单击"制表位"按钮，如图 7-104 所示。

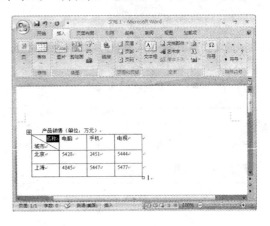

图 7-103　输入标题内容

图 7-104　单击"制表位"按钮

打开"制表位"对话框，在"制表位位置"文本框中输入制表位位置，在"对齐方式"区域中选择"小数点对齐"选项，如图 7-105 所示，然后单击"设置"按钮。

图 7-105　"制表位"对话框

单击对话框中的"确定"按钮，设置完

成后，即可使单元格所在列中的数据全部按小数点对齐。设置为"按小数点对齐"后，单元格中数据对齐方式必须设置为"左对齐"，否则设置将会无效。

在制作表格时，经常会为了突出显示表格中的某些内容，将表格中的文字改变方向。在表格中选中要改变方向的文字，单击右键，在弹出的菜单中选择"文字方向"命令，打开如图 7-106 所示的"文字方向"对话框。

在"方向"组中选择一种文字方向后，单击"确定"按钮即可，改变表格中文字方向后的效果如图 7-107 所示。

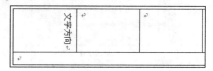

图 7-107　改变文字方向后的效果

表格中常用的计算函数有：求和 SUM、求平均值 AVERAGE、求最大值 MAX、求最小值 MIN、计算 COUNT。函数括号中的参数是相对于结果单元格的方向而定的。具体为：上面为 ABOVE，下面为 BELOW，左侧为 LEFT，右侧为 RIGHT。函数和函数中的参数，都不区分大小写的，对结果没有任何影响。

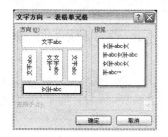

图 7-106　"文字方向"对话框

拓展训练

为了与旧版本在操作上进行比较，下面专门使用 Word 2003 制作一份商品进销差价分摊资料表，并给出一些在操作上差别比较大的关键步骤，完成效果如图 7-108 所示。

商品进销差价分摊资料表　　　　　　　　　　单位：元

实物负责人	"商品进销差价"金额	"主营业务成本"借方发生额	"库存商品"余额
小百货组	10,000.05	70,000.22	30,000.75
针织组	11,000.55	80,000.35	20,000.68
鞋帽组	12,000.68	81,000.28	19,000.52
合计	33,001.28	231,000.85	69,002.15

图 7-108　完成效果

关键步骤提示：

（1）启动 Word 2003，执行"表格→插入表格"命令，插入一个 5 行 4 列的表格。

（2）在表格中输入内容，然后选择整个表格，执行"表格→表格自动套用格式"命令，打开"表格自动套用格式"对话框，为表格选择一种格式，如图 7-109 所示，完成后单击"确定"按钮。

（3）执行"表格→自动调整→根据内容调整表格"命令。

（4）执行"表格→表格属性"命令，打开"表格属性"对话框，选择"单元格"选项卡，在"垂直对齐方式"组中选择"居中"选项，如图 7-110 所示。

图 7-109　"表格自动套用格式"对话框

图 7-110　"表格属性"对话框

（5）分别将光标放置到合计行的各个单元格中，执行"表格→公式"命令，打开"公式"对话框，在"公式"文本框中输入"=SUM(ABOVE)"。

（6）在"数字格式"下拉列表中选择"#,##0.00"选项，如图 7-111 所示，完成后单击"确定"按钮即可。

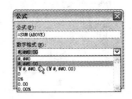

图 7-111　"公式"对话框

职业快餐

1．销售统计中的一些概念

本年销售额：指产品的销售额，即企业在报告期内按各种价格销售同一种产品所得到的销售总金额，与销售量的口径是一致的，凡是计算了销售量的产品都应该计算其销售额。这里需要注意两点，产品销售额是按不含增值税（销项税额）的价格计算的，这是为了与现行财税制度对财务会计核算的要求和规定保持一致。

销售平均单价：产品的销售平均单价即企业在报告期内销售同一种产品的各销售价格的加权平均单价，用该产品的报告期销售总金额除以销售量计算取得，填报口径应与产品销售量和销售额的口径一致。凡是计算了销售量的产品都应该计算其销售额、销售平均单价。此栏也可作为企业和各级普查机构进行数据审核和控制的手段。

本企业自用量及其他：本指标包括企业自用量和其他两部分。企业自用量又称企业自产自用量，指工业企业在报告期内生产的，已作本企业产量统计的，又作为本企业生产另一种产品的原材料使用的产品的数量。如钢铁企业用本企业生产的生铁炼钢，其生铁产量又用于炼钢的数量应作为企业自用量统计。但是，由本企业验收合格后，作为商品出售给本企业生活用，这些产品数量不能作为自用量统计，而作为销售量统计。如钢铁企业将本企业生产的钢材用于本企业房屋维修，这个数量应作为销售量而不是自用量统计。其他是指工业企业在报告期内将产品用于展览、捐赠、借出以及报废等方面的产品数量和盘盈盘亏的数量。企业以促销手段搭售的产品不能视为捐赠，而应作为销售对待。

2．销售统计过程中的注意事项

统计产品销售量应注意以下几点：

● 只有企业销售的合格产品才能统计销售量，销售的次品不能计入产品销售量。

● 企业直接从外购进产成品，只是更换了标签或包装的，不能作为销售量统计。

● 分清产品销售和预售的界限，预售指产品还没有生产出来以前，用户为了购买这种产品事先向工厂支付货款，预售不能算作销售，相反，有些产品采用了分期付款的形式，只要是用户拿到了这种商品，不管货款是否已付清，作为企业已经取得了收取货款的凭证就应作为销售。

售出产品退货的处理遵从以下规定：

● 退回本年内销售的合格品，应从本年销售量中扣除，同时计入库存量；退回本年内销售的不合格品，要在本年销售量中扣除，还要同时扣除本年生产量。

● 退回本年以前售出的合格品，本年销售量不变，计入产品库存量中；退回本年以前售出的不合格品，本年销售量和本年生产量均不变。

● 退回修理的产品，修理后仍交原用户的，不作为退货处理，在统计报表上不做反映。

案例 8

公司产品

销售图表

源文件路径：源文件与素材\第 8 章\源文件\产品销售额.docx

源文件与素材\第 8 章\源文件\产品销售值.docx

情景再现

前几天加班加点终于完成了公司本年度的产品销售统计表，今天上班真觉得一身轻松。中午休息时看见小黄大包小包地进了办公室就逗他："发了奖金就去血拼了啊，买了些什么好东西啊？""我那奖金和大刘怎么比哦，我看超市在打折去买了点日用品。哎呀！说到大刘才想起来，刚刚回来的时候看到经理了，他让你去他办公室一趟呢，看我这记性差点就忘了。"小黄说到。

一听说经理找我，心里想是不是销售统计表做得好，经理有奖励？

敲门进入后，经理对我说："小王啊，前几天你给我的销售统计表不错，总经理也给予了好评，但他说有点不够直观，不能一眼就看出公司各产品的畅销程度，希望能再做一份直观一点的销售统计表。"

"好的，我知道了，一定尽快做出一份比较直观的销售统计表出来。"

任务分析

● 使用 Word 2007 强大的图表功能制作直观反映数据间关系的图形。

● 图表并不能像表格一样可以同时表现出产品的销售数值与销售金额，所以需要制作一份产品销售数量图表与一份产品销售金额图表。

● 为了让领导能够一眼看出产品销售图表中各项对象所代表的内容，需要为图表添加图表标题与坐标轴标题。

● 为了使产品销售图表更加美观，可以为图表添加背景墙、基底，并设置三维效果。

流程设计

首先插入图表，再编辑数据，然后为产品销售图表添加标题，设置图例，接着设置背景，设置图表格式，最后通过复制产品销售值图表来制作产品销售额图表。

任务实现

插入图表

（1）启动 Word 2007，切换到"页面布局"选项卡，单击"页面设置"选项组中的"纸张大小"按钮，在弹出的菜单中选择"其他页面大小"命令。弹出"页面设置"对话框，选择"纸张"选项卡，在"纸张大小"下拉列表中选择"自定义大小"选项，在"宽度"文本框中输入"25 厘米"，在"高度"文本框中输入"27 厘米"，完成后单击"确定"按钮，如图 8-1 所示。

（2）切换到"插入"选项卡，在"插图"组中单击"图表"按钮，如图 8-2 所示。

图 8-1　设置宽度与高度

图 8-2　单击"图表"按钮

（3）打开"插入图表"对话框，选择对话框左侧的"柱形图"选项，在右侧选择"簇状圆柱图"，如图 8-3 所示。

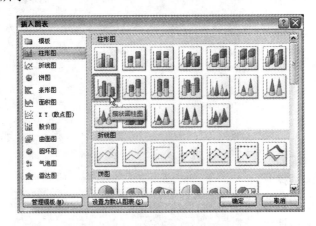

图 8-3　"插入图表"对话框

（4）完成后单击"确定"按钮，弹出 Excel 2007 窗口，在 Word 2007 中自动创建与 Excel 2007 中的内容对应的图表，如图 8-4 所示。

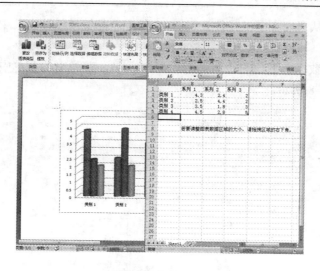

图 8-4　创建图表

编辑数据

（1）打开前面制作的"安齐电子元件公司 2008 年度产品销售统计表"，选择第 1 列与第 2 列的数据，在"开始"选项卡的"剪贴板"组中单击"复制"按钮![复制按钮]，复制数据，如图 8-5 所示。

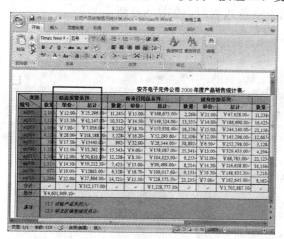

图 8-5　复制数据

（2）切换到 Excel 2007 窗口，选中 A2：B11 单元格区域[①]，按下 Ctrl+V 组合键，弹出 "Microsoft Office Excel" 对话框，在对话框中单击"确定"按钮，如图 8-6 所示。

图 8-6　"Microsoft Office Excel"对话框

[①] 在表格中也可以用英文字母来标识列，用自然数来标识行。例如，表格中的第 1 列第 2 行单元格被标为 A2，第 2 列第 3 行单元格被称为 B3 等。如果是一个单元格区域，可用在首单元格和尾单元格的名称之间加上英文冒号（：）来标识。例如，从 A2 到 B3 之间的单元格区域标识为 A2：B3。

（3）即可粘贴从"安齐电子元件公司 2008 年度产品销售统计表"中复制的数据，如图 8-7 所示。

（4）单击粘贴数据右下角的"粘贴选项"图标，在弹出的菜单中选择"匹配目标格式"单选项，如图 8-8 所示。

 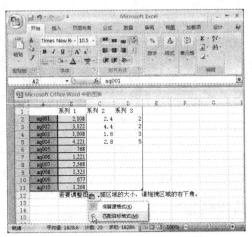

图 8-7 粘贴数据　　　　　　图 8-8 选择"匹配目标格式"单选项

（5）即可将粘贴的表格格式取消，如图 8-9 所示。

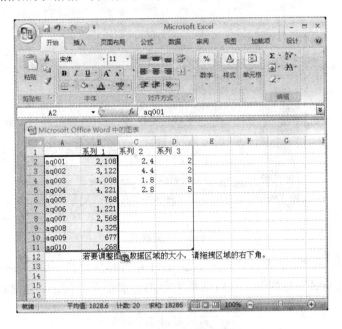

图 8-9 取消表格格式

（6）按照同样的方法，分别将"安齐电子元件公司 2008 年度产品销售统计表"中"新奇日用品系列"、"健身按摩系列"与"电热保温系列"下的"数量"列复制后粘贴到 Excel 中，并取消粘贴的表格格式，如图 8-10 所示。

（7）在 A1 单元格中输入"产品编号"，在 B1 单元格中输入"防盗报警系列"，在 C1 单元格中输入"新奇日用品系列"，在 D1 单元格中输入"健身按摩系列"，在 E1 单元格中输入"电热保温系列",如图 8-11 所示。

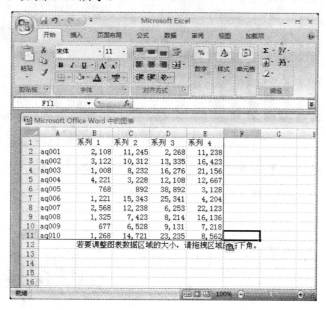

图 8-10　粘贴数据

图 8-11　在单元格中输入文字

(8)保存 Excel 2007 中的数据,关闭 Excel 2007,此时 Word 2007 中的图表效果如图 8-12 所示。

(9)切换到图表工具的"设计"选项卡,单击"类型"组中的"更改图表类型"按钮,如图 8-13 所示。

(10)打开"更改图表类型"对话框,在对话框左侧选择"柱形图"选项,在右侧选择"三维圆柱图",如图 8-14 所示。

(11)完成后单击"确定"按钮将更改文档中的图表样式,如图 8-15 所示。

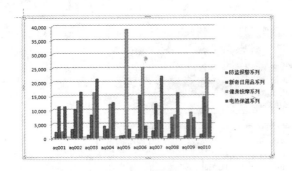

图 8-12　图表效果

图 8-13　单击"更改图表类型"按钮

图 8-14　"插入图表"对话框

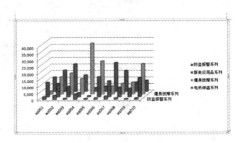

图 8-15　更改图表样式

添加标题

（1）选择图表，切换到图表工具的"布局"选项卡，单击"标签"组中的"图表标题"按钮，在弹出的菜单中选择"图表上方"选项，如图 8-16 所示。

（2）在图表上方出现"图表标题"文本框，在文本框中输入"安齐电子元件公司 2008 年度产品销售统计图"，如图 8-17 所示。

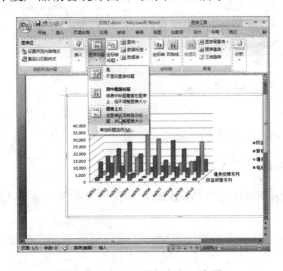

图 8-16　选择"图表上方"选项

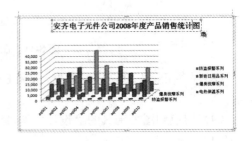

图 8-17　输入标题

（3）选择输入的标题，切换到"开始"选项卡，在"字体"组中将字体设置为"方正大黑简体"，字号设置为"20"，如图 8-18 所示。

（4）在标题上单击右键，在弹出的菜单中选择"退出文本编辑"命令①，如图8-19所示。

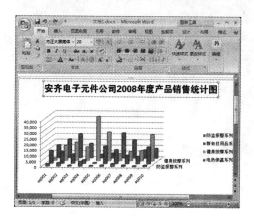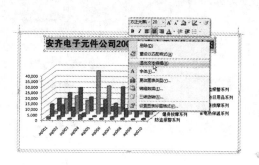

图 8-18　设置字体与字号　　　　　　　图 8-19　选择"退出文本编辑"命令

（5）选择图表，切换到图表工具的"布局"选项卡，单击"标签"组中的"坐标轴标题"按钮，在弹出的菜单中选择"主要横坐标轴标题→坐标轴下方标题"选项，如图8-20所示。

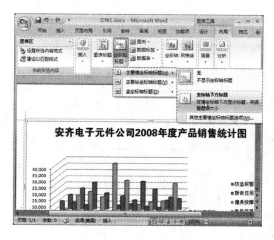

图 8-20　选择"主要横坐标标题→坐标轴下方标题"选项

（6）在横坐标轴下方出现"坐标轴标题"文本框，在文本框中输入"产品编号"，如图8-21所示。

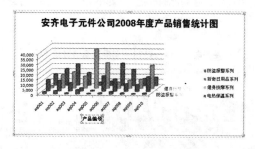

图 8-21　输入横坐标轴标题

---

① 在图表标题外的空白位置单击鼠标左键可快速退出标题的文本编辑状态。

（7）选择输入的标题，切换到"开始"选项卡，在"字体"组中将字体设置为"方正大黑简体"，字号设置为"11"，如图 8-22 所示。

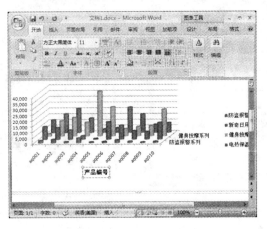

图 8-22　设置字体与字号

（8）退出横坐标标题的文本编辑状态。选择图表，切换到图表工具的"布局"选项卡，单击"标签"组中的"坐标轴标题"按钮，在弹出的菜单中选择"主要纵坐标轴标题→竖排标题"选项，如图 8-23 所示。

图 8-23　选择"主要纵坐标轴标题→竖排标题"选项

（9）在纵坐标轴左方出现"坐标轴标题"文本框，在文本框中输入"产品销售值"，如图 8-24 所示。

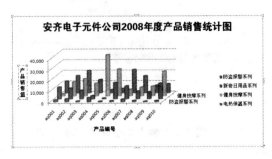

图 8-24　输入纵坐标轴标题

（10）选择输入的标题，切换到"开始"选项卡，在"字体"组中将字体设置为"方正大黑简体"，字号设置为"11"，如图 8-25 所示。

图 8-25　设置字体与字号

设置图例

（1）选择图表右侧的图例，切换到图表工具的"布局"选项卡，单击"标签"组中的"图例"按钮，在弹出的菜单中选择"在顶部显示图例"选项，如图 8-26 所示。

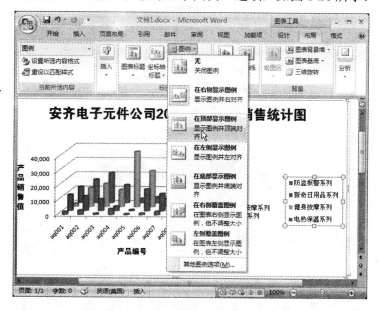

图 8-26　选择"在顶部显示图例"选项

（2）选择"防盗报警系列"图例，切换到图表工具的"格式"选项卡，单击"形状样式"组中的"形状填充"按钮，在弹出的菜单中选择"主题颜色"组中的"橙色，强调文字颜色 6，深色 25%"，如图 8-27 所示。

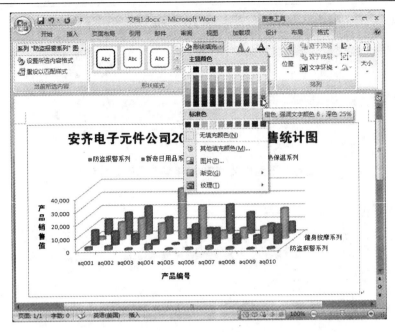

图 8-27　设置其他形状填充

（3）选择"新奇日用品系列"图例，单击"形状样式"组中的"形状填充"按钮，在弹出的菜单中选择"标准色"组中的"浅蓝"，如图 8-28 所示。

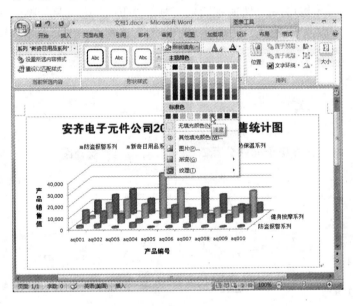

图 8-28　设置其他形状填充

（4）按照同样的方法，分别将"健身按摩系列"图例与"电热保温系列"图例的形状填充设置为"红色"和"绿色"，如图 8-29 所示。

设置背景

（1）选择图表，切换到图表工具的"布局"选项卡，单击"背景"组中的"图表背景墙"按钮，在弹出的菜单中选择"其他背景墙选项"选项，如图 8-30 所示。

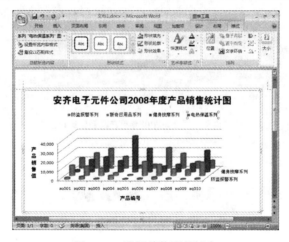

图 8-29 设置其他形状填充

图 8-30 选择"其他背景墙选项"选项

（2）打开"设置背景墙格式"对话框，在该对话框中选择"渐变填充"单选项，单击"预设颜色"按钮▣▾右侧的下拉箭头，在弹出的菜单中选择"羊皮纸"选项，如图 8-31 所示。

（3）在"类型"下拉列表中选择"线性"选项，单击"方向"按钮▣▾右侧的下拉箭头，在弹出的菜单中选择"线性对角"选项，如图 8-32 所示。

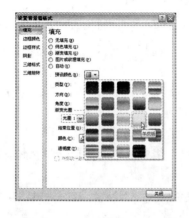

图 8-31 选择"羊皮纸"选项

图 8-32 选择"线性对角"选项

（4）完成后单击"关闭"按钮，即可为图表添加背景墙，如图 8-33 所示。

图 8-33　添加背景墙

（5）选择图表，单击"背景"组中的"图表基底"按钮，在弹出的菜单中选择"其他基底选项"选项，如图 8-34 所示。

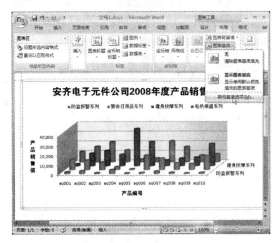

图 8-34　选择"其他基底选项"选项

（6）打开"设置基底格式"对话框，在对话框中选择"渐变填充"单选项，单击"预设颜色"按钮右侧的下拉箭头，在弹出的菜单中选择"碧海青天"选项，如图 8-35 所示。

（7）在"类型"下拉列表中选择"线性"选项，单击"方向"按钮右侧的下拉箭头，在弹出的菜单中选择"线性对角"选项，如图 8-36 所示。

（8）完成后单击"关闭"按钮，即可为图表添加基底，如图 8-37 所示。

（9）选择图表，单击"布局"选项卡上 "背景"组中的"三维旋转"按钮，如图 8-38 所示。

（10）打开"设置图表区格式"对话框，将旋转组中的"X"值设置为"45°"，如图 8-39 所示。

图 8-35　选择"碧海青天"选项

图 8-36　选择"线性对角"选项

图 8-37　添加基底

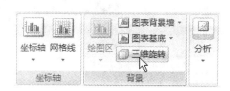

图 8-38　单击"三维旋转"按钮

（11）在左侧选择"三维格式"选项，在"顶端"列表中选择"柔圆"选项，如图8-40所示。

图 8-39　设置"X"值

图 8-40　选择"柔圆"选项

（12）完成后单击"关闭"按钮，即可为图表添加三维效果，如图 8-41 所示。

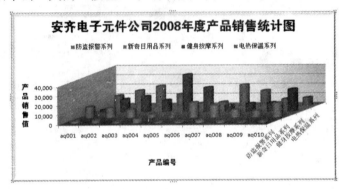

图 8-41　添加三维效果

设置图表格式

（1）在图表上单击右键，在弹出的菜单中选择"设置图表区域格式"命令，如图 8-42 所示。

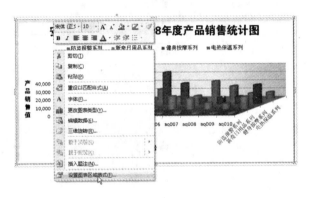

图 8-42　选择"设置图表区域格式"命令

（2）打开"设置图表区格式"对话框，选择"图片或纹理填充"单选项，单击"纹理"按钮右侧的下拉箭头，在弹出的菜单中选择"蓝色面巾纸"选项，如图 8-43 所示。

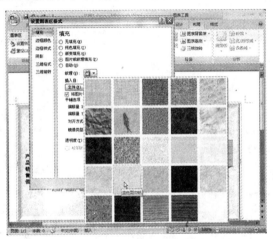

图 8-43　选择"蓝色面巾纸"选项

（3）将"透明度"文本框中输入 25%，如图 8-44 所示。

（4）在左侧选择"边框颜色"选项，选择"实线"单选项，单击"颜色"按钮右侧的下拉箭头，在弹出的菜单中选择"红色，强调文字颜色 2，深色 25%"选项，如图 8-45 所示。

图 8-44　设置透明度

图 8-45　设置边框颜色

（5）完成后单击"关闭"按钮，即可为图表区域设置指定的格式，如图 8-46 所示。

（6）切换到"页面布局"选项卡，单击"页面设置"选项组中的"页边距"按钮，在弹出的下拉菜单中选择"自定义边距"命令，如图 8-47 所示。

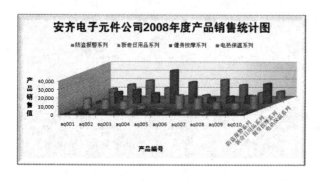

图 8-46　设置图表格式

图 8-47　选择"自定义边距"命令

（7）弹出"页面设置"对话框，在"页边距"选项卡的"上"、"下"文本框中分别输入"2.5 厘米"。在"左"、"右"文本框中分别输入"2 厘米"，如图 8-48 所示，完成后单击"确定"按钮。

（8）选择图表，切换到图表工具的"格式"选项卡，单击"大小"组右下角的按钮，打开"大小"对话框，选择"锁定纵横比"复选框，然后在"宽度"文本框中输入"21 厘米"，如图 8-49 所示。

（9）完成后单击"关闭"按钮，图表样式如图 8-50 所示，按下 Ctrl+S 组合键保存文档即可。

图 8-48　自定义页边距　　　　　　　图 8-49　"大小"对话框

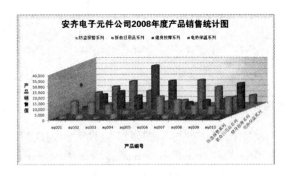

图 8-50　图表样式

新建文档

（1）单击页面左上角的按钮，在弹出的菜单中选择"新建"命令①，如图 8-51 所示。

图 8-51　选择"新建"命令

（2）打开"新建文档"对话框，如图 8-52 所示，单击"创建"按钮即可新建一个空白文档。

---

① 按下 Ctrl+N 组合键能快速新建一个空白文档。

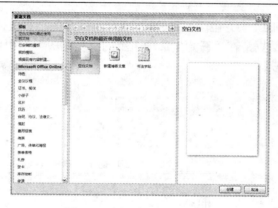

图 8-52　"新建文档"对话框

制作产品销售额图表

（1）复制已经制作好的产品销售值图表，在新建的空白文档上单击右键，在弹出的菜单中选择"粘贴"命令，如图 8-53 所示。

（2）在粘贴的产品销售值图表上单击右键，在弹出的菜单中选择"编辑数据"命令，如图 8-54 所示。

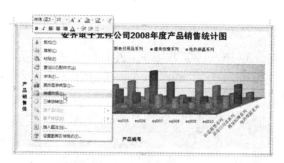

图 8-53　选择"粘贴"命令　　　　　　　　图 8-54　选择"编辑数据"命令

（3）打开 Excel 2007 窗口进行数据编辑，如图 8-55 所示。

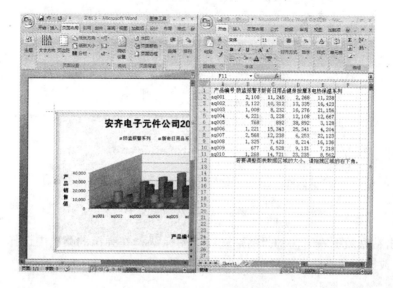

图 8-55　打开 Excel 2007 窗口

（4）打开前面制作的"安齐电子元件公司 2008 年度产品销售统计表"，选择"防盗报警系列"中"总计"列的数据，在"开始"选项卡上的"剪贴板"组中单击"复制"按钮，复制数据，如图 8-56 所示。

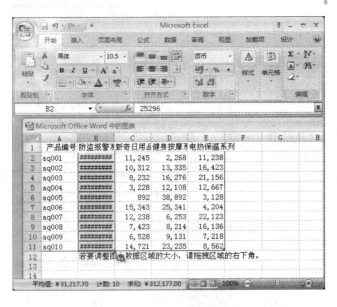

图 8-56　复制数据

（5）切换到 Excel 2007 窗口，选中 B2：B11 单元格区域，按下 Ctrl+V 组合键，即可粘贴从"安齐电子元件公司 2008 年度产品销售统计表"中复制的数据，但数据显示不正确，如图 8-57 所示。

图 8-57　粘贴数据

（6）单击粘贴数据右下角的"粘贴选项"图标，在弹出的菜单中选择"匹配目标格式"单选项，数据还是不能正确显示，如图 8-58 所示。

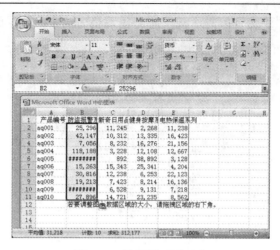

图 8-58　数据显示不正确

（7）保持 B2：B11 单元格区域的选中状态，单击"单元格"组中的"格式"按钮，在弹出的菜单中选择"设置单元格格式"命令，如图 8-59 所示。

图 8-59　选择"设置单元格格式"命令

（8）打开"设置单元格格式"对话框，在"分类"列表中选择"货币"选项，在"小数位数"文本框中输入"2"，在"货币符号（国家/地区）"下拉列表中选择"￥"选项，如图 8-60 所示。

图 8-60　"设置单元格格式"对话框

（9）完成后单击"确定"按钮，B2：B11 单元格区域中的数据已经能正常显示了，如图 8-61 所示。

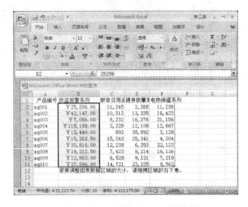

图 8-61　数据正常显示

（10）按照同样的方法，分别将"安齐电子元件公司 2008 年度产品销售统计表"中"新奇日用品系列"、"健身按摩系列"与"电热保温系列"下的"总计"列中的数据复制并粘贴到 Excel 中，如图 8-62 所示。

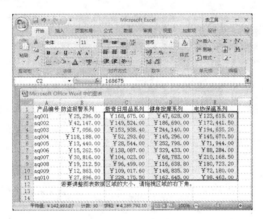

图 8-62　粘贴数据

（11）保存 Excel 2007 中的数据，关闭 Excel 2007，此时 Word 2007 中的图表效果如图 8-63 所示。

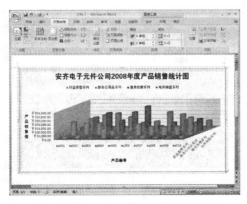

图 8-63　图表效果

（12）选择图表区域，使用鼠标将其下方控点向下拖动，如图 8-64 所示，调整图表区域的高度。

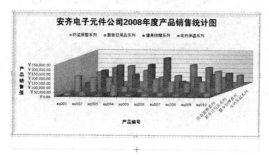

图 8-64　调整图表区域的高度

（13）选择图表，切换到图表工具的"布局"选项卡，单击"背景"组中的"图表背景墙"按钮，在弹出的菜单中选择"其他背景墙选项"选项，如图 8-65 所示。

图 8-65　选择"其他背景墙选项"选项

（14）打开"设置背景墙格式"对话框，在对话框中选择"渐变填充"单选项，单击"预设颜色"按钮右侧的下拉箭头，在弹出的菜单中选择"麦浪滚滚"选项，如图 8-66 所示。

（15）在"类型"下拉列表中选择"线性"选项，单击"方向"按钮右侧的下拉箭头，在弹出的菜单中选择"线性向下"选项，如图 8-67 所示。

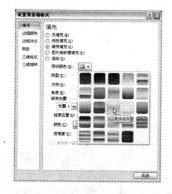

图 8-66　选择"麦浪滚滚"选项

图 8-67　选择"线性向下"选项

（16）完成后单击"关闭"按钮，图表效果如图 8-68 所示。

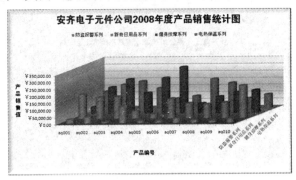

图 8-68　图表效果

（17）选择图表，单击"背景"组中的"图表基底"按钮，在弹出的菜单中选择"其他基底选项"选项，如图 8-69 所示。

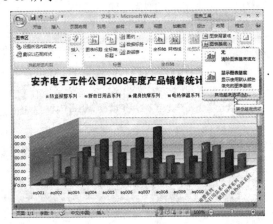

图 8-69　选择"其他基底选项"选项

（18）打开"设置基底格式"对话框，在对话框中选择"渐变填充"单选项，单击"预设颜色"按钮　右侧的下拉箭头，在弹出的菜单中选择"薄雾浓云"选项，如图 8-70 所示。

（19）在"类型"下拉列表中选择"线性"选项，单击"方向"按钮　右侧的下拉箭头，在弹出的菜单中选择"线性向下"选项，如图 8-71 所示。

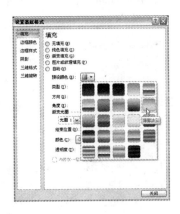

图 8-70　选择"薄雾浓云"选项　　　　图 8-71　选择"线性向下"选项

（20）完成后单击"关闭"按钮，即可为图表更改基底，如图 8-72 所示。

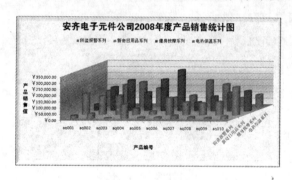

图 8-72　更改基底

（21）选择图表，单击"布局"选项卡上"背景"组中的"三维旋转"按钮，打开"设置图表区格式"对话框，将旋转组中"X"值设置为"55°"，如图 8-73 所示。

（22）在左侧选择"三维格式"选项，在"顶端"列表中选择如图 8-74 所示的选项。

图 8-73　设置"X"值

图 8-74　选择"圆"选项

（23）完成后单击"关闭"按钮，即可为图表更改三维效果，如图 8-75 所示。

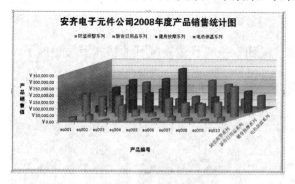

图 8-75　更改三维效果

（24）在图表上单击右键，在弹出的菜单中选择"设置图表区域格式"命令，打开"设置图表区格式"对话框，选择"图片或纹理填充"单选项，单击"纹理"按钮右侧的下拉箭头，在弹出的菜单中选择"粉色面巾纸"选项，如图 8-76 所示。

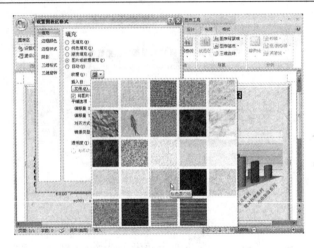

图 8-76　选择"粉色面巾纸"选项

（25）将"透明度"文本框中输入为 33%，如图 8-77 所示。

（26）在左侧选择"边框颜色"选项，选择"实线"单选项，单击"颜色"按钮右侧的下拉箭头，在弹出的菜单中选择"红色"选项，如图 8-78 所示。

图 8-77　设置透明度

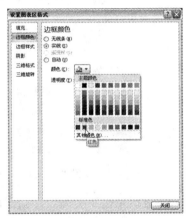

图 8-78　设置边框颜色

（27）完成后单击"关闭"按钮，图表区域的格式就被更改了，如图 8-79 所示。

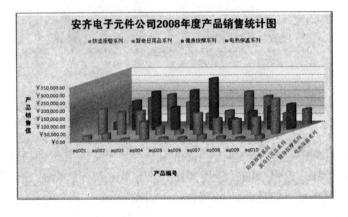

图 8-79　更改图表格式

（28）选择纵坐标轴标题，将"产品销售值"更改为"产品销售额"，如图 8-80 所示，然后按下 Ctrl+S 组合键保存文档即可。

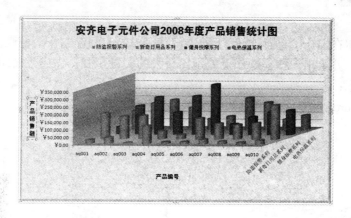

图 8-80　更改纵坐标轴标题

知识点总结

公司产品销售情况图表的制作主要使用了插入图表，编辑数据，添加标题，设置图例，设置背景与设置图表格式等功能。

我们已经习惯了使用 Word 来编辑文档，使用 Excel 来处理数据并生成数据图表。虽然在较早版本的 Word 中同样具有生成数据图表的功能，但多少显得有些单薄。Word 2007 在数据图表方面做了很大改进，只要不需要复杂的数据分析，Word 2007 完全可以在数据图表的装饰和美观方面进行专业级的处理。

Word 2007 图表制作的顺序是：选择图表类型→整理原始数据→图表设计→图表布局→图表格式。

Word 提供了多达 10 种的图表类型，各种图表类型所适用的数据特点如表 8-1 所示。

确定图表类型后，屏幕会发生一系列变化，请耐心等待，屏幕右侧会出现根据用户所选择的图表类型而内置的示例数据。广大用户在以往的操作过程中往往会遇到生成图表与理想类型不符的问题，原因大多是在数据格式方面有了差错，所以示例数据的目的就是引导用户按照格式进行数据录入。

在改动数据时，左侧的图表会实时显示数据信息，这是 Word 2007 的一大特点，非常直观。

表 8-1　**图表类型适用的数据特点**

图表类型	适用数据
柱形图	数据间的比较，可以是同项数据的变化或不同项数据间的比较。数据正向直立演示
折线图	数据变化趋势的演示，侧重于单一的数据
饼图	显示每一组数据相对于总数值的大小
条形图	数据间的比较，可以是同项数据的变化或不同项数据间的比较。数据横向平行演示
面积图	显示每一数值所占大小随时间或者类别而变化的曲线
XY 散点图	数据变化趋势的演示，侧重于成对的数据，不限于两个变量
股价图	用于显示股价相关数据，可以涉及成交量、开盘、盘高、盘底、收盘等
曲面图	在连续曲面上跨两维显示数值的趋势线，还可以显示数值范围
圆环图	与饼图类似，可以添加多个系列
气泡图	比较成组的三个数值，类似于散点图
雷达图	现实各组数据偏离数据中心的距离

拓展训练

为了与旧版本在操作上进行比较,下面专门使用 Word 2003 制作一份商贸公司 2008 年度产品销售统计图,并给出一些在操作上差别比较大的关键步骤,完成效果如图 8-81 所示。

关键步骤提示:

(1)启动 Word 2003,执行"插入→图片→图表"命令,如图 8-82 所示,在文档中插入图表。

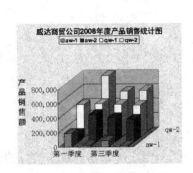

图 8-81 产品销售统计图

图 8-82 执行"插入→图片→图表"命令

(2)打开 Microsoft Graph 窗口,在 Word 2003 中自动创建与 Microsoft Graph 中的内容对应的图表,如图 8-83 所示。

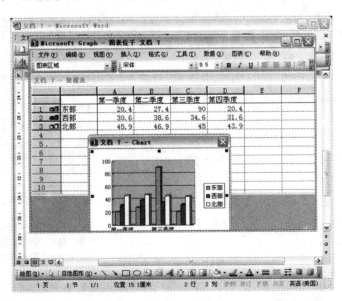

图 8-83 创建图表

(3)在 Microsoft Graph 中输入创建图表需要的数据,如图 8-84 所示。

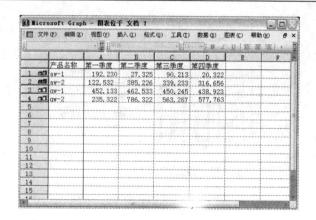

图 8-84 输入数据

（4）完成后关闭 Microsoft Graph，即可在文档中插入图表。

（5）选择右侧的"aw-1"图例，单击右键，在弹出的菜单中选择"设置图例项格式"命令，如图 8-85 所示。

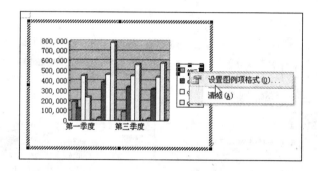

图 8-85 选择"设置图例项格式"命令

（6）打开"颜色"对话框，在对话框中可以设置图例的字体与字号等属性，如图 8-86 所示，完成后单击"确定"按钮。

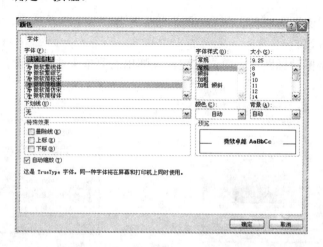

图 8-86 "颜色"对话框

（7）按照同样的方法设置其他 3 个图例，然后在图表的编辑状态下，在图表上单击右键，在弹出的菜单中选择"图表类型"命令，如图 8-87 所示。

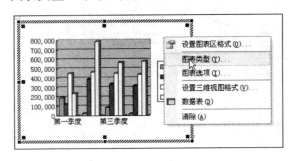

图 8-87　选择"图表类型"命令

（8）打开"图表类型"对话框，在左侧列表中选择"柱形图"选项，在右侧选择"三维柱形图"选项，如图 8-88 所示，完成后单击"确定"按钮。

（9）在图表上单击右键，在弹出的菜单中选择"图表选项"命令，打开"图表选项"对话框，选择"标题"选项卡，在"图表标题"文本框中输入标题，在"数值（Z 轴）"文本框中输入"产品销售额"，如图 8-89 所示。

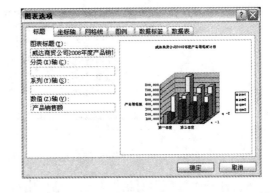

图 8-88　"图表类型"对话框　　　　　图 8-89　"图表选项"对话框

（10）选择"图例"选项卡，在"位置"组中选择"靠上"单选项，如图 8-90 所示，完成后单击"确定"按钮。

（11）在"纵坐标轴标题"上单击右键，在弹出的菜单中选择"设置坐标轴标题格式"命令，如图 8-91 所示。

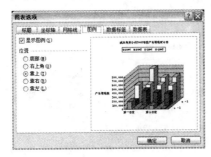

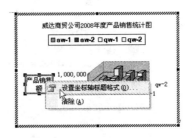

图 8-90　"图例"选项卡　　　　　图 8-91　选择"设置坐标轴标题格式"命令

（12）打开"坐标轴标题格式"对话框，选择"对齐"选项卡，在"方向"组中选择竖排文本，如图 8-92 所示，完成后单击"确定"按钮。

（13）调整图表的宽度，然后在图表上单击右键，在弹出的菜单中选择"设置图表区格式"命令，打开"图表区格式"对话框，在"区域"组中单击"填充效果"按钮，如图 8-93 所示。

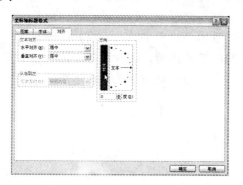

图 8-92　"坐标轴标题格式"对话框

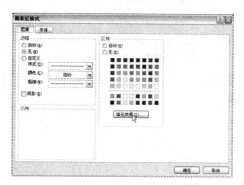

图 8-93　单击"填充效果"按钮

（14）在弹出的"填充效果"对话框中选择"纹理"选项卡，然后选择"新闻纸"选项，如图 8-94 所示，完成后单击"确定"按钮。

（15）在图表上单击右键，在弹出的菜单中选择"设置三维视图格式"命令，打开"设置三维视图格式"对话框，在对话框中设置图表的三维视图格式，如图 8-95 所示，完成后单击"确定"按钮。

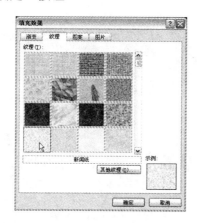

图 8-94　"填充效果"对话框

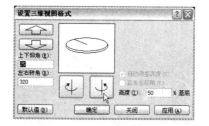

图 8-95　设置图表的三维视图格式

职业快餐

销售图表分析方法主要有趋势分析法、对比分析法、结构分析法和比率分析法四种。

（1）趋势分析法

趋势分析法是将连续数年销售图表上的有关项目进行比较，分析各期有关项目金额的增减变化及趋向，预测企业未来发展状况的一种分析方法。

（2）对比分析法

对比分析法是将销售图表中的某些项目或指标与其他相关资料进行比较，确定数量差异，并分析产生差异的原因，从而评价企业财务状况及经营业绩的一种分析方法。比较的标准可以是历史指标，也可以是同行业平均水平或先进水平。

（3）结构分析法

结构分析法是将企业销售图表中某一关键项目的数字作为共同尺度，计算该项目各个组成部分占共同尺度的百分比，揭示各个组成部分的相对地位和总体结构的一种分析方法。

（4）比率分析法

比率分析法是指计算同一张或两张销售图表的不同项目或不同类别之间的比率，以反映它们之间的相互联系，揭示和评价企业状况和经营管理中存在的问题。

熟练掌握这四种方法，不但能及时根据销售数据分析销售状况，而且能够有效预测未来的销售走势，因此，建议读者在工作之余，多学习这些方法的具体运用。

案例 9

给客户的中秋贺卡

素材路径：源文件与素材\第 9 章\素材\

源文件路径：源文件与素材\第 9 章\源文件\给客户的中秋贺卡.docx

情景再现

还有几天就是一年一度的中秋佳节了，同事们都很开心地策划游玩计划，我也不例外。我转念一想，中秋是我国的传统大节日，是不是应该给我的客户们送送祝福呢？不能只想着自己怎么玩，也应该把祝福送给客户。

正在思索的时候，电话突然响了起来，原来是经理打来的，让我去一趟他的办公室。

我敲门进去后，经理说："小王啊，你看马上就要过中秋佳节了，这个节日在我们中国是很重要的，我们是不是应该给客户也送些祝福呢？"我回答："经理，您叫我过来之前我正在思考这个问题呢，您看现在有很多种方式可以传达祝福，可是我觉得既

然是公司就不能以短信的方式来送祝福，这样显得对客户不够尊重，可以用电子贺卡的方式给客户们送去公司的祝福，这样也挺新颖的。"

"呵呵，对啊，小王，你的这个想法不错！"经理笑笑。"可是我们公司没有专门的设计人员啊？"经理为难地说。

"这样啊，我原来使用办公软件制作过贺卡。""那就交给你做吧，一定要做好哦！"经理拍着我的肩膀说道。

"好的，经理，我一定给客户们送去我们公司最真诚的祝福和最漂亮的贺卡，您就放心吧！"

任务分析

● 中秋节佳快到了，制作一张贺卡给公司的客户。

● 贺卡上应有星星的图形和水中的倒影以及萤火虫的图形。

● 使用 Word 2007 强大的绘制自选图形功能来创建星星与萤火虫。

● 可以突出嫦娥奔月、吴刚伐桂这样的神话故事，所以对于中秋贺卡的创建应该重点突出圆月和桂花树，并添加传统的中秋诗句。

● 由于是通过网络发送给客户，还需要将在 Word 2007 中制作的贺卡转换为图片再发送到客户邮箱中。

流程设计

首先进行页面设置，插入图片，然后插入自选图形，绘制任意多边形，制作双色图形，接着设置背景，再输入文字与插入艺术字，最后转换图片并发送给客户。

任务实现

页面设置

（1）启动 Word 2007，切换到"页面布局"选项卡，单击"页面设置"选项组中的"纸张大小"按钮，在弹出的下拉菜单中选择"其他页面大小"命令，如图 9-1 所示。

（2）弹出"页面设置"对话框，选择"纸张"选项卡，在"纸张大小"下拉列表中选择"自定义大小"选项，如图 9-2 所示。

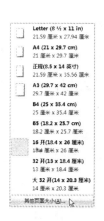

图 9-1　选择纸张大小

图 9-2　选择"自定义大小"选项

（3）在"宽度"文本框中输入"15 厘米"，在"高度"文本框中输入"16 厘米"，如图 9-3 所示，完成后单击"确定"按钮。

（4）单击"页面设置"选项组中的"页边距"按钮，在弹出的下拉菜单中选择"自定义边距"命令，如图 9-4 所示。

图 9-3　设置宽度与高度

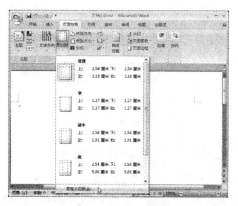

图 9-4　自定义边距

（5）弹出"页面设置"对话框，在"页边距"选项卡的"上"、"下"、"左"、"右"文本框中分别输入"1 厘米"，如图 9-5 所示，完成后单击"确定"按钮，纸张更改后的效果如图 9-6 所示。

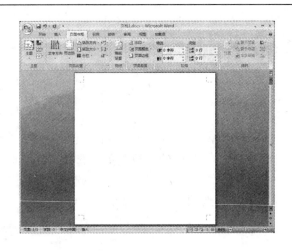

图 9-5　自定义页边距　　　　　　　　　图 9-6　纸张更改后的效果

插入图片

（1）切换到"插入"选项卡，单击"插图"组中的"图片"按钮，如图 9-7 所示。

图 9-7　单击"图片"按钮

（2）弹出"插入图片"对话框，在对话框中选择一幅需要插入到文档中的图片，如图 9-8 所示。

（3）完成后单击"插入"按钮，图片即被插入到文档中。在图片工具的"格式"选项卡的"排列"组中单击"文字环绕"按钮，在弹出的菜单中选择"浮于文字上方"选项，如图 9-9 所示。

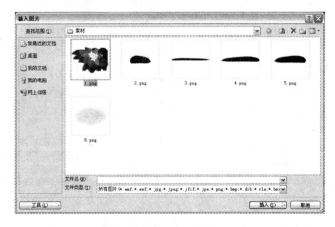

图 9-8　"插入图片"对话框

（4）使用鼠标将图片拖动到文档的右上角，如图 9-10 所示。

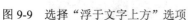

图 9-9　选择"浮于文字上方"选项　　　　　　图 9-10　拖动图片

（5）单击"插图"组中的"图片"按钮，在文档中插入一幅图片，如图 9-11 所示。

图 9-11　插入表格

（6）双击选中插入的图片，在图片工具的"格式"选项卡的"排列"组中单击"文字环绕"按钮，在弹出的菜单中选择"浮于文字上方"选项，然后使用鼠标将图片拖动到如图 9-12 所示的位置。

（7）按照同样的方法再插入四幅图片，并将它们的环绕方式设置为"浮于文字上方"，然后将它们拖动到合适的位置，如图 9-13 所示。

图 9-12　拖动图片　　　　　　　　　图 9-13　插入图片

插入自选图形

（1）切换到"插入"选项卡，单击"插图"组中的"形状"按钮，在弹出的菜单中选择"星与旗帜"组中的"五角星"选项，如图 9-14 所示。

（2）在页面左上方拖动鼠标绘制一个五角星，如图 9-15 所示。

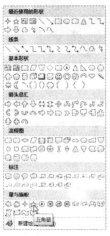

图 9-14　选择自选图形　　　　　　　　图 9-15　绘制五角星

（3）在"绘图工具"的"格式"选项卡中单击"形状样式"组中的"形状填充"按钮，在弹出的菜单中选择"标准色"组中的"黄色"选项，如图 9-16 所示。

（4）单击"形状样式"组中的"形状轮廓"按钮，在弹出的菜单中选择"无轮廓"选项，如图 9-17 所示。

（5）按住 Ctrl 键不放拖动刚绘制的五角星[①]，使其分布在文档各处，并缩小复制出的五角星，如图 9-18 所示。

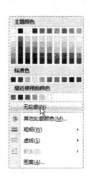

图 9-16　选择颜色　　　　图 9-17　设置轮廓　　　　图 9-18　复制图形

（6）切换到"插入"选项卡，单击"插图"组中的"形状"按钮，在弹出的菜单中选择"星与旗帜"组中的"十字星"选项，如图 9-19 所示。

（7）在页面左上方拖动鼠标绘制一个十字星，并将其"形状填充"设置为"黄色"，"形状轮廓"设置为"无轮廓"，如图 9-20 所示。

（8）按住 Ctrl 键不放拖动刚绘制的十字星，使其分布在文档各处，如图 9-21 所示。

---

① 按住 Ctrl 键不放拖动图形，能直接复制图形。

图 9-19　选择自选图形　　　　　　　图 9-20　绘制十字星

绘制任意多边形

（1）切换到"插入"选项卡，单击"插图"组中的"形状"按钮，在弹出的菜单中选择"任意多边形"选项，如图 9-22 所示。

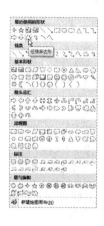

图 9-21　复制图形　　　　　　　　　　图 9-22　选择自选图形

（2）在文档中拖动鼠标绘制一个多边形，如图 9-23 所示。

（3）将多边形的"形状填充"设置为"黄色"，"形状轮廓"设置为"无轮廓"，如图 9-24 所示。

图 9-23　绘制多边形　　　　　　　　　图 9-24　设置颜色与轮廓

（4）按照同样的方法再绘制两个任意多变形，并将它们的"形状填充"设置为"黄色"，"形状轮廓"设置为"无轮廓"，如图 9-25 所示。

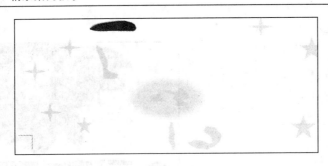

图 9-25　绘制多边形

制作双色图形

（1）切换到"插入"选项卡，单击"插图"组中的"形状"按钮，在弹出的菜单中选择"基本形状"组中的"椭圆"选项，如图 9-26 所示。

（2）在文档中拖动鼠标绘制一个椭圆，然后在"绘图工具"的"格式"选项卡中单击"形状样式"组右下角的"高级工具"按钮，如图 9-27 所示。

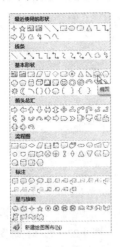

图 9-26　选择自选图形

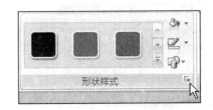

图 9-27　单击"高级工具"按钮

（3）打开"设置自选图形格式"对话框，单击"填充效果"按钮，如图 9-28 所示。

（4）弹出"填充效果"对话框，在"颜色"组中选择"双色"单选项，然后在"颜色1（1）"下拉列表中选择"黄色"，在"颜色2（2）"下拉列表中选择"黑色"，如图 9-29 所示。

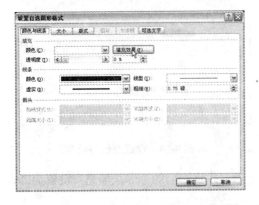

图 9-28　"设置自选图形格式"对话框

图 9-29　"填充效果"对话框（一）

（5）在"透明度"组中设置"从（R）"为"20%"，然后选择"底纹样式"组中的"中心辐射"单选项，并选择"变形"组中的第 1 个图标，如图 9-30 所示，完成后单击"确定"按钮。

（6）按住 Ctrl 键不放拖动绘制的椭圆，使其分布在文档上各处，如图 9-31 所示。

图 9-30　"填充效果"对话框（二）

图 9-31　复制图形

设置背景

（1）切换到"插入"选项卡，单击"插图"组中的"形状"按钮，在弹出的菜单中选择"基本形状"组中的"矩形"选项，如图 9-32 所示。

（2）在文档上拖动鼠标绘制一个矩形覆盖住整张贺卡[①]，并将其"形状填充"设置为"蓝色"，"形状轮廓"设置为"无轮廓"，如图 9-33 所示。

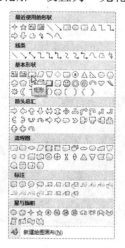

图 9-32　选择自选图形

图 9-33　绘制矩形

（3）选中绘制的矩形，在"图片工具"的"格式"选项卡的"排列"组中单击"置于底层"按钮[②]，如图 9-34 所示。

（4）将矩形置于底层后，文档中的效果如图 9-35 所示。

---

① 在绘制图形时，先绘制的图形将默认设置为底层，而最后绘制的图形将默认设置为顶层。

② 选中绘制的矩形，单击右键，在弹出的菜单中选择"叠放次序→置于底层"命令，也能将矩形置于最底层。

图 9-34　将矩形置于底层

输入文字

（1）切换到"插入"选项卡中，单击"文本"组中的"文本框"按钮，在弹出的下拉菜单中选择"绘制文本框"命令，在文档中绘制一个文本框，如图 9-36 所示。

图 9-35　文档效果

图 9-36　绘制文本框

（2）选中文本框，选择"文本框工具"的"格式"选项卡，在"文本框样式"组中单击"形状填充"按钮，在弹出的菜单中选择"无填充颜色"选项，如图 9-37 所示。单击"形状轮廓"按钮，在弹出的菜单中选择"无轮廓"选项，如图 9-38 所示。

（3）在文本框中输入"中秋"，然后将输入文字的字体设置为"综艺体"，字号设置为"二号"，字体颜色设置为"白色"，并单击"居中对齐"按钮，如图 9-39 所示。

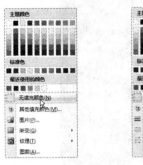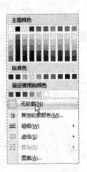

图 9-37　设置形状填充　图 9-38　设置形状轮廓　　　　图 9-39　输入文字

（4）将光标放置到"秋"后，按下 Enter 键换行，然后输入"皓魄当空宝镜升，云间仙籁寂无声；平分秋色一轮满，长伴云衢千里明；狡兔空从弦外落，妖蟆休向眼前生；灵槎拟约同携手，更待银河彻底清。"，将输入文字的字体设置为"方正粗倩简体"，字号设置为"四号"，字体颜色设置为"白色"，并单击"居中对齐"按钮，如图 9-40 所示。

（5）按照同样的方法插入一个无填充颜色与轮廓的文本框，然后在文本框中输入"安齐电子公司祝您："，最后将输入文字的字体设置为"隶书体"，字号设置为"一号"，字体颜色设置为"橙色",如图 9-41 所示。

图 9-40 输入文字

图 9-41 输入文字

插入艺术字

（1）切换到"插入"选项卡，单击"文本"组中的"艺术字"按钮，在弹出的菜单中选择"艺术字样式 23"，如图 9-42 所示。

（2）弹出"编辑艺术字文字"对话框，在"字体"下拉列表中选择"方正综艺简体"选项，在"字号"下拉列表中选择"36"选项，并且在"文本"文本框中输入"中秋快乐!"，如图 9-43 所示，设置完成后单击"确定"按钮。

图 9-42 选择艺术字样式

图 9-43 "编辑艺术字文字"对话框

（3）选中插入的艺术字，将其"形状填充"设置为"橙色，强调文字颜色 6"，"形状轮廓"设置为"无轮廓"，并把艺术字拖动到文档的右下角，如图 9-44 所示。

转换图片并发送给客户

（1）单击 Office 按钮，在弹出的菜单中选择"打印→打印预览"命令，在"打印预览"视图中预览打印效果，如图 9-45 所示。

图 9-44 拖动艺术字

图 9-45 预览打印效果

（2）按下 Alt+PrintScreen 组合键复制当前窗口，然后单击 Office 按钮，在弹出的菜单中选择"新建"命令，新建一个空白文档①，如图 9-46 所示。

---

① 按下 Ctrl+N 组合键能快速新建文档。

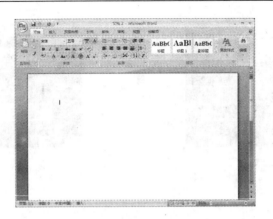

图 9-46　新建空白文档

（3）按下 Ctrl+V 组合键，将复制的窗口粘贴到新建的空白文档中，如图 9-47 所示。

图 9-47　粘贴图片

　　（4）选择刚粘贴的图片，选择"图片工具"的"格式"选项卡，单击"大小"组中的"裁剪"按钮，将图片中多余的部分裁去，只留下贺卡内容，如图 9-48 所示。

　　（5）选中图片，单击"大小"组右下角的按钮，打开"大小"对话框，将"高度"设置为"100%"，如图 9-49 所示，完成后单击"关闭"按钮。

　　（6）单击 Office 按钮，在弹出的菜单中选择"另存为→其他格式"命令，如图 9-50所示。

图 9-48　裁剪图片　　　　图 9-49　"大小"对话框　　　图 9-50　选择"另存为→其他格式"命令

（7）打开"另存为"对话框，在"保存类型"下拉列表中选择"网页"选项，如图 9-51 所示，完成后单击"保存"按钮。

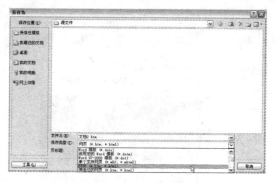

图 9-51 "另存为"对话框

（8）在保存位置会发现多出一个文件夹，双击打开该文件夹，本章制作的贺卡已转换为.jpg 格式的图片，如图 9-52 所示。

图 9-52 转换为图片

（9）打开自己的邮箱，将贺卡图片发送给客户，如图 9-53 所示。

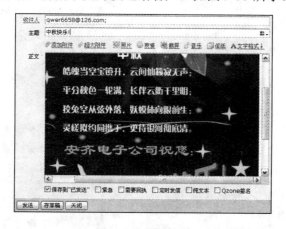

图 9-53 发送邮件

（10）单击"发送"按钮，贺卡即可发送到客户邮箱中，接收邮件后看到的贺卡如图9-54所示。

图 9-54　接收邮件

知识点总结

本章制作的中秋贺卡主要使用了页面设置、插入图片、插入自选图形、绘制任意多边形、制作双色图形、设置背景、输入文字与转换图片等功能。

在 Word 2007 中插入图片还有一种更简便的方式，那就是使用"复制→粘贴"命令。在图像编辑程序中打开要插入的图片后，按下 Ctrl＋C 组合键，切换到文档窗口，然后按下 Ctrl＋V 组合键，即可将图片插入到文档中。

文档中创建了多个图形对象后，可以设置图形与图形之间的叠放次序

多个图形如果有重叠的部分，那么就需要确定叠放次序。下面将如图9-55所示的三角形叠放到矩形上方。在三角形上单击右键，在弹出的菜单中选择"置于顶层"命令，操作如图9-55所示。经过上述操作即可确定新的叠放次序，三角形叠放到了矩形上方，如图9-56所示。

图 9-55　选择"置于顶层"命令

图 9-56　改变叠放次序

"叠放次序"子菜单中各项的含义如下：

- 置于顶层，将所选图形图片叠放在所有图形图片的最上面；
- 置于底层，将所选图形图片叠放在所有图形图片的最下面；
- 上移一层，将所选图形图片向上叠放一层；
- 下移一层，将所选图形图片向下叠放一层；
- 浮于文字上方，将所选图形图片叠放在正文文字上面；
- 衬于文字下方，将所选图形图片叠放在正文文字下面。

拓展训练

为了与旧版本在操作上进行比较，下面专门使用 Word 2003 制作一张圣诞贺卡，并给出一些在操作上差别比较大的关键步骤，完成效果如图 9-57 所示。

图 9-57　圣诞贺卡

关键步骤提示：

（1）启动 Word 2003，执行"插入→图片→来自文件"命令，向文档中插入一幅图片。

（2）执行"插入→图片→自选图形"命令，打开"自选图形"对话框，单击"星与旗帜"按钮，在弹出的菜单中选择"十字星"选项。

（3）在文档中绘制十字星，并双击十字星，弹出"设置自选图形格式"对话框，在"填充"组的"颜色"下拉列表中选择"黄色"，在"线条"组的"颜色"下拉列表中选择"黄色"，如图 9-58 所示，完成后单击"确定"按钮。

（4）在文档中复制多个十字星，然后在文档中插入多个黄色的五角星。

（5）在"自选图形"对话框中单击"基本形状"按钮，在弹出的菜单中选择"新月形"选项，在文档中绘制一个黄色的月亮。

（6）在文档中插入一个白色的六角形，双击该图形，在打开的"设置自选图形格式"对话框中选择"颜色"下拉列表中的"填充效果"选项，如图 9-59 所示。

图 9-58 "设置自选图形格式"对话框   图 9-59 选择"填充效果"选项

（7）弹出"填充效果"对话框，在"颜色"组中选择"双色"单选项，然后在"颜色 1（1）"下拉列表中选择"白色"，在"颜色 2（2）"下拉列表中选择"灰色"，然后选择"底纹样式"组中的"斜上"单选项，并选择"随图形旋转填充效果"复选框，如图 9-60 所示，完成后单击"确定"按钮。

（8）在文档中复制多个六角形，然后在文档中插入一幅图片。双击图片，打开"设置图片格式"对话框，选择"版式"选项卡，选择"浮于文字上方"选项，如图 9-61 所示。

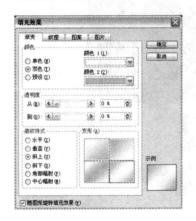

图 9-60 "填充效果"对话框   图 9-61 "版式"选项卡

（9）在文档中插入一个文本框，然后在文本框中插入艺术字，在艺术字工具栏中单击"艺术字字符间距"按钮 ，在弹出的菜单中选择"稀疏"命令即可，如图 9-62 所示。

图 9-62 选择"稀疏"命令

职业快餐

商务活动中的礼品规则有以下 3 种。

1. 礼品分为几种类型

● 实用型：笔、本子、领带、钱包、香水、打火机、各类球拍等最常用，了解客户爱好、性格，投其所好，可以慢慢建立良好关系。

● 摆设型：台历、招财猫（类似的有牛、羊等吉祥物）、水晶摆设等。

此类多用于初始接触阶段，给客户有好的感觉，但因为礼物没有太多实用及经济价值，不会给客户留下太深印象。打单子的关键阶段，这类礼品还是免了吧，省得浪费。

● 代币型：交通卡（当然是充了值的）、手机充值卡、各类超市代物券。此类礼物的好处不用多说，送者方便，拿者实惠，是不可多得的好东西！

● 奢侈型：手表、高级礼品，单子已经到了关键时候了，此时不出手更待何时？不过，切记一定要摸清楚客户的"爱好"。

2. 客户对待礼品的心态分析

● 好面子型：此类客户感觉有人送他东西，在家人、朋友面前特有面子。那就要注意，送的东西要能够拿得出手，比如过年过节，可以大包小包往家拿的；平时常用的，有意无意跟亲戚朋友说："供应商送的"，至于是什么具体东西，自己想吧。

● 图实惠型：此类客户就是茶壶里煮饺子——心里有数就行了，还是来点实惠的吧。

● 借鸡生蛋型：此类客户比较难缠，不过，好在他的要求一般不会太超预算。

● 狮子开口型：这类一般是某个单子的关键人物，呵呵，平时想送你都没机会送，那还不赶紧的！

3. 送礼品的方式方法

● 直接带去客户公司送给本人。

● 交给秘书或前台代转（当然要注意包装，不能走光哦）。

● 快递！（同样注意包装问题）

● 约客户出来坐坐，同时送上。

● 交与客户关系亲密且放心的第三者代送，这几种方式根据礼品价值大小、人物级别、事情关键程度综合考虑，搭配使用，没有很标准的做法，总之一个原则：客户收着方便（换位思考很重要）。还要记着，不是自己当面送的话，事后一定要打个电话明示或暗示此事情！

案例 10

办公室内部标语

源文件路径：源文件与素材\第 10 章\源文件\办公室内部标语.docx

情景再现

马上就到年底了，我到公司也已经 2 个多月了。最近公司的外来人员越来越多，而且快过年了同事们也很兴奋，办公室失去了往日的安宁，变的很嘈杂，严重影响了公司的正常工作秩序，让人很头疼。我做为一个新进人员也不好多发表什么意见。

这天，正当我又在为这样的工作环境头疼的时候，经理打来电话让我去一趟他的办公室。

我敲门进去后，经理问我："小王啊，你觉得我们公司最近有什么变化吗？"我一听这话愣了一下，一时没明白经理的意思。这时经理又说："我指的是咱们公司现在的工作环境"。我一听马上明白过来了，原来经理也为嘈杂的噪音头疼，于是我说："是的，

最近公司的环境有点吵闹，已经有些影响到正常的工作了。"经理说："是啊，所以我想让你做一个标语贴在办公区域，听说你在学校有这方面的经验啊！"我觉得经理把这个任务交给我是对我工作的肯定，于是说："放心吧，经理，保证完成您给我的这个任务，一会我就出去做，保证明天上班的时候大家都能看见这个标语。"

"好，那我就等着看你的了。"

"您放心，我相信明天上班的时候会有一个安静的氛围的。"

任务分析

● 制作一张张贴在办公区域内的办公室内部标语。

● 标语的作用是提醒人们禁止喧哗。

● 为了体现公司的人性化，在办公场所张贴的标语形式不要太生硬死板。

● 使用 Word 2007 方便而强大的图形功能来创建独具个性化的标语。

流程设计

首先进行页面设置，插入禁止符，然后插入绘制喇叭，绘制闪电图形，接着插入文本框，再输入标语，最后打印内部标语。

任务实现

页面设置

（1）启动 Word 2007，切换到"页面布局"选项卡，单击"页面设置"选项组中的"纸张大小"按钮，在弹出的下拉菜单中选择"16 开（18.4 厘米×26 厘米）命令，如图 10-1 所示。

（2）单击"页面设置"选项组中的"页边距"按钮，在弹出的下拉菜单中选择"自定义边距"命令，如图 10-2 所示。

图 10-1　选择纸张大小

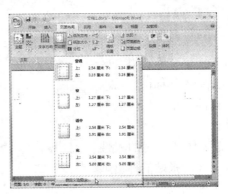

图 10-2　自定义边距

（3）弹出"页面设置"对话框，在"页边距"选项卡的"上"、"下"、"左"、"右"文本框中分别输入"1 厘米"[①]，如图 10-3 所示，完成后单击"确定"按钮，纸张更改后的效果如图 10-4 所示。

图 10-3　自定义页边距

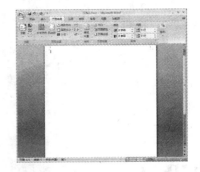

图 10-4　纸张更改后的效果

插入禁止符

（1）切换到"插入"选项卡，单击"插图"组中的"形状"按钮，在弹出的菜单中选择"基本形状"组中的"禁止符"选项，如图 10-5 所示。

---

① 页边距是页面四周的空白区域。通常可以在页边距的可打印区域中插入文字和图形，也可以将某些项放在页边距中，例如，页眉、页脚和页码等。

（2）在文档中拖动鼠标绘制一个禁止符，如图 10-6 所示。

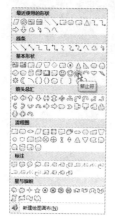

图 10-5　选择自选图形

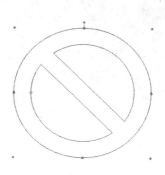

图 10-6　绘制禁止符

（3）在"绘图工具"的"格式"选项卡中单击"形状样式"组中的"形状填充"按钮，在弹出的菜单中选择"标准色"组中的"红色"选项，如图 10-7 所示。

（4）单击"形状样式"组中的"形状轮廓"按钮，在弹出的菜单中选择"标准色"组中的"红色"选项，如图 10-8 所示。

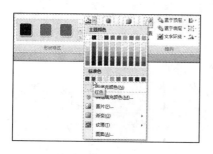

图 10-7　选择颜色

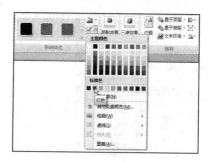

图 10-8　设置轮廓颜色

（5）在"排列"组中单击"旋转"按钮，在弹出的菜单中选择"水平翻转"命令，如图 10-9 所示。

（6）文档中的禁止符即被水平翻转，如图 10-10 所示。

图 10-9　选择"水平翻转"命令

图 10-10　水平翻转图形

绘制喇叭

（1）切换到"插入"选项卡，单击"插图"组中的"形状"按钮，在弹出的菜单中选择"椭圆"选项，如图 10-11 所示。

（2）在文档中拖动鼠标绘制 4 个大小不一的椭圆，如图 10-12 所示。

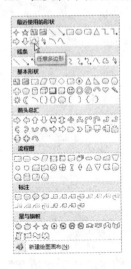

图 10-11　选择自选图形

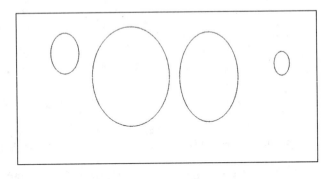

图 10-12　绘制椭圆

（3）按住 Shift 键选择绘制的 4 个椭圆，选择"图片工具"的"格式"选项卡，单击"排列"组中的"对齐"按钮，在弹出的菜单中选择"上下居中"命令，如图 10-13 所示。

（4）使用鼠标调整椭圆的位置，如图 10-14 所示。

图 10-13　选择"上下居中"命令

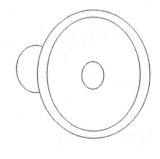

图 10-14　调整椭圆位置

（5）按住 Ctrl 键，分别选择绘制的第 1 个椭圆与第 2 个椭圆，在"绘图工具"的"格式"选项卡中单击"形状样式"组中的"形状填充"按钮，在弹出的菜单中选择"标准色"组中的"红色"选项，如图 10-15 所示。

（6）单击"形状样式"组中的"形状轮廓"按钮，在弹出的菜单中选择"标准色"组中的"深红色"选项，如图 10-16 所示。

（7）选择第 3 个椭圆，单击"形状样式"组中的"形状填充"按钮，在弹出的菜单中选择"渐变→其他渐变"命令，如图 10-17 所示。

（8）打开"填充效果"对话框，在"颜色"组中选择"双色"单选项，然后在"颜色 1（1）"下拉列表中选择"橙色，强调文字颜色 6，淡色 60%"，在"颜色 2（2）"下拉列表中选择"橙色，强调文字颜色 6，淡色 40%"，如图 10-18 所示。

（9）在"底纹样式"组中选择"斜下"单选项，并选择"变形"组中的第 3 个图标，如图 10-19 所示，完成后单击"确定"按钮。

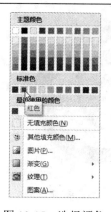
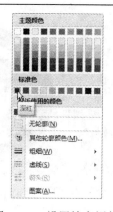

图 10-15　选择颜色　　图 10-16　设置轮廓颜色　　图 10-17　选择"渐变→其他渐变"命令

图 10-18　"填充效果"对话框　　　　　　图 10-19　"填充效果"对话框

（10）单击"形状样式"组中的"形状轮廓"按钮，在弹出的菜单中选择"橙色，强调文字颜色 6，深色 50%"选项，如图 10-20 所示。

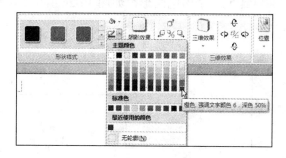

图 10-20　设置轮廓颜色

（11）将 4 个椭圆都选中，单击"排列"组中的"组合"按钮，在弹出的菜单中选择"组合"命令[①]，如图 10-21 所示。

（12）将组合后的椭圆拖动到禁止符上面，如图 10-22 所示。

（13）选中组合后的椭圆，在"图片工具:"的"格式"选项卡的"排列"组中单击"置于底层"按钮，如图 10-23 所示。

（14）将组合后的椭圆置于底层后，文档中的效果如图 10-24 所示。

---

①选中绘制的 4 个椭圆，单击右键，在弹出的菜单中选择"组合→组合"命令，也能将椭圆组合。

图 10-21　选择"组合"命令

图 10-22　拖动椭圆

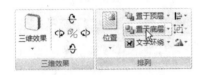

图 10-23　将矩形置于底层

图 10-24　文档效果

绘制闪电图形

（1）切换到"插入"选项卡，单击"插图"组中的"形状"按钮，在弹出的菜单中选择"基本形状"组中的"闪电形"选项，如图 10-25 所示。

（2）在文档中拖动鼠标绘制一个闪电图形，如图 10-26 所示。

图 10-25　选择自选图形

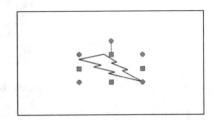

图 10-26　绘制闪电图形

（3）在"绘图工具"的"格式"选项卡中单击"形状样式"组中的"其他"按钮，在弹出的菜单中选择"对角渐变-强调文字颜色 1"选项，如图 10-27 所示。

（4）选择闪电图形，在"排列"组中单击"旋转"按钮，在弹出的菜单中选择"水平翻转"命令，如图 10-28 所示。

（5）文档中的闪电图形即被水平翻转，如图 10-29 所示。

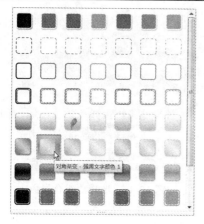

图 10-27　选择"对角渐变-强调文字颜色 1"选项

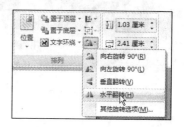

图 10-28　选择"水平翻转"命令

（6）拖动闪电图形到喇叭图形上，如图 10-30 所示。

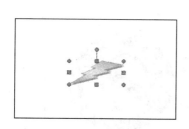

图 10-29　水平翻转图形

图 10-30　拖动闪电图形

（7）再复制两个闪电图形，并将复制出的闪电图形分别放置到第 1 个闪电图形的上方和下方，然后将上方的闪电图形向左倾斜，下方的闪电图形向右倾斜，如图 10-31 所示。

（8）调整闪电图形的大小，使它们看起来和禁止符与喇叭图形更加匹配，如图 10-32 所示。

图 10-31　复制闪电图形

图 10-32　调整闪电图形的大小

（9）选择禁止符，向右拖动旋转点，如图 10-33 所示。

（10）将禁止符与喇叭图形以及闪电图形都选中，单击"排列"组中的"组合"按钮，在弹出的菜单中选择"组合"命令，如图 10-34 所示。

图 10-33　旋转禁止符

图 10-34　选择"组合"命令

设置标语

（1）切换到"插入"选项卡，单击"插图"组中的"形状"按钮，在弹出的菜单中选择"基本形状"组中的"矩形"选项，如图 10-35 所示。

（2）在禁止符的下方拖动鼠标绘制一个矩形，并将矩形的"形状填充"设置为"红色"，"形状轮廓"设置为"无轮廓"，如图 10-36 所示。

图 10-35　选择自选图形

图 10-36　绘制矩形

（3）在"插入"选项卡中单击"文本"组中的"文本框"按钮，在弹出下拉菜单中选择"绘制文本框"命令，在文档中绘制一个文本框，如图 10-37 所示。

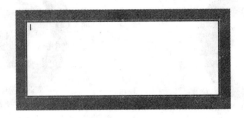

图 10-37　绘制文本框

（4）选中文本框，选择"文本框工具"的"格式"选项卡，在"文本框样式"组中单击"形状填充"按钮，在弹出的菜单中选择"无填充颜色"选项，如图 10-38 所示。单击"形状轮廓"按钮，在弹出的菜单中选择"无轮廓"选项，如图 10-39 所示。

图 10-38　设置形状填充　　　　图 10-39　设置形状轮廓

（5）在文本框中输入"禁止喧哗"，然后将输入文字的字体设置为"黑体"，字号设置为"95"，字体颜色设置为"白色"，并单击"加粗"按钮 **B** 与"居中对齐"按钮 ≡，如图 10-40 所示。

图 10-40　输入文字

（6）按下 Ctrl+d 组合键，打开"字体"对话框，选择"字符间距"选项卡，在"间距"下拉列表中选择"加宽"选项，在"磅值"文本框中输入"2 磅"，如图 10-41 所示，完成后单击"确定"按钮。

打印内部标语

（1）单击 Office 按钮 ，在弹出的菜单中选择"打印→打印预览"命令，如图 10-42 所示。

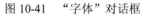

图 10-41　"字体"对话框　　　　图 10-42　选择"打印→打印预览"命令

（2）在"打印预览"视图中预览打印效果，如图 10-43 所示。

（3）预览无误的话，确保打印机中装好了打印纸，并启动打印机，然后单击"打印"组中的"打印"按钮即可，如图 10-44 所示。

图 10-43　预览打印效果

图 10-44　单击"打印"按钮

知识点总结

　　本章制作的办公室内部标语主要使用了页面设置、插入禁止符、绘制喇叭与闪电图形以及设置标语等功能。

　　当文档中插入禁止符、绘制喇叭与闪电图形后，可以将多个图形对象组合成一个对象。

　　组合图形，是将多个分散的图形对象组合成一个图形对象，这样在移动或改变图形大小时，就可以将多个图形对象作为一个对象来进行处理。在"开始"选项卡中单击"编辑"按钮，在弹出的菜单中选择"选择→选择对象"命令，如图 10-45 所示。拖动鼠标将要组合的图形全部选中后，单击右键，在弹出的菜单中选择"组合→组合"命令，图形即被组合，如图 10-46 所示。

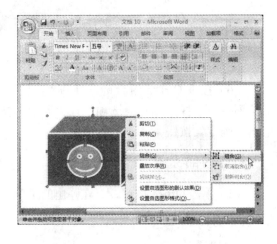

图 10-46　选择"组合→组合"命令

　　必须选择两个或两个以上的图形才能实现组合。多个图形组合后，成为一个整体对象。要取消已经组合的对象，在图 10-46 中选择弹出菜单中的"取消组合"命令即可。

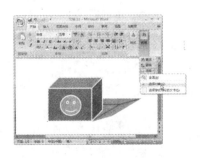

图 10-45　选择"选择→选择对象"命令

拓展训练

为了与旧版本在操作上进行比较，下面专门使用 Word 2003 制作一个禁止吸烟的办公室内部标语，并给出一些在操作上差别比较大的关键步骤，完成的效果如图 10-47 所示。

（1）启动 Word 2003，执行"插入→图片"命令，在弹出的菜单中选择"自选图形"命令，如图 10-48 所示。

图 10-47　禁止吸烟标语

图 10-48　选择"自选图形"命令

（2）打开"自选图形"对话框，单击"自选图形"按钮，在弹出的菜单中选择"禁止符"选项，如图 10-49 所示。

（3）拖动鼠标在文档中绘制一个禁止符。

（4）双击绘制的禁止符，打开"设置自选图形格式"对话框，在"填充"组的"颜色"下拉列表中选择"红色"，在"线条"组的"颜色"下拉列表中选择"红色"，如图 10-50 所示，完成后单击"确定"按钮。

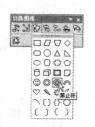

图 10-49　选择"禁止符"选项

图 10-50　"设置自选图形格式"对话框

（5）在"自选图形"对话框中单击"自选图形"按钮，在弹出的菜单中选择"矩形"选项。

（6）在文档中拖动鼠标绘制一个矩形，双击矩形，打开"设置自选图形格式"对话框，在"填充"组的"颜色"下拉列表中选择"红色"，在"线条"组的"颜色"下拉列表中选择"红色"，完成后单击"确定"按钮。

（7）在矩形的右方再绘制 3 个矩形，并将这 3 个矩形的"填充颜色"设置为灰色，"线条颜色"设置为灰色,如图 10-51 所示。

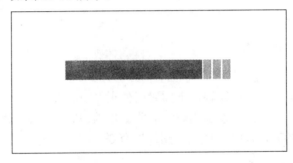

图 10-51　绘制矩形

(8)在"自选图形"对话框中单击"线条"按钮 ,在弹出的菜单中选择"自由曲线"选项,如图 10-52 所示。

(9)在文档中拖动鼠标绘制一个几何图形,双击图形,打开"设置自选图形格式"对话框,在"填充"组的"颜色"下拉列表中选择"灰色",在"线条"组的"颜色"下拉列表中选择"灰色",完成后单击"确定"按钮,如图 10-53 所示。

图 10-52　选择"自由曲线"选项　　　　　图 10-53　绘制几何图形

(10)再复制粘贴一个几何图形,然后将矩形与几何图形组合,并移动到禁止符上方,如图 10-54 所示。

(11)在禁止符下方绘制一个红色的矩形,然后执行"插入→文本框→横排"命令,在矩形上绘制一个文本框,并将文本框的"填充颜色"与"线条颜色"都设置为"无"。

(12)在文本框中输入"禁止吸烟",插入一个无填充颜色与线条颜色的文本框,在文本框中输入"NO SMOKING"",并单击"居中对齐"按钮 。

(13)执行"文件→打印预览"命令,在"预览"视图中查看标语效果,如图 10-55 所示。

图 10-54　组合图形　　　　　　　　　　图 10-55　"预览"视图

职业快餐

初入职场的一些有用的处事规则有如下几条。

(1)了解公司的组织和方针。初到一家公司,首先,必须了解公司内部的组织。例如,有哪些部,哪些处或哪些科等,并应该知道每个单位所负责的工作及主管。除此之外,还要了解公司的经营方针,以及公司的工作方法。一旦对整个公司有了通盘认识,日后的工作才能顺利开展。

(2)尽快学习业务知识。你必须有丰富的知识,才能完成上司交待的工作。这些知识与学校所学的有所不同,学校中所学的是书本上的死知识,而工作所需要的是实践经验。

(3)在预定的时间内完成工作。一项工作从开始到完成,必定有预定的时间,而你必须在这个时间内将它完成,绝不可借故拖延,如果你能提前完成,那是再好不过的了。

(4)在工作时间内避免闲聊。工作中的闲聊,不但会影响你个人的工作进度,同时也会影响其他同事的工作情绪,甚至妨碍工作场所的安宁,招来上司的责备,所以工作时绝对不要闲聊。

(5)执行任务时的要点有如下几点。

● 上司所指示的事务中,有些事件不需要立刻完成,这时,应该从重要的事情着手,但是,要先将应做的一一笔录下来,以免遗忘。

● 若无法暂停正在进行的工作来完成上司临时交给的事时,应该立即提出,以免误事。

● 外出收款、取文件或购物时,要问清金额、物品数量等重要细节,然后再去。

● 未充分了解上司所交待的事情前,一定要问清楚后再进行,绝不可自作主张。

● 外出办事时,应负起责任,迅速完成,不可借机四处办私事。

(6)离开工作岗位时要收妥资料。有时工作进行一半,因为上司召唤,客人来访,或其他临时事故而暂时离开座位,在这样情况下,即使时间再短促,也必需将桌上的重要文件或资料等收拾妥当。或许有人认为,反正时间很短,那么做很麻烦而且显得小题大作,其实问题往往发生在你意想不到的时刻。遗失文件已经够头痛了,万一碰巧让该公司以外的人看见不该看见的机密事项,那才真正叫你"吃不了,兜着走"呢!遇到这种倒楣事,什么样的辩解都不顶用,一切只能归咎自己粗心大意。

案例11

年终工作总结报告

素材路径：源文件与素材\第 11 章\素材\年终工作总结报告正文.docx

源文件路径：源文件与素材\第 11 章\源文件\年终工作总结报告.docx

情景再现

忙碌了一年，年底了，总算比较空闲了，大家都盼望着过年了。这天，我们部门的同事坐在一起聊天，小张说："今年咱们十一项目部真的不错哦，完成了公司下达的任务，为公司赢利不少，呵呵，今年的年终奖应该不会少吧，我可都计划好了这些钱的用途了。""说的是，大家可都等着这钱过个滋润的年哦！"就在大家讨论得热火朝天的时候，我旁边的电话响了，原来是经理让我去一趟。

进了经理室，他告诉我："年底了，今年大家表现都很不错，特别是你们十一项目部，总经理点名表扬了你们，今天叫你过来，是因为过几天就要开年终总结会了，需要一份年终工作总结报告，这份报告不止要在会上宣读，还要先给总经理过目。""好的，没问题，最迟这周五上午交给您。"

任务分析

● 制作一份介绍一年的工作情况的文档，也就是年终工作总结报告。

● 由于先要交由领导过目，总结报告上不应全是文字，要有直观的表格与图表，以便一目了然。

● 可以使用 Word 2007 中的强大图表功能与 Excel 2007 来配合制作图表。

● 要在大会上代表十一项目部发言，而不是交给领导就算了，所以总结报告上需要添加上一些如"各位同仁大家好"等措辞。

流程设计

首先进行页面设置，再输入报告内容，设置报告内容的格式，然后插入表格，接着添加图表，设置图表格式，最后打印工作总结报告。

任务实现

页面设置

（1）启动 Word 2007，切换到"页面布局"选项卡，单击"页面设置"选项组中的"纸张大小"按钮，如图 11-1 所示。

图 11-1　"页面布局"选项卡

（2）在弹出的下拉菜单中选择"A4（21×29.7cm）命令，如图 11-2 所示。

（3）单击"页面设置"选项组中的"页边距"按钮，在弹出的下拉菜单中选择"自定义边距"命令，如图 11-3 所示。

图 11-2　选择纸张大小

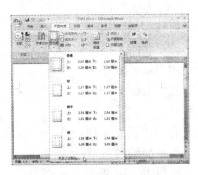

图 11-3　自定义边距

（4）弹出"页面设置"对话框，在"页边距"选项卡的"上"、"下"、"左"、"右"文本框中分别输入"2 厘米"，如图 11-4 所示，完成后单击"确定"按钮，纸张更改后的效果如图 11-5 所示。

图 11-4　自定义页边距

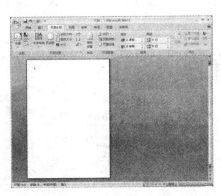

图 11-5　纸张更改效果

输入并设置总结报告内容

（1）在文档开始处单击左键，输入年终工作总结报告内容，如图 11-6 所示。

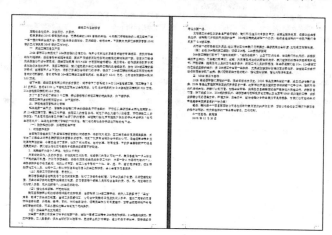

图 11-6　输入文字

（2）切换到"页面布局"选项卡，在"主题"组中单击"主题"按钮，在弹出的菜单中选择"视点"选项，如图 11-7 所示。

（3）选择标题"年终工作总结报告"，选择"开始"选项卡，单击"样式"组中的"其他"按钮 ，在弹出的菜单中选择"标题 1"，如图 11-8 所示。

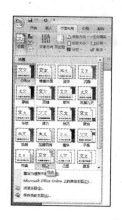

图 11-7　选择"视点"选项

图 11-8　选择"标题 1

（4）保持标题"年终工作总结报告"的选择状态，单击"段落"组中的"居中对齐"按钮 ，使标题居中对齐[①]，如图 11-9 所示。

（5）拖动鼠标选择除标题外的所有文本[②]，在"开始"选项卡的"字体"组中将字体设置为"黑体"，如图 11-10 所示。

（6）单击"段落"组中的按钮 ，打开"段落"对话框，在"行距"下拉列表中选择"固定值"选项，在"设置值"文本框中输入"20 磅"，如图 11-11 所示，完成后单击"确定"按钮。

---

① 按下 Ctrl+E 组合键，能快速使选中的对象居中对齐。

② 将光标放置于标题下方正文行的行首，按下 Ctrl+Shift+End 组合键能快速选择除标题外的所有文本。

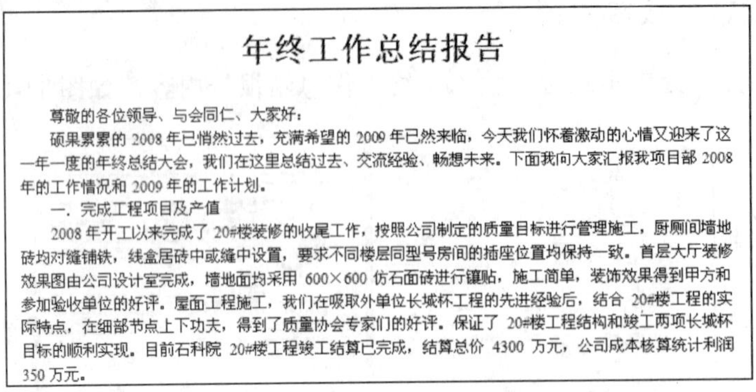

年终工作总结报告

尊敬的各位领导、与会同仁、大家好：

硕果累累的 2008 年已悄然过去，充满希望的 2009 年已然来临，今天我们怀着激动的心情又迎来了这一年一度的年终总结大会，我们在这里总结过去、交流经验、畅想未来。下面我向大家汇报我项目部 2008 年的工作情况和 2009 年的工作计划。

一．完成工程项目及产值

2008 年开工以来完成了 20#楼装修的收尾工作，按照公司制定的质量目标进行管理施工，厨厕间墙地砖均对缝铺铁，线盒居砖中或缝中设置，要求不同楼层同型号房间的插座位置均保持一致。首层大厅装修效果图由公司设计室设计完成，墙地面均采用 600×600 仿石面砖进行镶贴，施工简单，装饰效果得到甲方和参加验收单位的好评。屋面工程施工，我们在吸取外单位长城杯工程的先进经验后，结合 20#楼工程的实际特点，在细部节点上下功夫，得到了质量协会专家们的好评。保证了 20#楼工程结构和竣工两项长城杯目标的顺利实现。目前石科院 20#楼工程竣工结算已完成，结算总价 4300 万元，公司成本核算统计利润 350 万元。

图 11-9　居中对齐

图 11-11　"段落"对话框

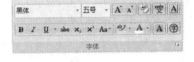

图 11-10　设置字体

（7）选择"一．……"段落，在"开始"选项卡的"字体"组中将字体设置为"汉鼎简中黑"，字号设置为"小四"，如图 11-12 所示。

图 11-12　设置字体与字号

（8）保持段落的选择状态，单击"段落"组中的按钮 ，打开"段落"对话框，在"大纲级别"下拉列表中选择"2 级"选项，在"特殊格式"下拉列表中选择"无"选项，并将"间距"组中的"段前"与"段后"值都设置为"0．5 行"，如图 11-13 所示，完成后单击"确定"按钮。

（9）保持段落的选择状态，双击"开始"选项卡上"剪贴板"组中的"格式刷"按钮 ，如图 11-14 所示。

（10）将光标移至"二．……"段落前，光标变成 形状，如图 11-15 所示，拖动鼠标选择该段落进行格式复制。

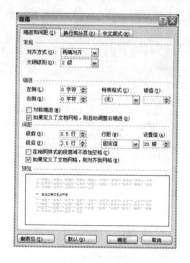

图 11-13 “段落”对话框

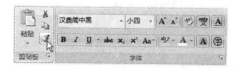

图 11-14 双击“格式刷”按钮

二. 积极推进项目科学化管理

科学是第一生产力，管理科学给我们带来的效益是不可估量的，不仅仅从经济效益上和社会荣誉上。就 21#楼工程而言，美化工作环境、提高工人的食宿条件、制定了评选先进个人的制度，不仅调动工人的积极性，而且使周围的居民对我们也有了新的看法，这使我们在北京市建委外管处的评比中被评为“文明生活区试点”，这是社会对我们管理的一种肯定，我们将顺着这条路子坚定不移的走下去。

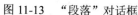

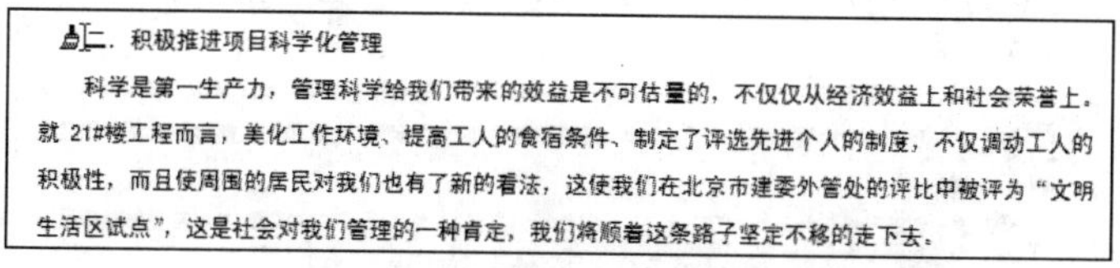

图 11-15 复制格式的结果（一）

（11）按照同样的方法对段落“三. ……”进行格式复制，如图 11-16 所示，完成后单击“剪贴板”组中的“格式刷”按钮取消格式复制。

三. 2009 年工作目标

2008 年是值得我们庆贺的一年，但这即将成为历史；2009 年是充满希望的一年，她正迈步向我们走来，2009 年是北京建筑市场正式打开局面的一年，北京市的开复工建筑面积将突破一亿平方米，建筑市场的机遇将来临，就我们公司而言，加强企业管理，提高各项目经理部的生产竞争能力势在必行；就我项目而言，除了继续 21#、22#楼的施工外，还积极运作石科院其它工程以及北京市 2009 年兴建的工程，继续发扬我公司的质量方针、环境方针、安全方针，在社会群众中树立我公司良好形象，为我们公司在将来的市场竞争中贡献自己的一份力量！

图 11-16 格式复制的结果（二）

（12）选择“（一）……”段落，在“开始”选项卡的“字体”组中将字体设置为“方正大黑简体”，如图 11-17 所示。

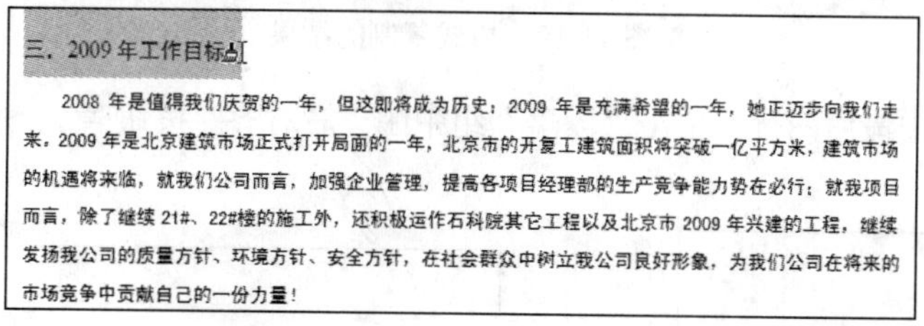

（13）保持段落的选择状态，单击“段落”组中的按钮，打开“段落”对话框，在“大纲级别”下拉列表中选择“3 级”选项，并将“间距”组中的“段前”与“段后”值都设置为“0．2 行”，如图 11-18 所示，完成后单击“确定”按钮。

（14）保持段落的选择状态，双击“开始”选项卡上“剪贴板”组中的“格式刷”按钮，然后分别对段落“（二）……”～段落“（五）……”进行格式复制，如图 11-19 所示，完成后单击“格式刷”按钮取消格式复制。

（15）将光标移至倒数第二行行首，六次按下 Enter 键，添加六个空段落，如图 11-20 所示。

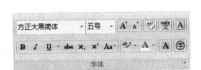

图 11-17 设置字体　　　　　　图 11-18 "段落"对话框

图 11-19 格式复制的结果

（16）同时选中最后两行，单击"段落"组中的"右对齐"按钮，使两个段落右对齐[①]，如图 11-21 所示。

图 11-20 添加六个空段落　　　　　　图 11-21 单击"右对齐"按钮

插入表格

（1）将光标移至"每项工程所占的利润百分比……"段首，如图 11-22 所示。

（2）选择"插入"选项卡，单击"表格"组中的"表格"按钮，在弹出的菜单中选择"插入表格"命令，如图 11-23 所示。

（3）弹出"插入表格"对话框，在"列数"框中输入"5"，在"行数"框中输入"4"，

---

① 选中文本后，按下 Ctrl+R 组合键，能快速使文本右对齐。

如图 11-24 所示。

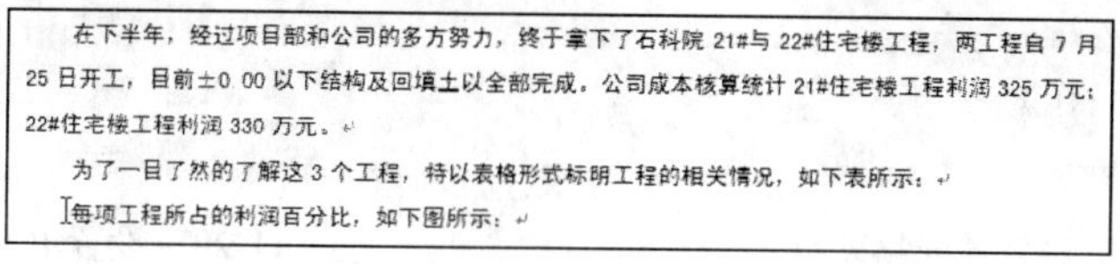

在下半年，经过项目部和公司的多方努力，终于拿下了石科院 21#与 22#住宅楼工程，两工程自 7 月 25 日开工，目前±0.00 以下结构及回填土以全部完成，公司成本核算统计 21#住宅楼工程利润 325 万元；22#住宅楼工程利润 330 万元。

为了一目了然的了解这 3 个工程，特以表格形式标明工程的相关情况，如下表所示：

每项工程所占的利润百分比，如下图所示：

图 11-22　移动光标

图 11-23　选择"插入表格"命令

图 11-24　"插入表格"对话框

（4）设置完成后单击"确定"按钮，在文档中插入表格，如图 11-25 所示。

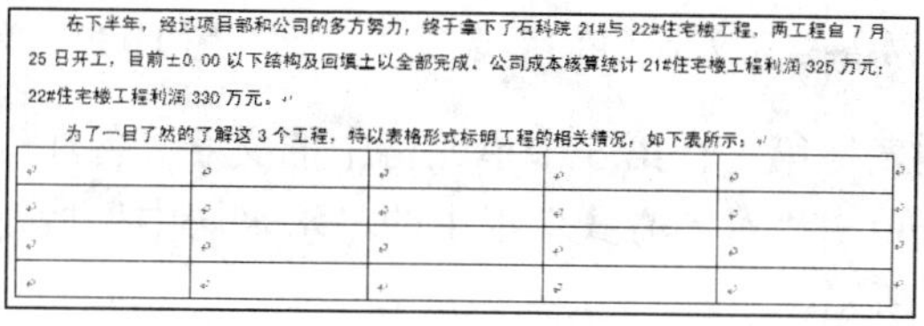

在下半年，经过项目部和公司的多方努力，终于拿下了石科院 21#与 22#住宅楼工程，两工程自 7 月 25 日开工，目前±0.00 以下结构及回填土以全部完成，公司成本核算统计 21#住宅楼工程利润 325 万元；22#住宅楼工程利润 330 万元。

为了一目了然的了解这 3 个工程，特以表格形式标明工程的相关情况，如下表所示：

图 11-25　插入表格

（5）分别在表格的各个单元格中输入所需要的内容，如图 11-26 所示。

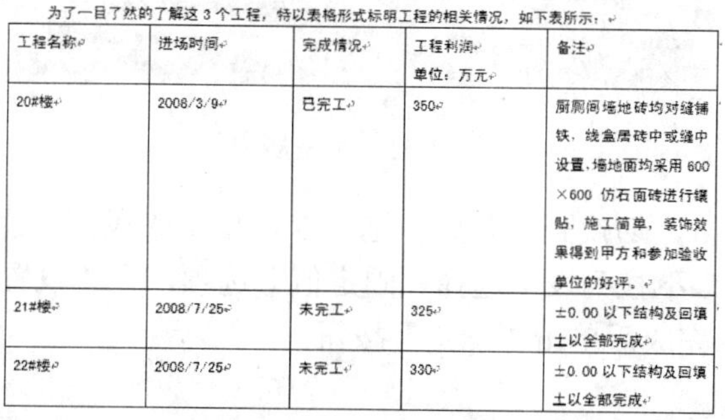

为了一目了然的了解这 3 个工程，特以表格形式标明工程的相关情况，如下表所示：

工程名称	进场时间	完成情况	工程利润单位：万元	备注
20#楼	2008/3/9	已完工	350	厨厕间墙地砖均对缝铺贴，线盒居砖中或缝中设置,墙地面均采用 600×600 仿石面砖进行镶贴，施工简单，装饰效果墙到甲方和参加验收单位的好评。
21#楼	2008/7/25	未完工	325	±0.00 以下结构及回填土全部完成
22#楼	2008/7/25	未完工	330	±0.00 以下结构及回填土全部完成

图 11-26　输入内容

（6）选择表格的第 1 例～第 4 列单元格，切换到表格工具的"布局"选项卡，在"单元格大小"的"宽度"文本框中输入"2.6 厘米"，如图 11-27 所示。

（7）选择表格的第 5 列单元格，在"单元格大小"的"宽度"文本框中输入"7 厘米"，如图 11-28 所示。

图 11-27　设置单元格宽度

图 11-28　设置单元格宽度

（8）选择整个表格，切换到表格工具的"设计"选项卡，单击"表样式"组中的"其他"按钮，在弹出的菜单中选择"中等深线网格-强调文字颜色 1"选项，如图 11-29 所示。

（9）选择表格的第 1 列~第 4 列单元格，切换到表格工具的"布局"选项卡，单击"对齐方式"组中的"水平居中"按钮，如图 11-30 所示。

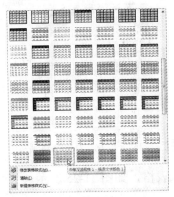

图 11-29　选择"中等深线网格-强调文字颜色 1"选项

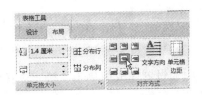

图 11-30　单击"水平居中"按钮

（10）将光标放置到表格第 1 行第 5 个单元格中的文字"备注"中间，按下 4 次空格键，然后选择"备注"两字，单击"对齐方式"组中的"水平居中"按钮，使文字相对与单元格居中对齐，如图 11-31 所示。

图 11-31　水平居中

（11）选择整个表格，切换到"开始"选项卡，单击"段落"组中的按钮，打开"段落"对话框，在"行距"下拉列表中选择"固定值"选项，在"设置值"文本框中输入"18磅"，如图 11-32 所示，完成后单击"确定"按钮。

插入图表

（1）将光标移至"每项工程所占的利润百分比……"段末，如图 11-33 所示。

（2）按下 Enter 键换行，将光标放置于空白行中，切换到"开始"选项卡，单击"段落"组中的按钮，打开"段落"对话框，在"对齐方式"下拉列表中选择"居中"选项，将"特殊"格式设置为"无"，在"行距"下拉列表中选择"单倍行距"选项，如图 11-34 所示，完成后单击"确定"按钮。

图 11-32 "段落"对话框　　　　　　　　　图 11-33 移动光标

（3）切换到"插入"选项卡，在"插图"组中单击"图表"按钮，如图 11-35 所示。

图 11-34 "段落"对话框　　　　　　　　　图 11-35 单击"图表"按钮

（4）打开"插入图表"对话框，选择对话框左侧的"饼图"选项，在右侧选择"分离型三维饼图"，如图 11-36 所示。

（5）完成后单击"确定"按钮，在打开的 Excel 2007 窗口中输入数据，如图 11-37 所示。

图 11-36 "插入图表"对话框　　　　　　　图 11-37 输入数据

设置图表

（1）完成后关闭 Excel 2007，在 Word 中选择插入的图表，切换到图表工具的"格式"选项卡，在"大小"组中单击按钮，打开"大小"对话框，勾选"锁定纵横比"复选框，然后在"缩放比例"组中的"高度"文本框中输入 65%，如图 11-38 所示。

（2）完成后单击"关闭"按钮，文档中的图表如图 11-39 所示。

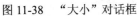

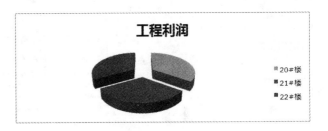

图 11-38　"大小"对话框　　　　　图 11-39　文档中的图表

（3）保持图表的选中状态，切换到"图表工具"的"设计"选项卡，单击"图表布局"组中的"其他"按钮 ，在弹出的菜单中选择"布局 6"选项，如图 11-40 所示。

（4）双击图表标题，将标题更改为"工程利润百分比示意图"，如图 11-41 所示。

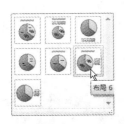

图 11-40　选择"布局 6"选项　　　　图 11-41　更改标题

（5）选择图表标题，切换到"开始"选项卡，在"字体"组中将字号设置为"16"，如图 11-42 所示。

（6）选择图表上的百分比显示比例，在"字体"组中将颜色设置为"白色"，如图 11-43 所示。

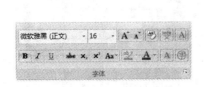

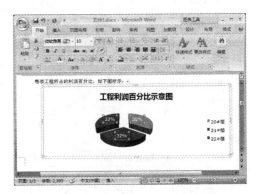

图 11-42　设置字号　　　　　　图 11-43　更改字体颜色

打印工作总结报告

（1）单击 Office 按钮 ，在弹出的菜单中选择"打印→打印预览"命令，在"打印预览"视图中预览打印效果，如图 11-44 所示。

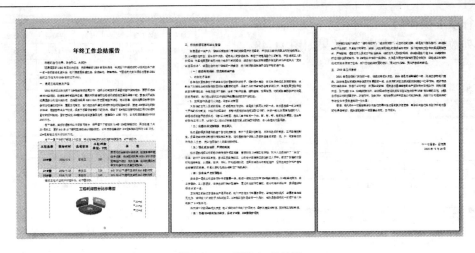

图 11-44　预览打印效果

（2）检查无误后，单击"预览"组中的"关闭打印预览"按钮，如图 11-45 所示，关闭"打印预览"视图。

（3）单击 Office 按钮  ，在弹出的菜单中选择"打印→快速打印"命令，如图 11-46 所示，即可打印文档。

图 11-45　单击"关闭打印预览"按钮　　　　图 11-46　执行"快速打印"命令

知识点总结

　　年终工作总结报告主要使用了页面设置，输入报告内容，设置报告内容的格式，插入表格，添加图表，设置图表格式等功能。

　　需要插入表格时，还可以将光标定位在要插入表格的位置，单击选择"插入"选项卡，单击"表格"组中的"表格"按钮，然后拖动鼠标选择表格的行数与列数即可（5行×6列），如图 11-47 所示。

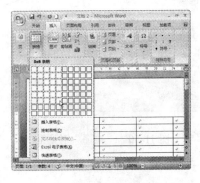

图 11-47　选择行列数

进行以上操作后，即可在光标处插入与选择行列数据相同的表格，其效果如图 11-48 所示。

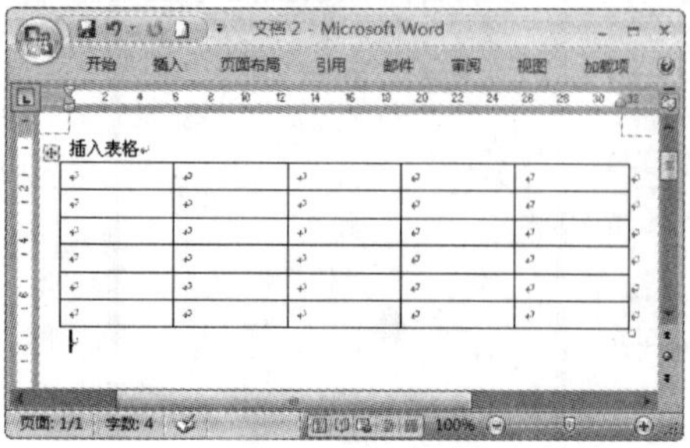

图 11-48　插入表格

用户可以对表格中的数据进行排序，对数据进行管理。将光标定位在需要排序的列中，在表格工具的“布局”选项卡上单击“数据”组中的“排序”按钮，如图 11-49 所示。

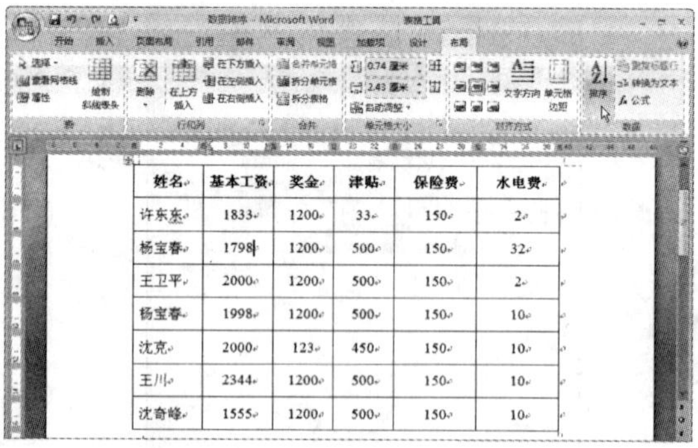

姓名	基本工资	奖金	津贴	保险费	水电费
许东东	1833	1200	33	150	2
杨宝春	1798	1200	500	150	32
王卫平	2000	1200	500	150	2
杨宝春	1998	1200	500	150	10
沈克	2000	123	450	150	10
王川	2344	1200	500	150	10
沈奇峰	1555	1200	500	150	10

图 11-49　单击“排序”按钮

打开“排序”对话框，在该对话框中可以选择关键字与排序方式，如图 11-50 所示。表格排序后的效果如图 11-51 所示。

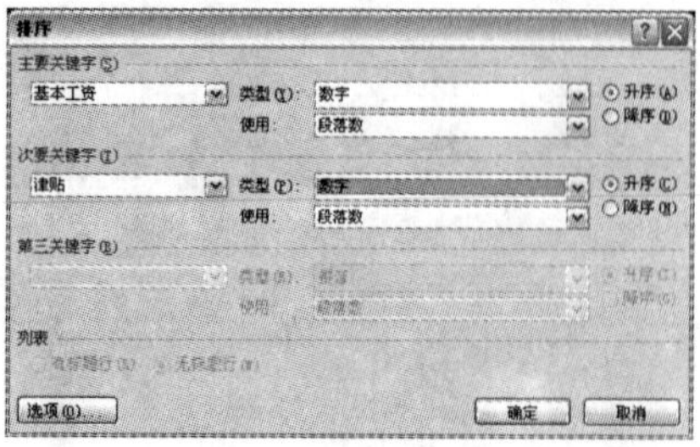

图 11-50　“排序”对话框

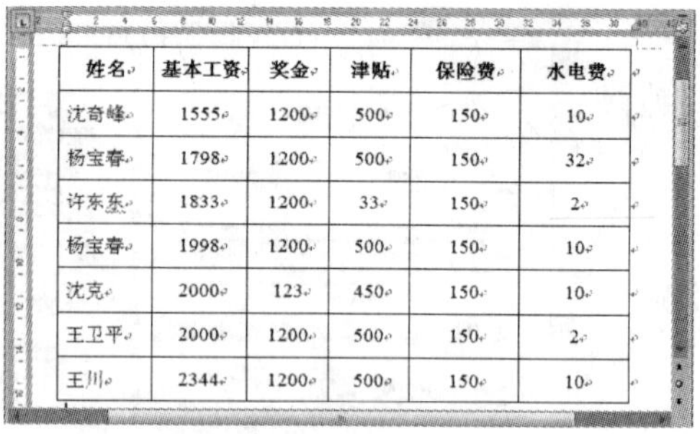

姓名	基本工资	奖金	津贴	保险费	水电费
沈奇峰	1555	1200	500	150	10
杨宝春	1798	1200	500	150	32
许东东	1833	1200	33	150	2
杨宝春	1998	1200	500	150	10
沈克	2000	123	450	150	10
王卫平	2000	1200	500	150	2
王川	2344	1200	500	150	10

图 11-51　排序后的效果

对于数字型的关键字，如笔划、数字，升序是按数字从小到大排列，降序则相反；对于拼音，升序是按字母 A-Z 的顺序，降序则相反；对于日期，升序按先后日期排列，降序则相反。

若计算机上已安装 Excel 2007，则可以利用 2007 Microsoft Office System 中的高级图表制作功能。若未安装 Excel 2007，则在 Microsoft Office Word 2007 中创建新图表时，会打开 Microsoft Graph。随后会出现一个图表及其关联的数据，这些关联的数据所在的表格称为数据表。用户可以在数据表中输入自己的数据，将文本文件中的数据导入到数据表中，或者将另一个程序中的数据粘贴到数据表中。

Word 2007 包含很多不同类型的图表和图形，它们可用来向人们传达有关库存水平、组织更改、销量图以及其他更多方面的信息。图表与 Word 2007 完全集成。

若在 Word 中以“兼容模式”工作，则可以使用 Microsoft Graph（而不是 Excel）插入图表。还可以将图表从 Excel 复制到 Word 2007 中。复制图表时，它既可以作为静态数据嵌入到工作簿中，也可以链接到该工作簿中。对于链接到用户可以访问的工作簿的图表，用户可以指定每当打开该图表时，都自动检查链接的工作簿中的更改。

拓展训练

为了与旧版本在操作上进行比较，下面专门使用 Word 2003 制作一份医药公司营销部年度工作总结，并给出一些在操作上差别比较大的关键步骤，完成效果如图 11-52 所示。

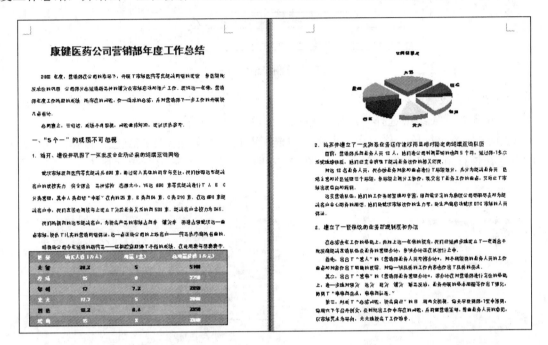

图 11-52　年度工作总结

关键步骤提示：

（1）启动 Word 2003，在文档中单击左键，输入医药公司营销部年度工作总结内容。并设置内容格式。

（2）将光标放置到文档中需要插入表格的位置，执行"表格→绘制表格"命令，拖动鼠标在文档中绘制表格外边框，如图 11-53 所示。

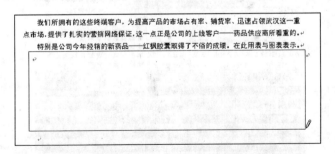

图 11-53　绘制表格外边框

（3）拖动鼠标绘制表格的行和列，如图 11-54 所示。

（4）在表格中输入所需要的数据，执行"表格→自动调整→根据内容调整表格"命令。

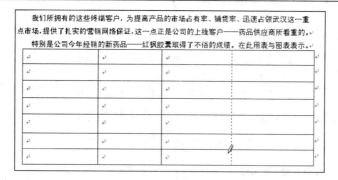

图 11-54　绘制表格的行和列

（5）执行"表格→表格属性"命令，打开"表格属性"对话框，选择"单元格"选项卡，在"垂直对齐方式"组中选择"居中"选项，如图 11-55 所示。

（6）选择第 1 行单元格，在"表格与边框"工具栏中单击"底纹颜色"按钮，在弹出的菜单中选择该行单元格的底纹颜色，如图 11-56 所示，然后设置该行单元格中文字的颜色。

图 11-55　"表格属性"对话框

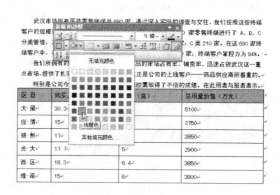

图 11-56　设置底纹颜色

（7）按照同样的方法设置其他行中单元格的底纹颜色。

（8）选中表格，在"表格与边框"工具栏中单击"边框颜色"按钮，在弹出的菜单中选择表格的边框颜色，如图 11-57 所示。

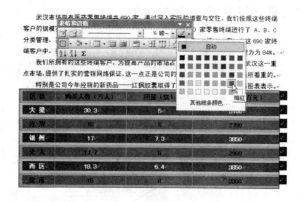

图 11-57　设置表格边框颜色

（9）执行"插入→图片→图表"命令，如图 11-58 所示，在文档中插入图表。

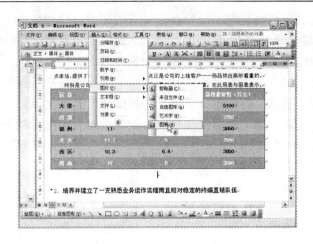

图 11-58　执行"插入→图片→图表"命令

（10）在打开的数据表中输入数据，然后在图表上单击右键，在弹出的菜单中选择"图表类型"命令，打开"图表类型"对话框，在该对话框中选择图表的类型，如图 11-59 所示，完成后单击"确定"按钮。

（11）在图表上单击右键，在弹出的菜单中选择"设置三维视图格式"命令，打开"设置三维视图格式"对话框，在该对话框中设置图表的三维视图格式，如图 11-60 所示，完成后单击"确定"按钮。

图 11-59　"图表类型"对话框

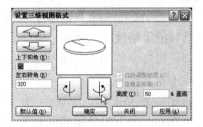

图 11-60　设置图表的三维视图格式

职业快餐

　　年终时企业都要撰写年度工作总结，但是年度工作总结绝不是简单的日常工作描述，不是由于销量好洋洋得意的歌功颂德，也不是由于销量差而灰心丧气的批评检讨。撰写年度工作总结应该是主动地、积极地、系统全面地分析年度市场整体状况、市场运作情况，深刻自省，挖掘存在的问题，然后有的放矢地提出新年度的营销工作规划，只有这样才可能保障营销工作稳健可持续性发展。

　　首先，就本年度市场的整体环境现状进行总结，诸如行业市场容量变化、品牌集中度及竞争态势、竞品市场份额排名变化、渠道模式变化及特点、终端型态变化及特点、消费者需求变化、区域市场特征等。目的在于了解整体市场环境的现状与发展趋势，把握市场大环境的脉动。

其次，深刻分析市场上主要竞品在产品系列、价格体系、渠道模式、终端形象、促销推广、广告宣传、营销团队、战略合作伙伴等方面的表现，做到知彼知己，百战不殆。目的在于寻找标杆企业的优秀营销模式，挖掘自身与标杆企业的差距和不足。

最后，就是自身营销工作的总结分析，分别就销售数据、目标市场占有率、产品组合、价格体系、渠道建设、销售促进、品牌推广、营销组织建设、营销管理体系、薪酬与激励等方面进行剖析。有必要就关键项目进行 SWOT 分析，力求全面系统，目的在于提炼出存在的关键性问题并进行初步原因分析，然后才可能有针对性地拟制出相应的解决思路。

运筹于帷幄之中，决胜在千里之外。新年度营销工作规划就是强调谋事在先，系统全面地为企业新年度整体营销工作进行策略性规划部署。但是还要明白年度营销工作规划并不是行销计划，只是基于年度分析总结而撰写的策略性工作思路，具体详细的行销计划还需要分解到季度或月度来制定，只有这样才具有现实意义。

目标导向是营销工作的关键。在新年度营销工作规划中，首先要做的就是营销目标的拟订，都是具体的、数据化的目标，包括全年总体的销售目标、费用目标、利润目标、渠道开发目标、终端建设目标、人员配置目标等，并细化分解。如终端类产品的销售目

标就要按分解到每个区域、每个客户、每个系统等；流通类产品分解到每个区域、每个客户等。

其次就是产品规划。根据消费者需求分析的新产品开发计划、产品改良计划；通过销售数据分析出区域主导产品，拟制出区域产品销售组合；根据不同区域市场特征及现有客户网络资源状况，拟制出区域产品的渠道定位。

再次就要拟制规范的价格体系，从到岸价到建议零售价，包括所有中间环节的价格浮动范围。有时必须结合产品生命周期拟制价格阶段性调整规划。

如果企业仍存在空白区域需要填补，或者现有经销商无法承担新产品销售等原因，还需要制定区域招商计划或者客户开发计划。终端类产品还需要完善商超门店开发计划。

再次是拟制品牌推广规划，致力于扩大品牌影响力，提升品牌知名督、美誉度、忠诚度，需要分终端形象建设、促销推广活动、广告宣传、公关活动等来明确推广规划主题、推广组合形式。

最后就是营销费用预算，分别制定出各项目费用的分配比例、各产品费用的分配比例、各阶段的费用分配比例。

如此，整体年度工作总结和新年度营销工作规划才算完整、系统。但是为了保障营销工作顺利高效地实施，还需要通过从企业内部来强化关键工作流程、关键制度来培养组织执行力。

反侵权盗版声明

　　电子工业出版社依法对本作品享有专有出版权。任何未经权利人书面许可，复制、销售或通过信息网络传播本作品的行为；歪曲、篡改、剽窃本作品的行为，均违反《中华人民共和国著作权法》，其行为人应承担相应的民事责任和行政责任，构成犯罪的，将被依法追究刑事责任。

　　为了维护市场秩序，保护权利人的合法权益，我社将依法查处和打击侵权盗版的单位和个人。欢迎社会各界人士积极举报侵权盗版行为，本社将奖励举报有功人员，并保证举报人的信息不被泄露。

举报电话：（010）88254396；（010）88258888

传　　真：（010）88254397

E-mail：　dbqq@phei.com.cn

通信地址：北京市万寿路 173 信箱

　　　　　电子工业出版社总编办公室

邮　　编：100036